近世小説を批評する

風間誠史

森話社

［カバー図版］「万国人物図会」（一枚摺、刊年不明）

近世小説を批評する　目次

I　西鶴を読む

II　馬琴の悪

Ⅰ　西鶴を読む

第一章　西鶴を読むということ　「世間」論の視座からの「死なば同じ波枕とや」

一　西鶴を読むとはどういうことか

西鶴を読むとはどういうことか、という問いは、奇妙に見えるかもしれない。しかし、少なからぬ西鶴研究者にとってこの問いは切実なものであり、また近世文学を研究するということに関しての、ある意味で象徴的な問いであると思う。

西鶴が近世文学を代表する名前（ブランド）であることは言うまでもない。もちろん彼の作品は発表された時点で一世を風靡したものであり、そのことは近世を通して記憶されつづけた。しかし、それが文学作品としての位置づけを得るのは、もちろん近代になってからである。よく知られているように、硯友社を代表とする近代作家たちによって西鶴は読まれ、評価され、そして研究対象となっていった。このことは「文学」のあり方としては「健全」なことだと思う。つまり、基本的に西鶴研究はそれ自体が「文学」的な営為だという側面があったのである。そしてそれは、近世文学研究全般にも言えることだった。簡単に言えば、この場合の「文学」とは「自己表現」ということである。かつて文学研究者は、多かれ少なかれ自分の小説を書くかわりに研究し批評したのである。「小説を書く」とまで言わないにしても、自分の思想性を隠すことなくそれを行った。たとえば、西鶴研究におけるその典型は「暉峻《てるおか》西鶴」と呼ばれる暉峻康隆の西鶴研究であろう。暉峻の研究は、西鶴の文学を反封建制度の文学、人間解放の文学として高らかに称揚した。

しかしその後、文学研究は著しく近代化され、システム化され、情報化された。『国書総目録』などの目録の整備と各種注釈叢書（古典文学全集）のたび重なる刊行が、文学研究の意味を大きく変えていったのである。とりわけそれは資料整備でも注釈でも他の古典研究に対して立ち遅れていた近世文学研究にとって劇的だった。端的に言えば、文学研究は「研究」であって「文学」ではなくなったのである。「文学研究」とは文献調査、書誌調査と注釈（語釈）作業の謂になり、かつての自己表現のための方便ではなくなった。西鶴研究も、各作品の異版の調査・研究などが丹念に行われ、また詳細な注釈が施されるようになった。

さて、その結果どうなったのか。簡単に言ってしまえば、西鶴は私たちから遠ざかってしまった。書誌調査や詳細な注釈によって、西鶴は専門家のみが言及できる「研究対象」になった。一方、西鶴の作品に対する理解が深まったかと言えば、どうもそうは思えないのである。これは近世文学全般について言えることだが、とりわけ西鶴の場合、際立っているように見える。

そして近年、そうした状況のある意味では「反動」かもしれないが、「西鶴を読む」ことにあらためて自覚的に取り組む動きが見え始めているように思う。(1)

二　西鶴のわからなさ

西鶴の作品は、実のところきわめて難解なものが多い。その難解さとは、簡単に言えば、作者の意図が読み取れないということである。「作者の意図」などといまどき言うと、馬鹿にされるのだが、しかし私たちはテキストを読む時、ほとんど自動的に作者の意図を読んでいるのであり（もちろんそれが本当に「作者の意図」かどうかはわからないが）、自覚しなくても登場人物や語り手に寄り添い、一体化している。とりあえず作者の意図が読み取れなければ（読み取った気になれなければ）、「読んだ」ことにはならないのである。ところが西鶴のテキストはそのことに当惑させられることが多い。例をあげていけばきりがないのだが、有名な例をいくつか挙げてみる。

『好色五人女』巻四「恋草からげし八百屋物語」、いわゆる八百屋お七の物語の末尾近く、お七は処刑され、恋人の吉三郎も後を追って死のうとする場面。誰の説得も聞かない吉三郎に、お七の母親が、

耳ちかく寄りて、しばし小語《ささや》き申されしは、何事にかあるやらん。吉三郎うなづきて、「ともかくも」といへり。(2)

この叙述で吉三郎は自害を思い止まり、物語は終わるのである。つまりここでお七の母は決定的なひと言を言ったことになる。ところが、「何事にかあるやらん」と書かれただけで、何を言ったのかわからない。読者は当惑し釈然としないまま物語を読み終えることになる。ここで読者は語り手に拒否されているような違和感を味わうし、それ以上に当惑させられるのは、作者自身がこの母親の「小語き」の内容を知っていて（というか想定していて）、あえて書かないのか、そもそも想定していないのかがわからないということなのである。つまり、いわゆる「不規定箇所」なのか（だとすればそれを「作者の意図」として理解できる）、一定の読者にはわかるはずの仕掛けなのか、それがわからない。

同じことは『好色一代男』冒頭、主人公・世之助の出生について、三人の遊女の誰かが世之助の母であり、「しる人はしるぞかし」と記す箇所についても言える。わからないのは、作者が本当の母親を知って（設定して）いるのか否か、それ自体なのである。

あるいはまた、『西鶴諸国ばなし』のなかの「大晦日《おほつごもり》はあはぬ算用」。浪人たちの宴会の席で一両が紛失し、たまたま一両持ち合わせた男が自害しようとしたり、誰かがこっそり手持ちの一両を投げ出してそれを止めたり、といった騒動が展開し、浪人たちの潔さ、相互にプライドを傷つけない配慮が描かれ、末尾に「武士のつきあひ、格別ぞかし」と記される。ところが、話の前半では、浪人はつけの支払いを求める米屋を脅して追い返す「すぐなる今の世を、横にわたる男」として描かれる。となると、「武士のつきあひ、格別」の「格別」とは、ほめ言葉なのか、皮肉なのか。作品の読みは正反対のものにならざるをえない。もちろん、両方の読みができる、という言い方はできるのだが、とりあえず作者の意図はどちらなのか。つまり作者が意図的にふたつの解釈可能性を設定しているのか、そうではないのか、がわからないのである。

こうした例は、まだまだいくらでも挙げていくことができる。というか、大げさに言えば、西鶴のすべての作品（短編の各話についても、短編集としての「作品」についても）は、この「わからなさ」とともにある。そして西鶴の最大の魅力はそこにある。つまり作者が主人公に自己を投影しているなどという読み方は絶対にできないし、主人公に共感しているのかどうかさえわからない。さりとて作者や語り手が「機械仕掛けの神」であるとは思えない。西鶴を読むということは、いったい何を読むことなのか、という根底的な問いにぶつかってしまう。そしてそれは、近代の「小説」概念による西鶴の読みそのものの妥当性を考える必要につながるし、ひいては「小説」概念そのものを考えることにもなろう。「西鶴」とはそういう存在なのである。

念のために言っておくが、決して西鶴はヌーヴォー・ロマンの作者や前衛芸術家ではない。西鶴は日本で最初の流行作家であり、彼の仕事は読者の理解や共感とともにしかありえなかった。難解を気取るということとは最も対極にいたはずなのである。それなのに、わからない。だから面白いし、いまなお「読む」ことに可能性がある。

三　「近世文学研究」と西鶴

さて、そして先に触れた戦後の西鶴研究の飛躍的な「進歩」は、実のところこの「わからなさ」にほとんど答えてはくれない。版本を精査して、作品の成立事情や編集情況が明らかになったり、一語一語に精密・詳細な注釈がついて、その意味や背景がわかってきたり、あるいはいわゆる典拠が発見されたり、当時の出来事と作品との関わりが指摘されたり、本当に多くの驚くべき成果があがっているにもかかわらず。いや、かかわらず、というよりも、そうした「研究」の進展によって、西鶴のわからなさ、あるいは西鶴の魅力はむしろ隠蔽され、無視されてきたのかもしれない。つまり作品を「読む」ことと「研究」とが乖離したということである。

こうした「研究」の「進歩」においては、そもそも作品を「読む」ということ自体が遠ざけられ、忌避されている。近世の作品は近世読者の読みに還元しなければならないというのが、この分野での主流をなす立場であり、近代・現代の視点から近世文学を読むということは（私たちが「読む」ということはそういうことでしかありえない）、「研究」ではない恣意として否定されるのである。

そうした立場に立って、「当時の読み」を復元すべく、版本の詳細な調査が行われ、語釈が行われ、典拠や関連事実の掘り起こしが進められる。それによって、たぶん「研究」対象としての西鶴作品についての知見は深められ、広がったのだろう。また、西鶴の表現方法についても俳諧的（連想的）手法との関係が指摘されてきた。しかしそれは、先に見た「わからなさ」についての説明にはなっても、その箇所を読むうえでの理解にはつながらないのである。つまり、西鶴研究は飛躍的に進んだが、それによって西鶴の作品についての理解が深まったようには思えない。

もちろん、西鶴研究者のすべてがこうした「研究」に埋没してきたわけではない。むしろ、西鶴研究者の多くはこういう情況に疑問を持ち、西鶴の読みを深めたいと思っているだろう。先に述べたように、近年そうした「西鶴を読む」ことを標榜する「研究」も目につくようになってきている。それは先に述べた西鶴の「わからなさ故の魅力」がもたらす必然である。大半の研究者はそれにひかれて西鶴研究に赴いたのだから。しかし、「研究」の進展は膨大な情報を生み出し、その情報を処理することが「研究」になり、その結果、「読み」を深めること、「読み」の方法を模索することが後回しになり、手薄になってきたことは否めない。言うまでもないことだが、恣意的な読みがただちに「文学」になるわけではないし、単に現代を投影した作品解釈が「文学」でもない。あくまでも近世の作品としての限定を受け入れ、その限定性を理解しながら作品と向き合うことが「読む」ことなのであり、そこには方法的模索が、恣意ではなく思惟の積み重ねが必要とされる。そうした模索や積み重ねが、とりわけ近世文学研究においては見失われる傾向にあったし、それを取り戻すことは容易ではない。長い前置きになったが、本稿はそうした「読み」を回復するためのささやかな試みである。

四 「世間」という視座

西鶴の存在は、必ずしも「近世文学研究」の対象として納まっているわけではない。その魅力は「文学研究」外部からの言及を、間欠的にではあるが絶えることなく引き出している。このことは西鶴を「読む」うえできわめて重要だと思う。西鶴は先に述べたように、ルーティン化した「文学研究」ではとらええきれない存在だから。

近年、西鶴を大きく取り上げた「外部」の著書として、阿部勤也『「世間」とは何か』(一九九五 講談社現代新書)がある。これは阿部が様々な形で展開している「世間」論のひとつだが、西欧において「社会」あるいは「公共」という概念・意識がある歴史的な時点において成立し、それがいわゆる近代国家の基礎となっているのに対し、日本では「社会」はタテマエとしてしか存在せず、「世間」の論理が人々の思考や行動を規定している、というのが論旨である。(3) ともすれば、「遅れた日本」の亜流のような見解に見られなくもないが、阿部の主張の中心は、「社会」と「世間」

の違いをはっきりと見極め、「世間」を相対化する視座を持つことの必要性にある。そうした観点から、日本文学を主たる素材として、中世から近代に至る日本の「世間」の把握のされ方を論じたのが『「世間」とは何か』である。ここでは『徒然草』、親鸞の思想、西鶴、漱石、荷風などが取り上げられているが、とりわけ西鶴については、「「色」と「金」の世の中――西鶴への視座」と題する章が設定され、最も多くのページがさかれている。もちろんそうは言っても、新書判で数十ページでは、概説風の叙述でしかなく、西鶴を通して近世の「世間」を見るという立場なので、西鶴を論じているとは必ずしも言えないのだが、そのなかで阿部は、西鶴が「世間」を否定し逸脱しようとする人物をしばしば描いていること、一方で「世間」の有り様をはっきりと意識し、肯定していることを指摘し、結局西鶴は「隠者」として「世間」と距離をおいたというふうに位置づけている。

私にとっては、この阿部の西鶴への言及が、というよりは、「世間」という問題設定そのものが興味深いものだった。そして、西鶴を読み、考えるうえでの重要な視座になるのではないかと感じた。つまり、かつての西鶴論、西鶴をどう読むかという議論は、脱（あるいは反）封建制という視点にせよ、初期資本主義成立期の町人という視点にせよ、やはり「社会」という視座を据えてきたように思われるからである。「世間」に対しては、もちろん『世間胸算用』などという作品があることからも、言及がなかったわけではないが、それは通常「世の人心」の探求というような「文学」的読解の枠組みに回収されてきたように思われる。

たとえば阿部の「世間」論を背景において考えると、先の「大晦日はあはぬ算用」の読みにも、展望がひらけるように思われる。阿部は、「世間」とはその内部では気配りや配慮に満ちているが、外部に対しては無関心であると述べる。つまり「公共性」を持たないのである。この観点から見ると、「大晦日はあはぬ算用」は、まさに武士（浪人）の「世間」の有り様を描いていることになる。仲間うちでの気配りや潔癖さは、外部（町人）に対しての威圧と表裏をなすという、まさに「世間」の両面性をとらえているのではないか。だとすれば、「武士のつきあひ、格別」とは、称揚か皮肉かという以前に、まさに「武士の「世間」は（町人の世間とは）別」だ、という認識を示していると読める。そう読むと、少なくとも私にとっては前半と後半のギャップは、ギャップとしてではなくトータルな「世間」像として腑に落ちるのである。そしてそれは、登場人物に共感したり感情移入したりするのではない、ある意味でテキストのあり方に即した「読み」につながるように思われる。

五　「死なば同じ波枕とや」

そうした「世間」の視座から、ひとつ具体的な西鶴の作品を取り上げて考えてみたい。『武家義理物語』の一編（巻一—五）「死なば同じ波枕とや」である。梗概は以下の通り。

伊丹城主・荒木村重の重臣・神崎式部は、主君の次男が蝦夷の景色を見たいと言い出したため、供をすることになり、一人息子の勝太郎も同行する。また同役・森岡丹後の息子・丹三郎も供に加えられ、丹後からは息子を頼む、と言われていた。大井川の渡しにさしかかり、川は雨で増水していたが、式部の制止にもかかわらず、血気盛んな若殿は強引に川を渡り、多くの家来が流されて命を失う。式部は丹三郎を無事に渡さねばと、息子の勝太郎を先に立て、その後ろを丹三郎に渡らせたが、丹三郎は流れに呑まれ行方知れずとなってしまう。勝太郎と式部は無事に渡ったが、式部はこれでは武士の一分が立たないと、勝太郎に川に飛び込んで死ぬように命じ、勝太郎は躊躇せず実行する。式部は悲しみ、丹後には丹三郎の他にも息子がいるが、勝太郎は一人息子だったのにと嘆き、世の無常を観じるが、主命大事と供を続ける。その後無事に旅を終えて帰城すると、式部は職を辞し出家して山に籠もってしまう。その後、勝太郎が死んだ事情が森岡丹後にも伝わり、丹後も妻子とともに出家し、同じ山に入り、式部とともに後世を念じて生涯を終えた。

この話は、武家もののなかでは取り上げられることの多い話で、文字通り「武家」の「義理」を描いたものとして論じられてきた。確かに、冒頭に、

人間定命《じやうみやう》の外、義理の死をする事、これ弓馬の家の習ひ。

とあり、本文中で息子を死なせた式部が、

「まことに人間の義理ほど悲しきものはなし」

と述懐している。話の内容も、主命を守る「義理」と同僚の信頼に応えようとする「義理」が、勝太郎の潔い死という劇的な出来事に集約されている面はあり、確かに「義理」の美学と悲劇を描いているように見える。そして従来の研究は、おおむねそこに焦点を置いて、基本的にはそこに「感動」を見出している。勝太郎の「潔い死」と、息子を死なせた父の「悲哀」に「感動」するのである。前者への「感動」は「義理の賛美」に、後者へのそれは「義理に対する批判」につながるわけで、その重点の置き方によって論者の位相は変わってくるが、基本的な「読み」はほとんど一致している。つまり、「義理」に生きた人間への共感を基調として受け取り、そこから「義理」への作者の評価を「読み解こう」としているのである(4)。

しかし、そうだろうか。まず率直に私の「感想」を述べれば、この話にはまったく「感動」しないし、「感動」する人の気が知れない。まず勝太郎だが、本文中に勝太郎の心情はもちろん、どのような少年だったのかなどの説明はいっさいない。彼の一話中での役割は、ただ父の命令に従って川に飛びこんだことのみである。

丹三郎が流されたのを見た式部は勝太郎に「丹三郎のことは親・丹後から預かってきたのに、ここで死なせてしまい、お前を生かしておいては丹後の手前、武士の一分が立たない。すぐに死ね」

と語る。すると、勝太郎は、

流石《さすが》侍の心根《こころね》、少しもたるむところなく、引き返して立波《たつなみ》に飛び入り、二度《ふたたび》その面影は見えずなりぬ。

ということになる。つまり、勝太郎という人物はほとんど「描かれて」はおらず、彼に話の焦点が合っているとは思えない。もちろん、彼は瞬時に父の心中を察し、自分のとるべき行動を判断したのだろう。その迷いのなさが「感動」的なのかもしれない。しかし、だとしてもそれは「義理」というよりは、盲目的な「孝」ではないのか。それを道義的に肯定しない限り、勝太郎に共感する余地があるとは思えない。

ちなみに彼の名は、当初「勝太郎」だが、途中から「勝三郎」と表記される。森岡丹後の息子「丹三郎」と混同したのだろう。作者にとって、その程度の存在だったということではあるまいか。さらに詮索すれば、「勝太郎」が「勝三郎」になるのは丹三郎が死んだ直後からであり、要するに丹三郎と勝太郎（勝三郎）は、「等価」であるということが重要なのだ。ちなみに挿絵でも川を渡る二人はコピーしたかのようにそっくりに描かれている（次頁図参照）。

そして、父の式部の悲しみだが、

「……無事に大川を越えたる一子を、わざと最期を見し事、さりとては恨めしの世や」

と、また、

「死なば同じ波枕とや」挿絵。左が勝太郎、右が丹三郎。「同じ」である。

「……一人の勝三郎に別れ、次第に寄る年の末に、
何か願ひの楽しみなし」

と述懐するのだが、自分の「武士の一分」のために息子を殺しておきながら、息子への謝罪や感謝の気持ちはまったく表現されておらず（息子の名前すら間違えていることはともかくとして）、あくまでも「跡継ぎ」をなくした自分の悲しみだけを述懐している。これでは、他人の息子を死なせてしまった自責の念を、自らが同等の苦痛を味わうことで紛らわしている（ごまかしている）にすぎないのではないか。そもそも森岡丹後にとって、勝太郎の死は何の意味もないのである。ここから私たちが受け取るものは、「感動」よりも圧倒的な違和感ではあるまいか。

もちろん、こうした「読み」はあくまでも現代の観点からのもので、近世における規範や思考様式を無視した一方的なものである。しかし、私たちが西鶴を読

むということは、ここから出発するしかないのではないか。そして、これがこの時代の武士の義理なのだと無批判に読み、「感動」することは決して正しい読みではない。

私はこの話に「感動」はしないが、この話を面白いと思う。そもそもなぜ式部は自分が責任を取って死ぬのではなく、息子を死なせたのか。この話の典拠として従来『仮名列女伝』巻五の「梁《りやう》節姑娣《のせつこてい》」が指摘されている。しかしそれは、火事の際に兄の子を救出しようとして自分の子を助けてしまった女性が、自ら火中に身を投じたという話である。つまり、自らは死なずに息子を死なせた「死なば同じ波枕とや」とは決定的に違うし、それは典拠を踏まえた変更というよりは、そもそもまったく別の発想の話であると思う。

六　「世間」の視座から読む

さて、子を失った神崎式部は出家したが、後を追うように森岡丹後も出家して話は完結する。結局のところ、この話は何を言おうとしているのか。この話の末尾は次の通りである。

　その人も残らず、今又世にある人も残らず。

「その人」とは最終的に出家した式部と丹後のこと。それはいい。問題は「今又世にある人も残らず」である。これはいったい何のことだろうか。人間誰しも死んでしまうから、いま生きている人も死んで残らないのはあたりまえである。こんなあたりまえすぎる、あるいは普遍的すぎることを結びに持ってくるというのは、どういうことなのだろう。どんな話にでも、この結びの文句はあてはまってしまう。なぜこの話に、この結びなのか。ここにも例の西鶴のわからなさがある。

ちなみに新編日本古典文学全集のこの部分の注釈には、「本章冒頭「人皆魂に変はる事なく」に対応した表現」とあるが、私には何がどう「対応」しているのか、まったく理解できない。さらに、岩波文庫の『武家義理物語』（前田金五郎校注）にはこの部分について以下の「補注」が付されている。

> この構文は、左記の名文を真似たものであろう。「古文真宝後集」所載の、杜牧之「阿房宮賦」の文末に、秦の滅亡を、「秦人不レ暇二自哀一、而後人哀レ之。後人哀レ之、而不レ鑑レ之、亦使三後人而復哀二後人一也。」と見え、また「荘子」の徐無鬼に、「嗟呼、我悲二人之自喪者一。吾又悲二夫悲レ人者一。吾又悲下夫悲二人之悲一者上。其後而日遠矣。」とある。

しかし、この注釈にいったいどういう意味があるのだろうか。『古文真宝』や『荘子』を「真似た」として（到底そうは思えないが）、ではこの一節はどう解釈されるのか。要するに、西鶴は漢籍の知識をひけらかすために書いただけで、特に内容はないということだろうか。曲解すれば、こうした注釈、あるいは典拠探しは、むしろこの作品が持っている「謎」を隠蔽し、考えないようにするために行われているかに見える。「研究」と読みの乖離とはこういうことである。あくまでも、

「死なば同じ波枕とや」というテキストのなかで、この一節の意味を考えてみたい。

さて、ここで先述の阿部勤也の「世間」という視座からこの話を見てみたいと思う。まず、いま触れた末尾の一節について言えば、「今又世にある人」の「世」をこの話における「世間」と考えてみる。つまりこの一節は、人間誰もが死ぬという普遍的な事実を述べたものではなく、この話の背後にいる「世間の人」もやがて死んでしまう、と述べているのだと考えるのである。

では、この話の背後にいる「世間の人」とは誰だろうか。この話のなかには、はっきりとそういう存在が登場するわけではないが、それらしい「人」が本文中に二か所出てくる。まずひとつは、息子を死なせた式部の述懐のなかに、

故郷を出でし時、人も多きに、我を頼むとの一言《いちごん》、そのままには捨て難く、（傍点引用者）

とある。これは普通に読むと、「故郷を出る時に、若殿の旅に随行した人は多いのに、よりによって自分に「頼む」と言った一言、それをそのままにはできない……」と解釈される。対訳西鶴全集および新編日本古典文学全集の訳（ともに冨士昭雄）は、「国元を出たとき、人も多いのに、特に自分に頼むとの丹後の一言、そのままに見捨ててはおけず」となっており、同じ解釈と考えていいだろう。

しかし、神崎式部は冒頭で「横目役を勤めて、年久しくこの御家を治められし」と記された家の重臣であり、旅の途中でも「跡役《あとやく》あらため来《きた》つて、川の景色を見渡し」て若殿に意見をしており、

この旅の責任者であることは間違いないと思われる。したがって「同役の森岡丹後」が息子を「頼む」相手が式部であるのはごく自然なことではあるまいか。だとすれば、「人も多きに」を先のように解するのはおかしいのではないか。もちろん、これはあくまでも息子を死なせた直後の神崎式部の述懐であるから、理屈のみで解釈すべきではないだろう。しかし、この一文を次のように解釈する余地はないだろうか。「故郷を出る時に、人が大勢いるなかで私に「頼む」と言った……」と。つまり「人」を「周囲の人」と取り、それをいわばプレッシャーと感じたという解釈である。こう解釈すると、式部の行為は丹後に対する「義理」というよりも、「世間」の目、評判を気にしての行動ではないか、ということになる。

もう一か所「人」が出てくるのは、式部が出家した後のこと。

それまでは子細を人も知らざりしが、勝三郎最期の次第、丹後伝へ聞きて、その心ざしを感じ、これも俄に御暇《ひま》乞ひ受け、妻子も同じ墨衣、……

という部分である。ていねいにパラフレイズすれば、式部が出家するまでは「人」も事情を知らなかったが、式部が出家したことで勝太郎の死のいきさつが「人」に知られ、そして丹後にも伝わった、ということになるだろう。この場合の「人」とは不特定多数のいわゆる「世間」と考えていい。さて、勝太郎の死の理由、状況を「伝へ聞」いた結果、今度は丹後が出家することになる。丹後の出家は「その心ざしを感じ」とあって、あくまでも式部の行為に感動したためだと記される。しかし、その背後に「人」すなわち「世間」が事情を知ったことがさりげなく記されていることに注意したいのである。つまり、丹後は出家せざるをえなかったのではないか。そしてそれは、式部が息子を死なせざるをえなかったのと同じ、対「世間」意識によるのではないか。そのことをはっきりと感じさせるのは、丹後の出家が「妻子も同じ墨衣」と記されていることである。大事なのは「妻子」つまり「妻」と「子」だということ。

単に式部の志を「感じ」ただけならば、自分が、あるいは夫婦で出家すればいい。問題は「子」である。当然ここでは式部の述懐が思い出される。彼はこう語っていた。

「丹後は外にも男子《むすこ》をあまた持ちぬれば、嘆きの中にも忘るる事もありなん。某《それがし》は一人の勝三郎に別れ、次第に寄る年の末に、何か願ひの楽しみなし」

息子を失ったことで式部と丹後は対等であるが、一人息子を失った式部とくらべれば他に息子、つまり跡継ぎのいる丹後は恵まれている。そして、それが「世間」の知るところとなった時、ここで今度は、丹後の方がある種の負債を抱え込むことになったのではないか。それは、単に式部に対する負い目にとどまらない、むしろ「世間」の目に対する負い目になっているのである。単に式部の「心ざしに感じ」ただけならば、子を一緒に出家させる必要はないだろう。ある種の強制力によって、丹後は「子」ともども出家し、跡を絶やさざるをえなかったのではないか。

ちなみに、この「妻子」には従来の注釈書は何の注もつけていない。また管見の範囲ではこのことに言及した研究はない。注4で紹介した堀切実「「死なば同じ波枕とや」考」は冒頭にこの話のあらすじを掲げているが、そこには「丹後夫婦も、式部の跡を追って山に入り、四人で後世を送った」とあり、「子」の存在は無視されている（「四人」とは丹後夫婦と式部夫婦であり、子は出家していないことになる）。また新編日本古典文学全集の解説（広嶋進）も「同僚夫婦も出家する話」とまとめており、やはり「子」は無視、もしくは出家していないことにしている。これは「誤読」だと私は思うが、それは偶然ではなく読みの方向性がもたらした必然的な誤読であろう。先述の通り、従来のこの作品の読みは、勝太郎の死に「義理」を集約させ、式部と丹後の関係性にはほとんど注目していない。したがって最後に誰が出家しているのか、などということにはまったく関心を示していないのである。それはそれで意味のある「誤読」だが、それにしてもこれほど明瞭な「誤読」が何の指摘も受けないのが現在の「西鶴研究」なのである。

以上の「読み」から末尾の一節に立ち戻れば、「今又世にある人」とは、不特定の「人」一般ではなく、式部と丹後の関係の背後にあって、式部の息子を死に追いやり、そして丹後の一家あげての出家を暗黙のうちに強いた、ある具体的な「世間」（武家社会）のことのように思われる。もちろん、式部や丹後がそれを自覚していたわけではない。彼ら自身はそうした「世間」の一員としてその規範に従ったまでのことである。しかし、その結果彼らは「世間」の外へ出るしかなくなった。そこで記される「今又世にある人も残らず」とは、そうした無意識を支配する一見強固で動かしがたい存在に見える「世間」もまた、実は有限な個々人が形成しているものであり、はかない存在なのだ、という指摘ではないだろうか。そう述べることで、そうした規範に従った、従わざるをえなかった式部や丹後を、つまりはこの話全体を、いわば突き放す（相対化する）一文なのではないか。

七　私たちの「世間」と西鶴——「隣人訴訟」事件をめぐって

もちろん、こうした対「世間」において義理が存在する、あるいは「世間体」こそが「義理」だ、という議論はすでにあって、私の論は屋上屋を架すものに見えるかもしれない。また、むりやり「世間」と結びつける強引な解釈との批判もあろう。しかし、この話を「武士の義理」を描いたものではなく、「世間」を描いたものとして見ることによって、このテキストの読みをよりテキストに即したものとし、同時に私たちの（現代の）読みにつなげていけるのではないか。

「世間」という視座については先述の通り阿部勤也に教えられたのだが、阿部はこの「死なば同じ波枕とや」には言及していない。しかし、阿部が展開する「世間」論の別の箇所から、この話を考えるうえで大きな示唆を受けた。阿部の『学問と「世間」』（注3参照）において取り上げられている次のような現代の「事件」である。(5)

ある人が、ちょっとした用事で家を留守にする際、隣人に子供を見ていてくれと声をかけて出かけた。隣人にも同年齢くらいの子供がいて、ふだんからよく遊んでいたのである。この日も子供同士で遊んでいた。ところが池で遊んでいて、家を留守にした人の子供が溺れ死んでしまう。

ここまでは、「死なば同じ波枕とや」と同じである。もちろん現代の話だから、人の子供を死なせたからといって自分の子供を死なせるはずはない。この事件は裁判に持ち込まれた。つまり、隣人が注意を怠ったために子供が死んだ、と子供を預けた人が隣人を（そして池の管理者なども同時に）訴えたのである。判決はその訴えを一部認めた。しかしここから本当の「事件」が起こる。訴えた人（つまり子供を預け、失った人）およびその家族に対して、いやがらせ（あるいは脅迫）が殺到したのである。彼は訴訟を取り下げた。さらに控訴していた隣人に対しても同じようなことが起きた。結果として、こちらも訴訟を取り下げた。つまり裁判そのものが無効になったのである。訴えた側は職を失い、子供は学校でいじめにあったという。

この一連の出来事は「隣人訴訟事件」と呼ばれている。この「事件」の主役は「世間」である。そして「世間」の主張は、「隣人関係を裁判に持ち込むな」ということだったらしい。阿部らの論旨から言うと、この「事件」は日本において裁判制度という「社会」の約束、「公共性」よりも、「世間」の暗黙のルールが優先され、大きな力を持って私たちの生活を規定している実例ということになる。

この事件を分析した佐藤直樹は、次のように述べる。(6)

ここにあるのは一種の「助け合いの精神」、要するに「相互扶助共生感情」である。そしてこの「相互扶助共生感情」の根底にひそんでいるのが、「世間」の中心にある贈与・互酬の関係、すなわち子供を預かってもらえば、そのお礼としてこちらも預かるなどの返礼をしなければならないという人間関係である。……「世間」では死なないかぎりこの「親切―義理―返礼」の連鎖が無限につづくことになる。

私はこの「事件」からただちに「死なば同じ波枕とや」を連想したのだが、さらにこの解説も示唆的であり、「死なば同じ波枕とや」の解説にそのまま適用できる。つまり、預かった他人の子供を死なせた式部は、その見返りとして自分の子供を死なせるしかなかった。「死なば同じ波枕とや」というタイトルもまた、この行為が「互酬」を意味することを端的に語っている。死ぬならば同じ状況で同じ場所で死ななければならないというのである（末尾の「とや」は例によって西鶴らしい微妙な作者のスタンスを示しているが、ここでは詮索しないでおく）。さらに、結果として一人息子を失った式部が出家したため、神崎家は途絶えることになるから、それに応えるためには森岡丹後は妻子ともども出家するしかない。「死なば同じ波枕とや」の「義理」とはまさに「互酬」の「連鎖」であり、それは彼らが出家して「世間」から出る（つまりは「死ぬ」）ことで終わったのである。そして、こうしなければ式部も丹後も「世間」の非難を浴びたのであり、それを知っているからこそ彼らは理不尽とも思える行動をとった（とらざるをえなかった）。結局、出家し「世間」を捨てる（あるいは「世間」に捨てられる）ことで物語としては円満な結末を迎えたのだが、西鶴はその末尾に「その人も残らず、今又世にある人も残らず」と記すことで、彼らの行動を突き放す。

西鶴が書いたのは、「義理」への賛美でもなければ、批判でもない。「義理」の構造、すなわち「互酬の連鎖」そのものが物語として提示されているのである。勝太郎の死に「感動」していてはそれは見えてこない。西鶴が見ていたものは「世間」であり、その「世間」はいまも私たちを規制しつづけており、それにどう向き合うかは私たち自身の課題である。

注

（1）堀切実『読みかえられる西鶴』（二〇〇一　ぺりかん社）、矢野公和『虚構としての『日本永代蔵』』（二〇〇二　笠間書院）など。

（2）西鶴作品の引用は以下特に断わらない限り、新編日本古典文学全集（小学館）による。ただし振り仮名は一部省略する場合がある。

（3）阿部勤也『西洋中世の愛と人格――「世間」論序説』（一九九二　朝日新聞社）、同『「教養」とは何か』（一九九七　講談社現代新書）、同『学問と「世間」』（二〇〇一　岩波新書）など。

（4）注1の堀切実『読みかえられる西鶴』に「「死なば同じ波枕とや」考」という一章があり、そこで従来のこの作品の読みが整理され、検討されている。本稿はこの整理・検討に依拠しており、大変参考になった。なお、そこでは堀切氏自身の読みも提起されているが、それも含めて勝太郎の潔さへの「感動」を中心にした「義理」の考察が従来の研究の共通項である。

（5）佐藤直樹『〈責任〉のゆくえ――システムに刑法は追いつくか』（一九九五　青弓社）の紹介という形で阿部が取り上げたもの。したがって本来は佐藤直樹の名を先に出すべきだが、ここは私個人が知見を得た順序のままに記す。

（6）佐藤直樹『「世間」の現象学』（二〇〇一　青弓社）。

第二章　西鶴の「世間」　『世間胸算用』をめぐる覚書として

一　『世間胸算用』と『西鶴置土産』

西鶴生前最後の作品となった『世間胸算用』は、序（「難波　西鶴」の署名）において、

元日より胸算用《むねざんよう》油断なく、一日千金の大晦日《おほつごもり》をしるべし。

と述べている。

しかし『世間胸算用』全二十話のほとんどは、そうした油断のない堅実な「胸算用」が欠如した結果としての大晦日を舞台に、ひと言で言えば、いじましい人々の生活を描いている。そうしたいじましいやりくりこそが「世間（の）胸算用」なのだ、と読むことはできるし、そうした「世間」または「庶民」を描いた稀有の作品であることは事実だろう。

さて一方、『世間胸算用』刊行翌年に西鶴が没した後、ただちに遺作として刊行された『西鶴置

土産』のやはり「難波　西鶴」と署名された序は、

世界の偽《うそ》かたまつて、ひとつの美遊《びゆ》となれり。

と宣言し、

女郎買ひ、さんごじゆの緒じめさげながら、この里やめたるは独りもなし。

と断言する。

ここには堅実な「胸算用」もなければ、いじましい「胸算用」もない。各話の内容も、遊蕩し、蕩尽し、没落する人々を徹底して、というか淡々と、描く。『置土産』の序に年記はないが、出版状況を考えれば『胸算用』の構想と『置土産』の構想が「難波　西鶴」のなかで同居していたことは疑いようがない。

一方で懸命にやりくりをして日々を生きる町人の姿を描きながら、他方では遊蕩し没落する人々を、それが当然の生き方のように描く「難波　西鶴」とは、いったい何者なのだろうか。どのような視座の、そして世界観の持ち主なのだろうか。

『世間胸算用』は確かに町人の生活の機微を描いて秀逸だし、大晦日という設定、そして登場人物の無名性という趣向も効いていて、いわゆる町人物の集大成と評価される通りだと思う。しかし、『西鶴置土産』の豪快な蕩尽の羅列を横に置いて見る時、『胸算用』のいじましさが、空しく感じられはしないだろうか。

『置土産』の序の末尾には「これを大全とす」とあり、目録にも「大全目録」とある。西鶴がどのようなタイトルを準備していたのかわからないのが残念だが、ともあれ、この遊蕩・破滅列伝とも言うべき作品集は、ある意味で『好色一代男』に始まった「浮世」草子なるものの「大全」なのではないか。

そして、『好色一代男』から『置土産』に至る「蕩尽」の流れに西鶴の世界観を見る方が、ずっとすっきりしている。西鶴にとって世界は金だった。「士農工商の外、出家・神職にかぎらず、始末大明神の御託宣にまかせ、金銀を溜むべし」（『日本永代蔵』巻一―一）、「人の家に有りたきは梅・桜・松・楓、それよりは金銀米銭ぞかし」（同巻一―二）という世の中であり、神仏も風雅ももはや規範たりえず、ただ金だけが人の価値を決める。したがって、金を溜めることだけが人のなすべきことなのだが、しかしそこには際限がない。神仏や風雅と違い、内面化する契機がなく、どこまでも外部のモノでしかない以上、金は生きる目的（モラル）にはなりえないのである（もちろん、ある程度――『日本永代蔵』程度――までは目的になるが）。そこで、逆に金を使うこと、徹底して使うこと、蕩尽することにそれを求めることになる。金を使うとはつまり快楽（美遊）を買うことであり、そこには確かに生の目的があり、モラルがある。「浮世」とはそういうことだろう。

しかし、もちろん蕩尽できるのは、そもそも蕩尽するに足る金を持ち合わせた者だけである。誰もができることではない。そしてまた、「貧にては死なれぬもの」（『世間胸算用』巻一―二）であり、蕩尽で人生が終わるわけでもない。『日本永代蔵』巻一―二「二代目に破る扇の風」において、見事に蕩尽した扇屋の二代目は「一度《ひとたび》は栄え、一度は衰ふる」と、身の程を謡うたひて一日暮し」だったし、『西鶴置土産』巻二―二「人には棒振虫同前に思はれ」の元大尽・月夜の利左衛門は、元遊女の妻と子供を抱え赤貧洗うがごとき生活を送っている。彼らに後悔はなく、むしろ達観があるのだが、それはそれとして、日々はつづいていく。では、人は何によって生きるのか。とりわけ、蕩尽するものも持たず、『永代蔵』ほどの蓄財力もない、大多数の人は。

そこに「世間」があり、そこからもうひとつの「浮世」草子としての『世間胸算用』が始まるのだろう。

二 「小判は寝姿の夢」

いまさらとは思うが、やはり確認しておきたいのは、西鶴の小説(と仮に呼んでおく)が、「人間」を描いているのではない、ということである。ここで言う「人間」とは、いわゆる近代的な自我(または自我意識)を焦点とする個としてのそれである。たとえば、『世間胸算用』の著名な一編「小判は寝姿の夢」(巻三―三)を見てみよう。

夫婦と赤ん坊三人の世帯がいよいよ窮乏し、妻が大晦日に乳母奉公に出る。残された夫は、赤ん坊の世話をしてくれる近所の女性たちが、妻の奉公先の旦那が女好きだのなんだのと噂するのを聞いて、急いで妻を取り返し、涙で年を越す。

この話は、近代的に読もうとすれば、夫婦の愛情の物語となる。「金よりも愛」の物語ということである。その点で『胸算用』のなかでは異色の作品とも言われてきた。しかし、近年の論者がしばしば指摘するように、そうした読みは、近代的に西鶴を読みたいという願望を投影した誤読でしかないだろう。

この話に登場する男は、大晦日の朝、ひたすら金が欲しいと、それも「一足とびに分限になる事を」念じている(その一念が一瞬山積みの小判となって現れるのが、タイトル「小判は寝姿の夢」の由来)。地道に働く気持ちはないのである。やむなく妻が、乳が出るのを幸い乳母奉公に出る。残された男は述懐する。

「我大分のゆづり物を取りながら、胸算用のあしきゆゑ、江戸を立ちのき、伏見の里に住みけるも、女房どもが情ゆゑぞかし。大福《おほぶく》ばかり祝うてなりとも、あら玉の春にふたりあふこそ楽しみなれ」

ここから、男が裕福な江戸の町人だったが、没落したことがわかる。まだ若い夫婦だから、「大分のゆづり物を取」ってから急速な没落である。先の「一足とびに分限になる事を思ひ」という記述からすれば、投機的な商売で失敗したということになろう。あるいは、「女房どもが情ゆゑ」をうがって読めば、この妻が元は遊女で、身請けしたための没落かとも思うが、他にそれらしい叙述はないので、投機の失敗と考えておく。ともあれ、金が欲しい金が欲しいと念じていた男は、ここで何はなくとも妻と二人で正月を迎えることが「楽しみ」だと気づいたのである。確かにこれは夫婦の愛情の物語だ。

しかし彼は、妻が用意した二人分の正月用の箸の一膳をへし折って鍋の下にくべてしまう。その後赤ん坊が泣きだすが、彼は何もできない。見かねた近所の女房たちが世話をする。世話をしながら噂話。

「お亭さまはいとしや、お内儀様は果報。さきの旦那殿が、きれいなる女房をつかふ事がすきじや。ことに、この中《ぢゆう》おはてなされた奥様に似た所がある。本《ほん》に、うしろつきのしをらしき所がそのまま」

このセリフは実に鮮やかで、説明するのは野暮だが、一応説明する。赤ん坊が泣くのを見かねて世話をしてくれる近所の女房たちは、もちろん親切な人たちである。しかし、同時に彼女たちには軽い嫉妬と羨望がある。男の女房が乳が出るために好条件の勤め先を得たこと、そして彼女が美人であることに対し。とはいえ、このセリフには皮肉はあるが悪意はない。少し考えれば、「きれいなる女房をつかふ事」が好きでない男がいるはずもないし、死んだ奥様と「似た所」があると言いながら、それが「うしろつき（後ろ姿）」だというのは笑い話でしかない。彼女たちは、「ご亭主、気をつけた方がいいわよ」と言ってからかったのである。

しかし、男はこのセリフに過剰に反応した。「それを聞いてからは、たとへ命がはて次第」と駆け出して、妻を取り返したのである。男が聞いた「それ」とは、女房たちが話していないことである。つまり、「さきの旦那殿」に自分の妻が取られてしまうかもしれないという話の帰結を、既定の事実として（しかもそれが今夜にも起こる出来事として）彼は聞いたのである。話のパターンとしては、こういう人物を「愚人」と呼ぶ。もっとも、この話はその愚かしさを嘲笑しているわけではないらしい。

ともあれ、ここには愛情とか苦悩とかは描かれていない。ここにあるのは、冒頭に「江戸で見し金子《きんす》、ほしやほしやと思ひ込みし一念」で寝ていた時と同じ、幼児的な欲望だけである。妻が二人分用意した箸を見ても行動しなかった男が、妻が人に取られると思い込んだとたんに行動に出る。女としての妻が人に取られることが我慢できなかったのであり、この男にはそうした所有欲しかない。生活（金）と妻（愛情）の間で悩んだり葛藤しているわけではなく、金も欲しいし、女も手放したくない。とりあえず、女は自分のものにしておく、ということである。生活のために、とりわけ赤ん坊を死なせないために奉公に出ることを決意した妻の思いは、まったく顧みられていない。

これは近代小説が描く「人間」ではないし、まして夫婦の愛情の物語ではない。この話が『胸算用』のなかで異色なのは、主人公が没落者（蕩尽・破滅タイプ）であり、つまり欲望に率直であることだろう。『胸算用』の大半の登場人物はそもそものような率直な欲望が自分にあることを知らない。

三 『西鶴諸国ばなし』

「小判は寝姿の夢」から、突飛な連想かもしれないが、『西鶴諸国ばなし』の最終話「銀《かね》が落としてある」が思い出される。江戸で金を儲ける方法はないかと人に尋ね、道に落ちている金を拾うことだとからかわれた男が、愚直にその言葉を信じて江戸に出て、富裕になる話である。最終話ゆえのできすぎたハッピーエンドなのだが、ここにある愚直さ、そしてその愚直が笑いとばされることなく描かれる点において、似たものを感じるのである。

「小判は寝姿の夢」において、夫婦揃っての越年という結末を可能にしたのは、話のなかに描かれていないが、男の妻を返してくれた雇い主の存在だったはずである。本来、契約が成立している以上、男が賃金を全額返したとしても、やっと見つけた乳母を返す義務はないはずである。しかも、本文中には口入れ屋が手数料一割を「りんと」取った様子がしっかりと描かれている。男は「最前の銀はそのままあり」と言って女房を取り戻したのだが、そんなはずはないのである。だとすれば、ここには雇い主のかなりの好意もしくは甘さが隠されていることになる。そしてそれは、江戸に拾い物をするために出てきた男の愚直さにあきれ、金を落としておいた人々と通ずるのではないか。ここに西鶴の世界観、「世間」観を見ることはできないだろうか。端的に言えば、西鶴の「世間」は結構寛容なのである。

さらに連想する。同じ『諸国ばなし』の巻二―六「楽しみの男地蔵」である。京で幼女誘拐を繰り返す男の話。現代であれば猟奇犯罪小説となるはずのこの話柄が、『諸国ばなし』においては、男は役人に「召し寄せられ」るものの、

只何となく、小さき娘を見ては、そのままに欲しき心の出来、今まで何百人か、盗みて帰り、五日三日は愛して、また親元へ帰し申すのよし、外の子細もなし。

というだけ。結末は、

石流《さすが》都の大やうなる事、思ひ知られける。

とのみ。まさに鷹揚で、寛容な世間ではないか。

よく知られているように『諸国ばなし』の序は、

世間の広き事、国々を見めぐりて、はなしの種をもとめぬ。

と始まり、諸国の珍物を列挙して最後に、

……都の嵯峨に、四十一まで大振袖の女あり。これをおもふに、人はばけもの、世にない物はなし。

と閉じる。

『西鶴諸国ばなし』には辺境や仙界や幽霊など様々な異世界が登場するが、つまるところ、序にある通り、「人はばけもの」というところに印象が残る。「銀が落としてある」も「楽しみの男地蔵」もその典型である。

この序の論理を整理すれば、「世間の広さ」をつきつめてゆくと「人はばけもの」ということにたどりつく、ということになる。あるいは、「世間」の寛容さが「人」の多様性・可能性そして異界性を支えていると言えるのではないか。そして、その場合の「人」とはいわゆる自我・個我ではなく、愚直なまでの欲望・嗜好なのである。いや、欲望・嗜好とはそもそも愚かしくも率直なものだ、と言うべきか。

もちろん、西鶴が不寛容な「世間」を描いていないというわけではない。『諸国ばなし』においても、有名な「忍び扇の長歌」(巻四―二)など、不寛容な世間が描かれた典型的な話である。ただし、それは武家社会という「世間」である。同じ『諸国ばなし』「大晦日はあはぬ算用」(巻一―三)には「武士のつきあひ、格別」とあった。町人社会においては、『本朝二十不孝』『好色五人女』などにおいて儒教的徳目が抑圧的にはたらく様態は描かれるが、それが「人」を抑圧しているわけではない。「人」が「自我」ではないからである。むしろ西鶴において、町人の「世間」は欲望としての「人」を許し、肯定し、その背中を押している。

四 「問屋の寛闊女」

はなしを『世間胸算用』に戻そう。先に見た「小判は寝姿の夢」を例外として、ここではもはや「欲望」が否定的にしか語られていない。冒頭の第一話「問屋《とひや》の寛闊女《くわんくわつ》」は世間一般の無駄遣い、とりわけ女房の贅沢への痛烈な批判から始まる。「贅沢は敵」なのである。

しかし最初にも述べたが、『胸算用』に実際に描かれるのは、無駄遣いや贅沢を排して、きちんとやりくりをした人々ではなく、その反対の人々である。「問屋の寛闊女」の後半部を見よう。

大晦日の明け方、夢に死んだ父親が現れ、いまの商売ではこの店はつぶれ、来年のいま頃は土地・家屋いっさいが競売にかかると予言する。そしてせめて先祖伝来の高級な仏具だけでも来年の盆にあの世に持っていきたいと語り、地道な商いに戻れと忠告する。夢から覚めた息子は、大笑いして「死んでも欲張りな親父だ」とそしり、仏具は寺に寄進する。そして不渡りになることのわかっている手形で大晦日の支払いを済ませると、住吉神社に年籠もりをする。手形は換金されないまま人手に渡り、どさくさのうちに年があける。

この話は、親の忠告を笑い飛ばし、親の知らない手法で大晦日をきりぬける息子の「才覚」を描いたと読まれがちであり、一見そう読めなくもない。しかし、それは誤読である。

息子は確かに「寝所《ねどころ》よりも大笑ひ」をして、

「さてもさても、けふと明日とのいそがしき中に、死んだ親仁の欲の夢見。……後の世までも欲が止まぬ事ぞ」

と「親をそしる」。しかし彼は、仏具を寺に寄進するのである。あの世に持っていきたいという、あるいは仏具が人手に渡るのは忍びないという、父親の願いをかなえたことになる。そして、先祖を祭る仏具を寄進するということは、この家が早晩破産し人手に渡ることを認めた行動でもある。つまり、彼は父親の話の内容を認め、その指示どおりに行動したのである。細かく言えば、父親はこの家が競売にかかるのは来年の年末だと述べ、その前の盆に仏具を持ち帰りたいと言っていたのだが、息子はただちに仏具を寄進しているから、盆まで持たないと判断したのかもしれない。ともあれ、仏具を人手に渡すなという父親の指示に従ったということは、つまり商売を建て直せという忠告には従わない、従えないということでもある。息子はすでに覚悟を決めていたのである。息子が夢枕に立った父親に対して、笑い、そしる他なかったのは、父親を見下せる立場にいたからではなく、自分の破滅を既に知っていたからである。

ちなみに、彼は小心者で、手形で支払いをすませ住吉参りをしても「胸には波のたたぬ間もなし」と描かれている。当然、「大笑ひ」もまた豪放磊落な笑いではなく、ひきつった、ヒステリックな笑いだったはずである。

さて、しかしこの話、

一夜明くれば、豊かなる春とぞなりける。

と結ばれる。息子の出した（不渡り）手形は人の手から手へと渡り、どさくさのうちに年が明けた、と説明されている。その意味では、「世間」のいわば構造的な緩さ、甘さはここにもある。そしてこれが先の誤読を招いている。このことはほぼ『胸算用』全編に共通しており、「定め」の大晦日とは言いながら、その実、何とかなってしまう大晦日なのである。そこで、庶民のしたたかさとか、たくましさとか、さらに誤読は積み上げられる。実のところ、ここには絶望しかない。

五　「世間」の甘さと厳しさ

『胸算用』において、「世間」の甘さによって主人公が実質的な救済を得ている話は皆無と言っていい。一見救われたように見えるのは、とりあえず大晦日を乗り越えただけのことで、『胸算用』の各話はとりあえずそこで終わってしまうが、人々の暮らしは新しい年を迎えてもつづいていくのである。「問屋の寛闊女」の結語が「豊かなる春とぞなりける」とあっても、それで主人公が豊かになったわけでも、その苦境が解決の方向に向かっているわけでもない。先に見たとおり、当年中の破産はまぬがれないのである。同じことは「小判は寝姿の夢」においても言える。夫婦揃って新年を迎えたものの、親子三人「渇命」（餓死）の可能性は強まりこそすれ、いささかも減じてはない。「世間」は緩く甘いが、かといって「人」を救済するわけではない。これが「銀が落としてある」のハッピーエンドとの決定的な相違である。『諸国ばなし』にあった「人」の多様性・可能性そして異界性は『胸算用』には見るかげもない。『胸算用』に集められたエピソードや「人」は、重ねられれば重ねられるほど、多様性ではなく、ある均一性にたどりついている。もはや「人はばけもの」ではないのである。それは「世間」の寛容さが、その実、残酷なものでしかないことを示している。

『置土産』の白眉「人には棒振虫同前に思はれ」の主人公は、「美遊」を追求した結果、没落し困窮し、しかし友人たちの救済を拒否して行方をくらました。「世間」の寛容さを享受した以上、その残酷さから逃れることを潔しとしなかったのである。これが西鶴の「世間」すなわち「浮世」であり、その肯定の仕方なのだろう。しかし、『胸算用』の人々は、「美遊」を追い求めることを知らず、大晦日に束の間の許しを得るだけである。いわば「世間」の寛容を享受するよりも、はるかに深くその残酷さに対峙している。そして、そもそもその両者に対して無自覚である。肯定も否定も、良いも悪いもない。結果として、絶望しか残っていないように見える。にもかかわらず、自棄も嘲笑もそこにはなく、ともあれ面白い。いったい「西鶴」は何を見、何を描いたのだろう。依然として謎は深い。

第三章　西鶴「はなしの方法」再考

「はなしの場」の視座から読む『好色一代男』

一　「はなしの方法」とは何か

西鶴の小説を論じるにあたって、というより西鶴研究の根本において「はなしの方法」という視点がきわめて重要であることは衆目の一致するところだろう。もっとも、この問題を提起した野間光辰《こうしん》「西鶴の方法」(1)以来、あまりにも多様な要素が「はなし」の一語に背負わされ、一種のブラックボックスとなっている感もある。

そもそも野間論文では、西鶴が「はなし」好きであり、「はなし」が上手かったということが縷々語られ、それを前提に、「はなしの姿勢」「はなしの気分」「はなしの呼吸」あるいは「はなしの呼吸」が西鶴浮世草子の基本にあるとする。「はなし」とは何かということについては、

いはなしが人間と共に古く、はなしが人間の最初の創造であり、娯楽であり、芸術であったとい

ふことは、ここに改めて述べるまでもない。

（傍点原文のまま、以下同様）

として、論ずるまでもない大前提とされている。

時代的な背景として当時「咄」が貴重な娯楽として愛好された様相が述べられているが、それも「昔咄・噂咄・武辺咄・浮世咄」から「夜咄」「辻咄」「談義咄」「御町咄」「芝居咄」「諸国の珍談奇談」と、およそ考えられる限りの「咄」が列挙され、話されるものはすべて「はなし」だということになってしまう。

つまりこの論文には「はなし」および「はなしの方法」の定義はないのである。にもかかわらず、確かに西鶴浮世草子の核心を「はなし」の一語で言い当てたことは疑えない（その背景には近代小説と西鶴の差異を明確にしたいという意図が感じられる）。

この野間の提言を本質的に継承したのは、森山重雄の「西鶴文学の談笑性」(2)および「咄の伝統と西鶴」(3)である。前者は西鶴作品の生まれてくる背景として「寄合の談笑性」を指摘し、管見の限りでは唯一具体性を持って「はなしの方法」を論じた貴重な論文だが、ほとんど注目されていない。それに対し比較的よく知られた後者は、柳田国男の『口承文芸史考』『民間伝承論』などを媒介に、中世から近世にかけての「咄」の伝統をたどり、「共同体的な説話文学」の流れに西鶴浮世草子を位置づけた。また、近松を視野に置くことで、「咄」と「語り」の差異をはっきりと（というよりは自明のこととして）指摘している。

ちなみに野間論文の最大の問題は、まさにこの「はなし」と「語り」が渾然としている点にあり、そこでは『源氏物語』も「はなし」になってしまい、「近代以前の小説は、未だ多分にはなしの姿勢を保持し、はなしの方法を大部分そのまま持ち込んでゐた」と一括されてしまう。つまり近代小説と西鶴とを切り離すことには一応成功しているのだが、西鶴以前の物語・草紙と西鶴の差異はむしろ見えなくなってしまっている。

この点を意識化して、原理的に追究したのは松田修「西鶴論の前提」(4)である。そこでは「はなし」の持つ拡散性に注目し、また「噂」「沙汰」を「はなし」に近接する領域として提示する。そしてまた、文芸においては「語り」の優位は否定できず、西鶴の小説もそれを完全に超えてはいないことも指摘している。

先述の通り、「はなしの方法」はあまりに融通無碍な用語として使われており、その内実を根底的に追究した論文は必ずしも多くない。管見では、他に谷脇理史「咄の咄らしさ——西鶴の語り口をめぐって」(5)と中嶋隆「『好色一代男』の「はなし」」(6)が目についたくらいである。前者は、具体的なテキストから丹念に「はなしの方法」的な要素を取り出し、吟味したもの(志賀直哉の西鶴への言及を手がかりとしている点、野間の問題意識を正当に受け継いでいるが、逆に言えばその問題意識を超えるものにはなっていない)。後者は、逆に理論から入り、いわゆるテキストの構造分析によって、テキスト内部に「話し手—聞き手」の「場」が設定されていることを指摘した論文。ただし、そこでの「場」は抽象化されたものになってしまい、談笑や寄合、噂といったいわば「はなし」の具体性は捨象されてしまう（方法論的にやむをえないのだが）。

疎漏が多いとは思うが、以上が私なりに整理した「はなしの方法」の研究史である。なお、西鶴のいわゆる「文体」を論じた研究は数多くあり、おのずと「はなしの方法」にもかかわり、また事実その多くが野間論文に言及するのだが、ここではそれらについては触れない。また、西鶴作品の説話性、あるいは説話と西鶴の関係という分野も野間論文の示唆を受けて大きな成果を挙げているが、それも視野の外におく。

すなわち、ここでは森山や松田が指摘した、「語り」とは違う「はなし」の「方法」を追究したいのである。森山の語で言えば「談笑」「寄合」である。具体的な「はなしの場」に即して、そこにどのような「方法」が可能なのか、ということにこだわって考えてみたい。したがって、伽の衆・落し咄（小咄・落語）といったいわば専門化している「はなし」もまた、ここでは横に置く。それらはむしろ「語り（モノガタリ）」の延長にある。松田修は、そこからの何がしかの逸脱を測定することで「はなしの方法」を見極めようという提起をしているのだが、むしろもっと直接に「はなしの場」をイメージするところからアプローチしてみたい。雑談・談笑がテキストになるという経緯はなかなか想像しづらいし、不可能なように思えるが、そこに西鶴の、いわゆる物語の伝統とも乖離し、さりとて近代小説とも異なる、独特の魅力の根源があるのではないか、という予想は追究する価値があると思う。そもそも野間論文自体、そうした直観を直観のままに記したものではなかったか。

二　「はなしの場」のイメージ――「シンローグ」の場

つまり、問題は「はなしの場」をどうイメージし、また同時にそれをどう原理的にとらえるか、ということになる。ここで参照したいのが、川田順造『口頭伝承論』(7)である。同書ではアフリカ無文字社会のフィールドワークをもとに、「はなし」や「かたり」をめぐる様々な原理的仮説が提起され、またそれをふまえて日本の『平家物語』や落語へも根底的なアプローチがなされている。とりわけ、フィールドワークにおいて、人々が集まって「はなし」や「かたり」が行われる場の様子がデータとして具体的に詳細に記されていることが興味深い。柳田の『口承文芸史考』にしても、野間の挙げる咄の流行の諸相にしても、しょせんは二次情報であり、その「場」の雰囲気や気分を伝えるものではない。もちろん、それは通常の研究論文では不可能なことである。しかし、川田のこの著作にはそれがあるのだ。これを西鶴の「はなしの方法」に援用しない手はない。

川田は同書において多くの仮説を提起しているが、そのなかでまず注目したいのは口頭による「はなし」や「かたり」を、「モノローグ・シンローグ・ディアローグ」という三項でとらえてみるという仮説である。「シンローグ（協話）」は川田の造語で、「モノローグ（独白）」と「ディアローグ（対話）」の中間領域であり、「座のおしゃべり」「話の共同体」といったものを指す。そしてこれは、単なる抽象的な仮説ではなく、実際にアフリカのある部族で「はなし」あるいは「物語」が話され、語られる場のフィールドワークに基づいたいわば体験的な仮説である。

川田の調査したアフリカの部族では、「ソアスガ」という「はなしの場」があり、夕食後に人々が集まり、交互に「物語」を語る。この「物語」はいくつかのパターンがあり、聞き手にとって既知のものだが、そのつど違う人から語られることで差異が生じる。つまり特定の語り手がいるわけではなく、誰もが語ることができる。また既知の物語であるため、聞き手が合いの手を入れたり、助け船を出したりということがあり、それがまさに「シンローグ」と呼ぶしかない「はなしの場」を形成している。つまり、談笑の場であり、同時に語りの場ということになる。言語の機能論的な観点で言えば、次のようになる。

ソアスガの場で話される昔話は、「話の共同体」によってすでに知りつくされているものが大部分だ。つまり、聴き手にとって情報としての新しいものはほとんどないのである。それにもかかわらず、ソアスガが話のたのしみの場として機能するのは、個々の話し手の演戯性によって生みだされる言葉のおもしろさを聴き手が享受するからだ。あるいはむしろ、……潜在的話し手でもある聴き手も加わったシンローグ（協話）によって、ある話のパフォーマンスにおける演戯性が最大になるような工夫がなされるというべきかもしれない。

つまり、そこでは「情報」が意味を持つのではなく、「演戯」のみが意味を持つのである。しかもその「演戯」は単なる語り手の技巧（レトリック）ではない。聴き手と共同、あるいは共犯的に演じられるということである。

こうした川田の「シンローグ」概念、および「ソアスガ」の実態を西鶴の「はなしの方法」解明に適用してみよう、というのが本稿の（無謀な）試みなのだが、特に注目しておきたいのは、「ソアスガ」において語られる話が、新しい話ではなく、既に聴き手がよく知っている話である、という点である。日本の近世における「はなし」は、しばしば「噺」の字があてられることに象徴されるように、新しい情報提供というイメージが強いのではないか（松田修がとりあげた「噂」や「沙汰」もそちらに近い）。確かにそうした「はなし」がこの時期要求され提供されたことは事実だろうが、しかし一方で、既に誰もが知っている「はなし」が繰り返し繰り返し話される場というのも当然あったはずである。談笑や寄合という「はなしの場」はむしろそうした場ではないか。私たちの日常生活を振り返ってみても、いつも同じ話題でその都度盛り上がるという経験は、誰もが持っているだろう。小説を読むという時に（あるいは、小説を論じる時に）、基本的に読者はそこで初めて様々な情報を与えられ物語世界に導かれる、ということが前提にされるわけだが、「はなしの方法」とは、その前提が成り立たない「小説の方法」として考える必要があるのではないか。

もちろん、川田が調査したのは「無文字社会」であり、文字テキスト文化の長い歴史を持つ日本にそのままあてはめることはできない。しかし「シンローグ（協話）」という概念は、文字の有無を超えた射程を持っているように思う。たとえば、連歌・連句の座を考えても、個人の作歌（モノローグ）でなく、特定の誰かへの呼びかけや誰かとの対話（ディアローグ）でもなく、集団において、まさに合いの手や助け船によって進行する連歌・連句を「シンローグ」として見ていくことは可能ではないか。そこでは、モノローグやディアローグを規制する「式目」があり、常に拡散的なものを志向する。そのため、たとえ両吟であってもディアローグにはならず、独吟であってもモノローグにならないという、まさに「シンローグ」の「方法」が確立している……というふうに。

さてしかし、ここでは「連歌・連句の方法」はさておき、もう少し「はなし」に寄り添って考えてみたい。つまり西鶴の浮世草子の背景として、シンローグ的もしくはソアスガ的なはなしの場を想定してみたい。語る話題があり、それはある程度既知のものとして共有され、誰かが語れば誰かが合いの手を入れ、囃し、それによって盛り上がり爆笑する……といった場である。もちろん、そんな場があったことを「実証」などできはしないが、とりあえず想定して、それからテキストに向かってみたい。

三　『好色一代男』冒頭話の「場」

まずは、『好色一代男』の冒頭話を読んでみよう。

桜もちるに嘆き、月はかぎりありて入佐山《いるさやま》、ここに但馬の国かねほる里の辺に、浮世の事を外になして、色道ふたつに寝ても覚めても夢介とかへ名よばれて、名古や三左、加賀の八などと、七つ紋のひしにくみして、身は酒にひたし、一条通、夜更けて戻り橋、ある時は若衆出立《でたち》、姿をかへて墨染の長袖、又はたて髪かづら、化物が通るとは誠にこれぞかし。それも彦七が顔して、「願はくば噛みころされても」と通へば、なほ見捨て難くて、その頃名高き中にも、かづらき・かをる・三夕、思ひ思ひに身請《みうけ》して、嵯峨に引込み、あるいは東山の片陰、又は藤の森、ひそかにすみなして、契りかさなりて、このうちの腹よりうまれて、世之介と名によぶ。あらはに書きしるすまでもなし。しる人はしるぞかし。

あまりにも有名な書き出し、と言うか、ここから受ける印象は鮮やかな「語り出し」といったものだろう。この冒頭の一節については既に多くの論評が加えられているが、最も議論が集中するのは、末尾の「あらはに書しるすまでもなし。しる人はしるぞかし」である。ここまでは名調子の「語り」を聴いていればよいのだが、ここで主人公・世之介の母親について、「はっきり記すまでもない」と謎が投げかけられ、しかも「知る人は知っている」という挑戦めいた口ぶり（書きぶり）となる。この一節について、中嶋隆（前掲論文）は次のように述べる。

この言葉からは「当然あなたも知っているでしょう！」という受信者への指向と、「当然あなたも（私と同じように）知っているでしょう！」という発信者・受信者相互の場を維持する機能を読み取るべきなのである。

「はなしの場」をテキストから析出したこの説明に、付け加えるべきものは何もないように見える。唯一の不満は、「発信者・受信者相互の場」のイメージが見えないという点である。中嶋は右の論述の少しあとで、「読者ははなし手（作者）と聞き手の存在を知覚して初めて『一代男』の内に「はなし」を読み取ることができると考えるべきなのではないだろうか」とも述べるが、「はなし手と聞き手の存在」とはあまりにも抽象的で、それを「知覚」することはどのようにして可能なのか、途方に暮れてしまう。

また、こうしたテキスト内における「場」というのは、既に指摘もある（中嶋自身も述べている）ように『源氏物語』の草子地にも見られるもので、いわば「語りの方法」の定型ではないのか。[8] 実際、『好色一代男』のとりわけ冒頭話は、大枠として『源氏』のパロディとしての性格が強調されており、特に「あらはに書しるすまでもなし」は、「草子地」の意識的な模倣（パロディ）と言うべきではなかろうか。そのことを踏まえたうえで、なお『源氏』の「語り」とは明らかに異なる、混沌として猥雑な「はなし」の世界が『好色一代男』の世界なのではないか。その差異はどこにあるのだろう。

『好色一代男』以後の西鶴浮世草子においても、語り手が感想や批評を挟む手法は特徴的だし、そこに談話性すなわち「はなしの方法」の一端が見えることは否定できない。モノローグ（叙述）とディアローグ（読者への語りかけ）を行き来するという意味では、その中間領域にあるシンローグと呼べなくもない。ただ、それは、繰り返すが『源氏物語』が既に自在に操った「方法」であり、結局のところ「はなし」というよりは「語り」の方法なのである。つまり「語りの場」と「はなし（シンローグ）の場」の差異を考える必要がある。

「はなしの場」への視座として注目したいのは、「しる人はしるぞかし」について、聴き手または読者の既知性の重要性を指摘した広末保『西鶴の小説』(9)の次の一節である。

ついでに言えば、「しる人はしるぞかし」という言いかたのなかには、その人物が不特定多数の人びとのなかで、すでに共有されている人物だという意味あいも込められている。そして共有されている人物の人物像は、浮遊し、多義化し、増殖する。

本稿はこの広末の指摘を「ついで」ではなく本筋として考えたいのである。

四　増殖する人物像

さて、そこで『一代男』冒頭話のもう少し先を読もう。いま見た世之介誕生秘話につづいて七歳時のエピソードが語られる。夜中に下女に付き添われてトイレに行く際に、灯を消すように下女に命じ、いぶかる下女に「恋は闇といふ事をしらずや」とませたセリフを言った世之介が、実際に灯が消えると「乳母はゐぬか」と恐がって落ちとなる。この部分は、まさに「落ち」のついた「咄」であり、その意味ではここにも「はなしの方法」がある。ただ、「落ち」がついても一話は完結せず、話はさらにつづいてゆく。

次第に事つのり、日を追つて、仮にも姿絵のをかしきをあつめ、おほくは文車《ふぐるま》もみぐるしう、「この菊の間へは、我よばざるものまゐるな」などと、かたく関すゑらるるこそこころにくし。ある時はをり居《すゑ》をあそばし、「比翼の鳥のかたちはこれぞ」と給はりける。花つくりて梢にとりつけ、「連理はこれ、我にとらする」と、よろづにつけてこの事をのみ忘れず。ふどしも人を頼まず、帯も手づから前にむすびてうしろにまはし、身にひやうぶきやう、袖に焼《た》きかけ、いたづらなるよせい、おとなもはづかしく、女のこころをうごかさせ、同じ友どちとまじはる事も、紙鳶《いかのぼせし》空をも見ず、「雲に懸はしとは、むかし天へも流星人《よばひど》ありや、一年《ひととせ》に一夜《ひとよ》のほし、雨ふりてあはぬ時のこころは」と遠き所までを悲しみ、こころと恋に責められ、五十四歳までにたはぶれし女三千七百四十二人、少人のもてあそび七百二十五人、手日記にしる。井筒によりてうなゐごより已来《このかた》、腎水をかへほして、さても命はある物か。

ここには、七歳の世之介のエピソードがさらに重ねられている。物語的な展開があるわけではなく、いわゆる列挙的な叙述である。この「列挙の方法」が西鶴浮世草子の特色であることは常識だし、そこに「はなしの方法」があるということもよく言われる。ただ、ここで私は、この「列挙」をモノローグとしてではなく「シンローグ」としてイメージしてみたい。つまり話の場における掛け合いとして読んでみたいのである。

「桜もちるに嘆き」から「乳母はゐぬか」までは、確かに「語り手」が特権的に世之介の出自や「物語（落とし咄）」を語ってきた。しかし、「しる人はしるぞかし」ともあったように、実は一代男・世之介と、その「性の怪物」性は、「はなしの場」においては既知のものであり、共有されているのではないか。少なくとも、ここまでの「語り」でそれは充分に周知されている。とすれば、特権的な語り手でなくとも、ここに参加することは可能である。誰でもここにエピソードを付け加えることができ、それによって「場」が盛り上がってゆく。その結果「列挙」的な叙述となり、一見平板に見えるのだが、実はそこに「シンローグ」としての楽しさがあるのではないか。広末の言葉を借りれば、世之介は「増殖」してゆく。七歳にして美人画を集め、比翼の鳥と連理の花を折り紙で作り、身なりは自分で整え、香をたき、もちろん爪上げなどはせずに、牽牛織女に思いを馳せる……。

そして、その「場」の盛り上がり、世之介の「増殖」の果てに、一生に契りを交わした相手の数が記される。三千七百四十二人と七百二十五人という即物的な数字である。「こころと恋に責められ」がいきなり数字に変換されるところがまさに俳諧（あるいは談林俳諧と言うべきか）だが、ともあれこの「数字」は直前のエピソードの羅列なしでは有効に機能しないのではないか。つまりこの数字は、語り手の準備したものではなく、語り手・聞き手が渾然となった場で、偶発的に生みだされたものとして読む時、最大の効果（笑い）を発揮するのではないか。

この一桁まで示された具体的な数字は、誰もが参加できたエピソードの羅列に対して、「本当の語り手」だけしか知りえないという特権性を再び顕示したものでもある。ただ、もはや世之介は語り手の専有物ではなく、場に共有されている。だから、ここでは「しる人はしるぞかし」ではなくて、「手日記にしる」なのである。「三千七百四十二人」と語り手が語っても、「何でそんな数字がわかるんだ」と合いの手が入る。「私はちゃんと彼の日記を見たんだ」と強弁せざるをえない。もちろんここで爆笑。さらにそう強弁してはみたものの、「さても命はある物か」と自ら落ちをつけざるをえない。

この「落ち」は、「乳母はいぬか」の「落ち」とは違い、語り手そのものを「落とす」、まさに

「はなしの場」を顕在化したものである。特権的な語り手は確かにいるのだが（そしてその特権をひけらかしているのだが）、同時にそれは茶化され、場に遊ばれる不確かな存在にすぎない。「はなしの方法」とはそういうことではないだろうか。

もちろん、『好色一代男』は書かれたテキストであり、以上のことは書き手の内部の出来事を比喩的に述べているわけで（すなわち「方法」である）、これを普遍化もしくは敷衍してゆけば、拡散性（統一性の希薄）や視点の曖昧さといった「西鶴」についてさんざん語られてきた「特色」を多少目新しく論じてみせたということになろう。それはそれでいい（無意味ではない）のだが、もう少し「場」のイメージ、シンローグの具体的なイメージをテキスト内部から浮かび上がらせることはできないだろうか。

五 「末社らく遊び」の「場」

『好色一代男』後半は周知のように名妓列伝ふうになっているが、巻七―二「末社らく遊び」はやや異色である。遊女かをるの衣装好みが取りあげられてはいるが、これは話の枕的な扱いで、本筋はタイトルにある通り、末社（太鼓持ち）たちの遊びぶり、というかほとんど狂乱を描いている。ここには、まさに具体的なシンローグの場が描かれているように思われる。

いま述べたように、まず遊女かをるの衣装好みが枕に置かれ、次に大尽客の衣装好みへ、そして藤屋市兵衛の始末の教訓が語られる（ここまで、落語的な語りの方法）。ところが一転、「それも死なぬ身か、あらばつかへと、世之介風呂をとめてもろもろの末社をあつめ、けふらく遊びと定め……」と、世之介および末社たちの馬鹿騒ぎが始まる。その様子は本文を引用する他、説明のしようがない。

弥七、棕櫚箒《しゆろばうき》に四手《しで》切りて、むしこよりによつと出せば、丸屋の二階より大黒恵美酒《えびす》をさし出す。これを見て、かしは屋の二階より懸小鯛《かけこだひ》見せければ、庄左衛門は炮烙《ほうろく》に釣髭《つりひげ》を作り出せば、隣より三社の託宣を拝ます。又むかひよりかな槌《づち》を出す。その時あうむは懸灯盞《かけとうがひ》に火ともしてみせる。丸屋から仏に頭巾着せて出せば、かしは屋より釣瓶取《つるべとり》を出す。八文字屋より末那《まな》板《いた》みすれば、丸屋に牛房《ごばう》一把みせ懸ける。猫に大小指させて出せば、干鮭《からざけ》に歯枝《やうじ》くはへさせて見する。炭けしに注連縄はりて出せば、竹の先に醤油の通《かよ》ひを付けて出す。弥七、烏帽子着てあたま指し出せば、むかひより十二文の包銭《つつみぜに》を投げる。北から擂粉木《すりこぎ》に綿ぼうしまいて出せば、南から障子に「上々吉《じやうじやうきち》子おろし薬あり。同日《ひ》やとひの取揚婆々もあり」と書いてみする。中の二階よりは籏《はた》・天蓋、葬礼の道具を出せば、泣くやら大笑ひやら、……

ここにはまさに末社たちの「演戯（パフォーマンス）」がそのまま提示されている。表現としては「〜出せば〜出す」という単調で何の工夫もない列挙であり、ひたすらモノの提示である。従来この末社たちのやりとりについて、連句の付合として解釈しようと様々な注釈が施されてきた。しかし、説得力のある解は示されていない。おそらく、そんな高級なものではないのである。もちろん見立てや連想はあるが、基本的にはただの馬鹿騒ぎ、乱痴気騒ぎである。最初は、今日はめでたい日だということで、おめでたいものを見せあっていたのだが、種がつきて金槌だとかまな板だとか、手当たり次第となり、悪のりして猫や鮭、モノがつきると末社本人が顔を出し、そして下ネタへ……。何でもあり、そして何が出るかわからない。涙を流して爆笑また爆笑。

この「モノ」によるパフォーマンスの延長上に、「言葉」がある。引用をつづける。

揚屋町にその日出懸《でか》けたる女郎も男も、のこらず表に出て、こころは空《そら》になりて、三所《みところ》の二階を詠め暮して、「古今稀なるなぐさみ、これなるべし」と、興に乗じて、まだ「所望々々」といふ程に、後は大道に出てもんさく。いづれか腰をよらざるはなし。

「演戯」は揚屋町全体を巻き込んでいる。リクエスト、アンコールの声がかかる。モノには限りがあるから、あとは口先からでっちあげることのできる言葉のパフォーマンス。すなわち「もんさく」である。「もんさく（文作）」とは即興の洒落や地口のこと。具体的にはその内容は何も記されていない。ただ先のモノづくしの延長にあることを考えれば、モノローグではなく、また単に一対一のやりとりではない、三人以上（世之介とともに繰り込んだ末社は九人、モノづくしに名前のでるのは弥七・庄左衛門・あうむの三人）による掛け合いであること、そして周りの聴衆（というか野次馬）

もまた積極的な参加者であることは明らかである。ここに最も近世的・西鶴的な「はなしの場」「シンローグの場」があり（それはまた近世的・西鶴的な祝祭・祝宴の場でもある）、そこでは言葉はひたすら「演戯」している。

これが西鶴の「はなしの方法」の原型・原イメージだ、というのはもちろん短絡的な言い方だし、結局は比喩的な理解でしかないのだが、このイメージを核とした時、西鶴の「はなし」の魅力が見えてきはしないだろうか。少なくとも、弟子や友人が集めてきた「情報」を西鶴が「編集」するといった「西鶴工房」のイメージよりは、末社たちが羽目をはずして馬鹿話に興ずる場のほうが、はるかに西鶴浮世草子の成り立ちに近づいているのではあるまいか。

六 「末社らく遊び」と世之介

さて、以上「末社らく遊び」に着目して、西鶴の「はなしの方法」「はなしの場」のイメージをとらえようとしたわけだが、この話には他にも注目すべき点があるように思う。

まず、末社の扱いである。世之介はもちろん末社ではなく大尽なのだが、この話では完全に末社たちのなかに融けこんでいる。

ある日世之介風呂をとめて、もろもろの末社をあつめ、「けふらくあそび」と定め、瞿麦《なでしこ》の揃へ浴衣、みなさばき髪になつて下帯をもかかず、かれこれ九人一筋にならびて、八文字屋の二階にあがりてさわげば、一町のなりをやめて笑《をか》しがる事、京中のそげものの寄合、さもあるべし。

先に見た馬鹿騒ぎの主役である末社たちは、全員が世之介と同じ「瞿麦の浴衣」を着ている（「瞿麦」は世之介の紋）。したがって「かれこれ九人」には世之介も含まれるのだろう。そしてその一団を「京中のそげものの寄合」と評している。「そげもの」はここではほめ言葉だろう。「そげる」は脇へそれるの意というから、つまりは「かぶきもの」と同趣。世之介の父・夢介がかぶいて「化物」と呼ばれたことを思い出してもいいだろう。そして、この「そげもの」たちが島原を実質的に制覇している、というのがこの話である。話の末尾を見よう。

外《ほか》の遊山《ゆさん》はいつとなくきえて面白からず。なほ立噪いでやむ事なし。「これを今のまにしづめる程の事もあるべきか」といふ。「忽ち声をとめて見せん」と、東側の中程の揚屋見世より、「太夫なぐさみに金を拾はせて御目に懸ける」と、服紗をあけて一歩山《いちぶ》をうつしてありしを、小坊主に申し付けて雨のごとく表に蒔けども、誰取りあぐる者もなく、ただ末社の芸尽しを見て居るこそ、石流《さすが》都の人ごころなり。かね捨てながらしらけて、人に笑はれ内に入れば、その跡にてはちひらき・紙屑拾ひが集めて、あまべに帰る。

末社たちの馬鹿騒ぎに対抗して、さる大尽が金をまき散らしたが、誰にも相手にされなかったというわけだ。この最後のエピソードはある意味ではわざとらしい。しかし、逆に言えば、ここではっきりと「金の力」に対する「言葉（軽口・もんさく）の力」の優位が「主張」されていると読むこともできるのではないか。

そしてそれはまた、「好色一代男」世之介とは何者かということも考えさせる。この末尾の一節、金をばらまいた大尽は誰とも記されないが、この人物と世之介のイメージには重なるものがある。というのも、この「末社らく遊び」のすぐ前の話「その面影は雪むかし」（巻七―一）において、世之介は「酔のまぎれに」、

金銭銀銭紙入より打明けて、両の手にすくひながら「太夫戴け、やらう」

と金の力をひけらかす悪戯れを行っているのである。もちろん、「末社らく遊び」の大尽は「東側の中程の揚屋見世より」とあるから、世之介とは別の大尽なわけだが、その行動において世之介との区別はつかない。つまり、ここでいわば末社に敗北した大尽は、世之介でもあるのではないか。にもかかわらずこの話で、先に見たように世之介は末社たちの間に融けこんで、勝者の側にいる。ここに、「はなしの方法」が生み出した「好色一代男」世之介の出自と位相を見ることはできないだろうか。

さらに付け加えるならば、最終話において世之介は六人の「ひとつこころの友」と共に女護が島へと船出したわけだが、この「ひとつこころの友」とは何者だろうか。世之介と同じような境遇

（つまり大尽クラス）の遊蕩者なのだろうか。そうではあるまい。彼らは世之介が二度と帰らぬ船出だと告げると驚き、「ここへもどらぬとは、何国《いづく》へ御供申し上ぐる事ぞ」と言う。「御供申し上ぐる」とは、明らかに末社のセリフである。そして彼らは行き先が女護が島だと知ると喜んで、「譬《たと》へば腎虚してそこの土となるべき事、たまたま一代男に生れての、それこそ願ひの道なれ」と勇み立つ。まさに世之介と「ひとつこころの友」たちなのだが、これはまさに「そげもの」（道をそれた変わり者）であり、「末社らく遊び」の九人とほぼ重なると考えるのが自然ではあるまいか。

　つまり、世之介を、そして西鶴浮世草子を考える際に、それが「末社」の視座にきわめて近いところから出発していることを意識すべきではないか（端的に言えば、末社の夢語りが「好色一代男」だと言ってもいいかもしれない）。そしてそれは西鶴の「はなしの方法」と密接につながっているのではないか。ちなみに、『好色一代男』を継いで書かれた『諸艶大鑑』は、第一話に「二代男・世伝」を取り巻く「末社四天王」（そのうち三人は「末社らく遊び」に登場した弥七・庄左衛門・あうむ）が登場し、以後末社の登場しない話を探す方が難しいくらいである。

七　「はなし（シンローグ）」を「読む」ための「方法」

以上述べてきた観点は、本稿冒頭に掲げた森山論文「西鶴文学の談笑性」が、一九五四年の時点で提起している。同論について先には、西鶴作品の背景に「寄合の談笑性」があると指摘しているとのみ紹介したが、森山はさらにその「寄合の談笑性」が「俳諧的方法」に基づくとし、山本健吉を引用して、連句は「共同体的な連衆内部における黙契・合意・共犯の意識でむすばれた談笑と挨拶を特長とするディアローグの芸術」であると述べる（私の立場では、これがまさに「シンローグ」である）。さらに談林俳諧の特色である「軽口」が西鶴作品と深くつながることを指摘、そして「談笑の場」すなわち「はなしの場」の具体的なイメージとして、次のように述べている。

「名残の友」などには「ある時俳諧の会におのおの集りて世のおかしき事ども沙汰いたされし折ふし」（巻四ノ三）というようなかたちで、その痕跡の残っている章もあるのである。また好色物に登場する願西・神楽・鸚鵡・乱酒の四人の有名な幇間の登場も、廓に近い町人の寄合を連想させる。……最近、森銑三氏などによって西鶴の周囲に西吟、団水等の編集グループが想定されているが、この編集グループは……説話を共有する寄合的な場と考えるべきではあるまいか。

これはまさに本稿で私が言わんとするところである（『西鶴名残の友』に「はなしの場」の具体的な反映があるという指摘は野間「西鶴の方法」にもある）。ただし、ここで提起された具体的な「はなしの場」「はなしの方法」は森山にとってはあくまでも「前提」であり、こうした「はなしの場」が西鶴においてどう「内面化」されてゆくか（いわゆる「書く意識」）、というのが森山にとっての西鶴研究の課題となっていった。その結果、たとえば後の論文「『好色一代男』の方法[10]」において森山は、「末社らく遊び」の章を「馬鹿騒ぎ」と一蹴している。

しかしその「馬鹿騒ぎ」こそ西鶴の魅力であり、内面（コノテーション）を読むのではなく、外面（ディノテーション）を読むことが、「西鶴」を読むということなのではないか。「はなしの方法」とは、そのような読みの指向性の転換を余儀なくさせる「方法」ではなかったか。

注

（1）野間光辰「西鶴の方法」（『西鶴新々攷』一九八一　岩波書店、初出原題「西鶴のはなし序説」一九四二）。

（2）森山重雄「西鶴文学の談笑性」（『日本文学』一九五四年八月号）。

（3）同「咄の伝統と西鶴」（『封建庶民文学の研究』一九六〇　三一書房、初出一九五八）。

（4）松田修「西鶴論の前提」（『講座日本文学　西鶴　上』一九七八　至文堂）。松田修には「全集」があるが、この論文は収録されていない。

（5）谷脇理史「西鶴の語り口をめぐって」（『西鶴研究論攷』一九八一　新典社、初出原題「咄の咄らしさ」一九七五）。

（6）中嶋隆「『好色一代男』の「はなし」」（『西鶴と元禄文芸』二〇〇三　若草書房、初出一九八八）。

（7）川田順造『口頭伝承論』（一九九二　河出書房新社）。同書全体から大きな示唆を受けたが、直接には第一部「口頭伝承論」の八二頁以下に「シンローグ」の概念が提示されている。また後の引用文は同書一三六頁から。

（8）冨士昭雄「西鶴の表現構造」（『国語と国文学』一九八二年九月）が、西鶴の「草子地」について包括的に検討している。

（9）広末保『西鶴の小説』（一九八二　平凡社）。引用は同書一〇〇頁から。

（10）森山重雄「『好色一代男』の方法」（『近世文学の溯源』一九七六　桜楓社）。

第四章　『椀久一世の物語』頌　「モデル小説」論を超えて

一　不遇な作品

昨今、西鶴研究が活性化していることはご同慶の至りである。その活性化の様相を紹介しつつ、一層の西鶴研究の進展へ向けた方策を論じたものに、木越俊介「西鶴に束になってかかるには」（『日本文学』二〇一二年十月号）がある。「束になってかかる」のも結構なことで、西鶴がそれほど大きな存在であることについては同感である。ただ、研究者（読み手）個人個人は、確かに小さな存在ではあるが、しかし自分の読みについては絶対の存在でなければならない。小説あるいは文学は、「束になって」読むことはできないというのが私の考えである。

さて、『椀久一世の物語』についていくつかのことを述べたいと思う。私はこの作品は西鶴作品のなかでも非常に面白いものだと感じるし、また西鶴を考えるうえで重要な作品だと思っている。

しかし、私のそういう感想とはうらはらに、昨今の西鶴研究において、この作品への言及はきわめて少なく、ほとんど等閑視されている。

たとえば西鶴研究活性化の象徴とも言うべき『西鶴と浮世草子研究』第一〜五号（二〇〇六〜二〇一一　笠間書院）には、毎号「研究史を知る」という欄が設けられ、十七の西鶴作品と数名の浮世草子作者、その他の項目が取り上げられたが、そこに『椀久一世の物語』は含まれていない。その他、近年活況を呈している様々な西鶴研究・紹介の企画において、管見の限り『椀久一世の物語』をまともにとりあげたものは皆無である。これはむしろ異常なことだと思うが、どうだろうか。私としては、そのことにいわば義憤を感じているのである。

『椀久一世の物語』は確かに扱いの難しいところがある作品で、その理由としては、まず原本が存在しないことがある。研究者には周知のことだが、宮崎三昧の所蔵本が近代において知られていた唯一の伝本で（ただし一丁落丁）、それが関東大震災で焼失したため、以後は宮崎らの翻刻によってのみ読むことが可能な状態であり、定本西鶴全集（中央公論社）、対訳西鶴全集（明治書院）も翻刻本を底本としている。出版文化や書誌と不可分な現在の西鶴あるいは近世文学研究において、不確かな活字翻刻しかない作品には研究者の興味が向かわないのだろう。

そしてもうひとつの理由は、笠井清『椀久一世の物語――評釈と論考』（一九六三　明治書院）という研究書が、この作品について、ほとんど語り尽くしているように見えることである。笠井はこの作品を熱烈に愛し、評価しており、またその表現については一字一句と言いたいくらい綿密に評釈が加えられていて、間然するところがない。正直に言って、これ以上この作品を愛し、評価し、研究することは不可能なように思われるのである。その意味では、西鶴研究全体のなかでは不遇な『椀久一世の物語』も、笠井の一冊を得たことで充分に「読まれて」いるのかもしれない。必ずしも「束になって」かからなくても、「文学研究」はそこにある。

なお、宮崎三昧所蔵本の落丁分については、半丁は挿絵と考えられ、残りの半丁は、西鶴を徹底的に剽窃し換骨奪胎した江嶋其磧の作品中から該当する本文が笠井によって見出され、復元された（前掲笠井著書所収）。対訳西鶴全集はこれを本文として採用している。これは私には西鶴研究史上でも特筆すべき大発見だと思うが、どうもそうした評価は一般的ではないようで、たとえば『西鶴事典』（一九九六　おうふう）の『椀久一世の物語』の項にはそのことは全く記されていない。これにもまた義憤を感じる。

ともあれ、『椀久一世の物語』について何かを語るのはなかなか難しい。基本的に私は笠井の作品評価やこの作品の位置づけなどについてほぼ同意するし、氏の仕事にリスペクトの思いを禁じえないため、なおさら、これ以上何を言えるのかと思ってしまう。それでも、私にはこの作品について語ってみたい気持ちがあり、笠井の圧倒的な情熱には及ばないまでも、その驥尾に付していささかでもこの作品の評価に寄与したいと思う。

二　「モデル」の没年をめぐって

さて、笠井の著書について、間然するところがないと述べたが、もちろん細かな点で補訂を要することはある。なお、注釈（語釈）としては対訳西鶴全集（麻生磯次・富士昭雄訳注）が笠井の評釈をもとにさらに詳細・精密なものとなっている。そうした語釈レベルではなく、作品全体の枠組みに関するところで、実は一点、笠井の論には問題があると思う。それは主人公「椀久」についての理解である。

「椀久」は椀屋久右衛門もしくは久兵衛という実在の人物が「モデル」であると言われている（『椀久一世の物語』においては「椀久」としか表記されない）。この人物の没年については早くから延宝五年（一六七七）説と貞享元年（一六八四）説があり、前者は墓碑に基づき、後者は『椀久一世の物語』の記述を根拠とするのだが、笠井は後者の説を取り、『椀久一世の物語』の記述が「事実」に基づくものと主張している。その根拠として、前者の説による不具合を指摘する。

……八年以前に死亡した椀久の遺聞を、刊行の二箇月前の最近の事件として引きよせる理由は見出し得ない……（前掲書「付記――椀久の墓と伝説」）

というのである。

しかし、「引きよせる理由」は容易に想像できる。野間光辰は『刪補　西鶴年譜考証』（一九八三　中央公論社）の貞享二年二月二十一日（『椀久一世の物語』刊行）の項において次のように述べている。

……本書巻下「水は水で果てる身」の章に、

世の取沙汰を大和屋が狂言につくりて、甚兵衛が身ぶり其まま椀久を生うつし、是を見し人、恋を知るも知らぬも泪を求めける。

と見えているが、これは大和屋甚兵衛の当り狂言「椀久」のことで、その大阪初演は貞享初年と推定せられ（瀧田英二氏「元禄期の世話狂言に就て」）、元禄二年十一月甚兵衛初京上りに際して「椀久袖の海」と外題を改め、翌三年春都萬太夫座の二ノ替りに上演して好評を博した。本書は恐らくこの「椀久」初演の当込みに急作したもので、自然椀久の水死を貞享元年十二月と芝居の上演に一致させたのであらう。……

西鶴と大和屋甚兵衛が俳諧を通してきわめて親しかったことはよく知られており、『椀久一世の物語』の前年に刊行された『諸艶大鑑』にも「大和屋が狂言の種」について具体的な記述（つまり楽屋落ち的な情報提供）がある。したがって『椀久一世の物語』は大和屋甚兵衛の椀久劇とのいわばタイアップ、いまで言うメディアミックスだった可能性はきわめて高い。椀久の死を貞享元年に「引きよせる理由」としては充分である。

また笠井は、延宝説の不具合を次のように強調する。

……当時大坂に居住して椀久の言動を見、或は噂に聞いていた西鶴が、同様の関係にある読者に、約八年も前に死亡した旧聞に属するモデル小説を、前年（貞享元年）の年暮、僅かに二箇月前の事件と変更して提供したことになるのである。又この物語の終末に、椀久死後直ちに流布された絵草紙のことを記しているが、作者は八年も前の甚だ古めかしい、もう紙魚に食われているか、黴がはえているような絵草紙を引っぱり出して、しかも近々二箇月前の事として読者に見せつけたことにもなるのである。

しかし、近世の小説類において、八年前の出来事を描くことは必ずしも「旧聞」とは言えないだろう。たとえば『好色一代男』巻六―一は世之介の吉野身請けを描くが、これは五十年も前の灰屋紹益を「モデル」とすること周知の通りである。

また「絵草紙」についてだが、笠井はこの語の注釈として、

読売とも触売ともいった。世上の珍事件や異聞を、町の人に報じる簡単な小冊子で、絵の間に記事が小割り書きしてある瓦版の印刷物。……

と記しており、これは対訳西鶴全集も基本的に踏襲、『日本国語大辞典』も「絵草紙」の項でいわゆる瓦版の意の用例として『椀久一世の物語』のこの部分を挙げている。しかし、椀久が死んだ際に（延宝にせよ貞享にせよ）瓦版が発行されたという証拠はない。そこで私も証拠のない想像をす

るのだが、この「絵草紙」は絵入狂言本などを指すのではないだろうか。貞享三年正月中村座興行の「椀久浮世十界」の絵入正本というものが『元禄歌舞伎傑作集　上巻』（一九二五　早稲田大学出版部）に収録されている。同書解説によれば「紙数八葉の小形本で、通しの絵三面を挟んである」ものだから、まさに「絵草紙」である。そこには舞台の椀久の姿も載っている（左図参照）。『椀久一世の物語』の最終話は、先の野間の考証に引用されていた、

世の取沙汰を、大和屋が狂言につくりて、甚兵衛が身ぶり、其まま椀久を生うつし、是を見し人、恋を知るも知らぬも、泪を求めける。

『椀久浮世十界』

から始まり、その末尾に件の「絵草紙」を持ってきて、

今は其面影ばかり絵草紙に残りて、むしやくしやあたま、立島《たつじま》の布子、丸ぐけのひとへ帯、革巾着のあきがら、ふところに伊勢天目《てんもく》、すひ口なしの烟管《きせる》、とろめんのくつたび、細緒《ほそを》の奈良草履、横ひねりのありき振、今に見るやうなる其人は、三十三の暮れの年を夢、定紋の扇車も無常を吹く風ぞ

かし。(1)

と終わるのである。『椀久浮世十界』の椀久の絵姿は、ざんぎりの頭と、強いて言えば横向きの歩き方がこの文章と一致するくらいなのだが、しかし一方、瓦版にこれだけ細かな描写が可能なものだろうか。この文章は、私には舞台の上の姿を写しているようにしか思えない。特に「横ひねりのありき振」などは。そしてそれは大和屋甚兵衛の「其まま椀久を生うつし」の姿なのだが、しかし本当に「生うつし」かどうかは確かめようがなく、むしろこの大和屋の「椀久」から、誰もが実在の椀久を思い描いたのではなかろうか。大和屋の貞享元年の椀久劇上演時に絵入狂言本が出されたという証拠はないが、もしあったとすれば、それは「八年も前の甚だ古めかしい、もう紙魚に食われているか、黴がはえているような絵草紙」ではなく、最新の絵草紙であり、『椀久一世の物語』はそちらともタイアップしていたことになる。そして、あらためて言っておけば、この「絵草紙」を椀久の死を伝える瓦版とするのは確実性に乏しく、少なくとも『日本国語大辞典』の用例からは除外すべきだろう。

なお、『椀久一世の物語』最終話では、椀久の話を舞台化した大和屋が椀久自身を招待して何か望みはないかと尋ねたところ、「紙子紅うら付けて物まねをする事ならば、其外に願ひはなし」と言うので、準備して待っていたが、それきりとなった、というエピソードが記されるが、これを事実として受け取るのは無理があるのではないか。やはり、既に死んでいる椀久の話を、大和屋の舞台とタイアップしていかにも直近の出来事のように演出する仕掛けと解するのが自然だと思う。それまで芝居がらみの話はなかったのが、最終話になって、とって付けたようなエピソードなのである。

というわけで「椀久」没年を『椀久一世の物語』に拠って貞享元年とする笠井の説には従えない。先の野間の論をはじめ、対訳西鶴全集の解説もはっきりと延宝年間説を取っている。

ただ、不思議なことに笠井の主張する貞享元年説はしぶとく生き残っていて、近年の『西鶴事典』においても両説併記となっている他、白倉一由「『椀久一世の物語』の主題」（『西鶴文芸の研究』一九九四 明治書院、初出は一九九二）も次節で紹介する中野説を踏襲して、最終的には両説併記だが、貞享元年説に分のある述べ方をしている（この白倉の論文が、管見の限りでは平成以後『椀久一世の物語』をトータルに論じた唯一のものである）。さらに気づいたものを挙げておくと、新編日本古典文学全集『井原西鶴集③』所収の『西鶴置土産』巻四―三に「椀久」の名が出てくるのだが、その注釈に、

大阪船場堺筋の椀屋久右衛門の一子久兵衛。西鶴の『椀久一世の物語』のモデル。新町で遊んで破産して、発狂し、貞享元（一六八四）年十二月、水死した。

とあって、「モデル」の事績は『椀久一世の物語』の叙述の通りと理解しているように見える。西鶴研究の世界では、こちらが定説なのである。

三 「モデル」の没年についての結論

貞享元年椀久死亡説を主張する笠井は、延宝五年と刻まれた墓碑が椀久の墓と伝承されているが、本当に椀久の墓であるか疑わしいとする。確かに、椀久の墓と言い伝えられる墓碑は「宗達居士墓」とあるのみで、椀屋久右衛門もしくは久兵衛の墓であるという証拠はないのである。ただ、この墓の側面には、はっきりと「延宝五丁巳歳九月初七日、筋屋氏宗継建」と刻されていたようで、笠井の言うように椀久が貞享元年に死に、しかも瓦版が出るほど評判だったとすれば、その八年も前に建てられた墓が椀久の墓として伝承される理由が見当たらない。

延宝五年説については、中野真作「「椀久」考」（関西大学国文学会『國文学』第二七号 一九六五）において椀久の過去帳の発見が報告され、それによると「椀屋久右衛門」は延宝四年六月二十一日に没していることが明らかになった。伝承される墓碑はその翌年に建てられたことになる。墓に記された「延宝五丁巳歳九月初七日」は「建」てられた日付であり、椀久の命日を記しているわけではないので、とりあえず矛盾はなく、少なくとも伝承にそれなりの根拠はあることになる。

なお、この中野の発見は、一九六二年十一月の日本近世文学会で報告され、『研修』第九号（一九六三）に「西鶴文学地名考――『椀久一世の物語』」として発表されたのが初出である（私は未見で「「椀久」考」の注記による）。笠井の著書は一九六三年刊行なので、中野の論はおそらく笠井の視野には入っていない。

さて、この過去帳の発見によって椀久没年については完全決着したと思うのだが、この発見をした中野自身が貞享元年説を取り、つまり延宝四年に没した「椀屋久右衛門」の息子が「椀久」の「モデル」だと述べているのでややこしい。ちなみにその「息子」が実在した証拠は何もなく、中野は「息子」の事績については『椀久一世の物語』に全面的に依拠したうえで、

こうして、今まで出版された西鶴の作品とは違った実在の「椀久」に取材したモデル小説『椀久一世の物語』が生まれた。

と述べる。言うまでもなく、これはトートロジー（物語の叙述を事実とみなし、事実に基づく物語が書かれたという同語反復）であるが、笠井の論もこれに近いところがあり、そしてどうもそれに引きずられて、貞享元年椀久死亡説が生き残っているように思われる。

なお、この過去帳発見の経緯には興味深い点がある。中野論文は『椀久一世の物語』下—四「現《うつつ》の情《なさけ》物語」において「椀久」が剃髪した寺について、本文の、

河内の国大地村とて有りけるが、此里の一向寺……

という記述をもとにこの「大地村」を探索した結果、同地の円徳寺を発見し、そこが椀久の菩提寺であり、過去帳も残されていたことがわかったと述べる。しかし、『椀久一世の物語』のなかでは、

「椀久」はこの寺へは友人の紹介で赴いたことになっている。

「此男、親もなし。子もなし。金もなし、……坊主になして賜はれ」との添状持ちて彼の寺に往きぬ。

と書かれていて、「椀久」の菩提寺とはしていないのである。いくら「椀久」の頭がおかしくなっているとはいえ、自分の菩提寺に他人の「添状」を持って行くわけはない。

もちろん、西鶴が偶然この寺を選んだとは考えられないので、実在の椀久の菩提寺であることを知っていたのだろう。そしてそのうえで、虚構の「椀久」物語の一場面の舞台としてそこを用いたのである。それは当時の読者も知ることのない、楽屋落ちの仕掛けと言えよう。

そして、西鶴が実在の椀久の菩提寺を知っていたとすると、もうひとつ、謎が解けるように思われる。『椀久一世の物語』の刊記には「貞享二乙丑歳二月二十一日」とあって、二月まではいいのだが、なぜ「二十一日」なのかが謎なのである。日付まで刊記に記されているというのがそもそも異例だし、しかもどう考えても半端な日付である（なぜかこれに疑問を呈した研究者はいないのだが）。これは「椀屋久右衛門」の菩提寺を知っていた西鶴が、その命日（六月二十一日）も知っていたと考えるしかないように思う。それ以外に「二十一日」という半端な日を刊記に残す意味は考えられないと思うが、どうだろうか。もはや「モデル」の延宝四年死亡は確定事項と考えるが、だめ押しとして記しておく。

四　「モデル小説」論を超えて

さて、実在の椀久がいつ死んだのかというのは、それ自体はたいした問題ではない。問題は『椀久一世の物語』が「モデル小説」である、という読み方にある。前掲の中野の言説はその典型だが、最近のものでも、『西鶴事典』はこの作品について、

本書は実在の人物である大阪堺筋の椀屋久兵衛（久右衛門）の事跡をとりあげたモデル小説である。

と概括する。確かに、過去帳によって椀屋久右衛門の実在は確かめられているから、モデルであったことは事実である。しかし「モデル小説」とはいったい何だろうか。現代では実在の「モデル」を実名のまま主人公とすれば、作者の想像や解釈は入るにしても、わかっている事実を改変することはないだろう。しかし西鶴の場合はどうか。たとえば先に見た椀久の剃髪の場面で、西鶴は椀久の菩提寺を知っていて、それを物語のなかに出してきてはいるが、椀久がその寺で剃髪するのは友人の紹介によるという設定で、椀久自身とは無関係と読める書き方をしている。フィクションである。一般に近世においては、小説の「モデル」といっても、その人物の事実関係を作者が綿密に調べて書くというようなことはまずないわけで、『椀久一世の物語』にしたところで、椀久の名前と、

大雑把な出来事は踏まえていても、大半はフィクションであること、言うまでもないだろう。ただ「モデル小説」と呼んでしまうと、何となくそこに書かれた人物の経歴が事実のように感じられ、貞享元年十二月に椀久が水死したと書いてあると、それを事実と受け取ってしまうのではないか。そもそも椀久の名前自体、『椀久一世の物語』以前に記載された資料はない。この小説と大和屋の演劇以後その名は有名となり、やがて『椀久末松山』などで舞台の定番となってゆき、様々な伝説が語られ、墓碑等が「発見」されるのである。

実を言えば、こうしたことはつとに野間光辰が「西鶴五つの方法」（『西鶴新新攷』一九八一　岩波書店、初出は一九六八）において述べている。「劇的方法」という章で、西鶴が歌舞伎・浄瑠璃の手法を学んでいることを論じ、『椀久一世の物語』も「モデル」よりも歌舞伎との影響関係を考えるべきと説いている部分である。

……暉峻康隆博士は、この作品の際物的性質を論じて全体的な低調さを指摘し、またその一方ではそのモデル小説たる性質を重視して、実在の人物を主人公に取り上げたことに西鶴作品史上における意義をみとめようとしてゐるが、私はさうは思はぬ。世に椀久の実説と伝へられるものはあるが、その真偽はなほ明らかでない。従つて椀久の事実と西鶴の作品との距離は、正確には測定することは出来ない。椀久の実在性は、椀久が生存した事実に基づくよりも、むしろより多くを西鶴の創造に負ふところがあつたものと考へる。……

この指摘に私は全面的に賛成だが、野間自身がこの作品について「西鶴の創造」の論を展開することはなかった。そして『椀久一世の物語』研究はこの方向へ向かわず、むしろ暉峻の「モデル小説」としての理解が定着してしまっている。そしてそこには、最も精緻な『椀久一世の物語』研究である笠井の仕事が、作品を高く評価しながらも「モデル小説」から抜け出ていないことも、残念ながら影響しているように思える。

というわけで、私は『椀久一世の物語』は「モデル小説」としてではなく、純粋なフィクション（というのも変な言い方だが）として読むべきだと思う。つまり実在の人物の事績をなぞったものではなく、西鶴が創造したキャラクターとして、ということである。もちろん、野間が言うように大和屋の劇の「椀久」との関係を無視はできないが、しかし、それも大和屋の舞台の実際がわからない以上、こだわっても詮ないことである。ともかく「モデル」とは切り離してこの作品を読み直し、評価する必要があるのではないか。

なお、笠井は先に見た通り、西鶴が「モデル」の存在に強く影響されたこと、そこに描かれた「椀久」像に、西鶴が実際に見聞したものが色濃く投影されていることを強調しているわけだが、しかし一方で、『椀久一世の物語』を表現面からも、構成面からも詳細に論じていて、まさに「西鶴の創造」を余すところなく論じ、結果的にフィクションとして高く評価している。その作品評価の骨格部分を引用する。

……西鶴の已得のこの有機的統合の乏しい花輪式構成様式に、その最も適合した主人公を、作者身辺の実在の人に得られたことは珍とすべきであって、それは偶然か、必然か、結局は偶然と必然のいみじき結合によってであろうが、この物語に於ては、花輪式の欠陥は欠陥として目だたずに却って効果をおさめ、その稀有の姿を、――それは窯の中から取り出されて世に出た名陶のような姿を――世に残し得ているのである。

わかりにくい表現もあるので一応注記しておくと、「花輪式」云々は『好色一代男』の、独立した短編を連ねて長編（一代記）とする方法のこと。『椀久一世の物語』においては、その方法が「モデル」の存在を得て、結果的に成功していると評価しているのである。私は『椀久一世の物語』が「名陶」であるという意見には賛成だが、その根拠を「モデル」との出会いという偶然性に求めるのは反対である。『椀久一世の物語』は必然的な傑作だというのが私の考えである。

「モデル小説」であることにこだわりながら、笠井は『椀久一世の物語』を充分に論じている。いま見たように、モデルの存在による制約がむしろ作品を成功させていると評価しており、その意味では「モデル小説」論はマイナスには働いていない。しかしこれは笠井のみの特殊なケースである。たいがいは「モデル小説」と呼ぶことで、それ以上に作品を「読む」行為を放棄しているように思われる。それが、この作品が研究者から素通りされているいまひとつの、そして最大の理由ではなかろうか。

五　「椀久」というキャラクター

西鶴の創造したキャラクターという視点で見ていくと、この作品の位置に注意する必要がある。実はこの観点からも笠井が詳細に考察しているのだが、見てきた通り氏は「モデル小説」の枠組みにややとらわれている。その枠組みをはずすことで、いささか笠井とは違う見方を示すことができるかと考える。

『椀久一世の物語』は『好色一代男』（天和二年〔一六八二〕十月刊）、『諸艶大鑑（好色二代男）』（貞享元年〔一六八四〕四月刊）に次ぐ作品である。刊記は先に見た通り、貞享二年二月。同じ年の正月に『西鶴諸国ばなし』も刊行されているが、これはいま脇へ置く(2)。

つまり「椀久」は、『一代男』の世之介、『二代男』の世伝につぐ、いわば第三の「男」ということになろう。そしてこの観点から見ると、「椀久」のキャラクターに様々なヒントが与えられているように思われる。以下、『好色一代男』『諸艶大鑑』『椀久一世の物語』を一連の流れとして見ることで、西鶴の意図を忖度する。勝手な想像と言えばそれまでだが、小説を「読む」とはそういうことだろう。

まず、先にも問題にした貞享元年十二月に「椀久」が水死したと語られ、その二か月後に『椀久

『諸艶大鑑』巻八挿絵。世伝の死の場面。

一世の物語』が刊行されたという件だが、これは『好色一代男』の結末を連想させること、言うまでもないだろう。『好色一代男』最終話では、世之介が女護が島に船出して行方知れずとなって終わるが、船出したのが、刊記と同じ「天和二年神無月」という仕掛けになっている。『椀久一世の物語』の刊記は二か月というタイムラグがあるが、趣向としては同一と考えてよいだろう。そして、そのような視点で見ると、船出して行った世之介に対して、船から落ちて水死した「椀久」という設定にも意図があるように感じられる。つまり、「椀久」は世之介のネガではないか、ということである。念のために言っておくと、実在の椀久が船から落ちたとか、水死したとかいう記録はどこにもない。

　次に『諸艶大鑑』の世伝との関係だが、世伝は、『諸艶大鑑』を『好色二代男』として刊行するため

『椀久一世の物語』下巻挿絵。椀久の死の場面。

に冒頭話と最終話だけに付け加えられた存在である。そしてその冒頭話では夢のなかに女護が島の父・世之介からの使いの美面鳥が訪れ、色道の秘伝を授けるということになる。これは、『椀久一世の物語』の冒頭話ときわめて類似している（前掲野間「西鶴五つの方法」に指摘がある）。『椀久一世の物語』では、冒頭でやはり夢のなかに、弁財天が現れて、椀久に蔵の鍵を与えるのである。「蔵の鍵」は「色道の秘伝」の即物的な形であろう。

そして『諸艶大鑑』の末尾、再び登場した世伝は、三十三歳で大往生を遂げる。挿絵が如実に示しているが、遊女たちが迎える夢のような世界へ行くのである（前頁図）。三十三で死ぬことについては本文中に、

是、世の中のうかれ男に、物のかぎりを、しらしめんがため也(3)。

とある。さて一方「椀久」はと言えば、前述の通り船から落ちて水死する（前頁図）。まったく対照的な結末だが、ただし年齢は同じ三十三歳である。この一致は偶然だろうか。際限なく遊びつづける『好色一代男』世之介の物語を書いたあとに、「世の中のうかれ男に、物のかぎりをしらしめんがため」に、ある種の限界を示す必要があったとすれば、「世伝」と「椀久」には同じ役割が与えられていたのではないか。ただし「世伝」は急遽付け加えられたために、冒頭と結末しか描かれなかった。それをあらためて、冒頭（夢の告げ）から結末（死）までを一人の人物の物語として描いたのが『椀久一世の物語』なのではないだろうか。

以上の想像をもとに、三作品の流れをあらためて整理してみる。

『好色一代男』世之介は「転合書」として創造された。色の世界のみに生きる存在として、様々なエピソードを一人の人物のなかに詰め込んだ。したがって統一的な人物像はなく、各話ごとにキャラクターも異なっている。「リアル」な存在ではないので、遊興もし放題、親の遺産を譲り受けてからは無尽蔵な金を持って遊びつづける。その結末も、遊びを終えることなく、女護が島へと船出して、元気一杯である。破天荒な物語であり、その破天荒さゆえに文学史にくさびを打ち込むことになった。

『諸艶大鑑』は基本的には『好色一代男』後半の遊女列伝的な、遊廓の遊びの世界を網羅的に描くことが目指されている。「諸艶大鑑」というタイトルがそのことを示す。しかし、『好色一代男』

の評判にあやかり、『好色二代男』と外題することとなり、急遽冒頭と最終話に世伝の話が付け加えられた。冒頭では、世之介の遺児であること、そして世之介から色道の秘伝を伝授されたことが記され、最終話は先に見た通り、三十三歳の若さで大往生を遂げる。

そして「椀久」である。ざっくりと言ってしまえば、「椀久」はリアルな世之介であろう。『椀久一世の物語』はリアル『好色一代男』なのだ、と言ってもよい。世之介は使っても使っても使い切れない遺産によって、無限に遊びつづけることができ、ついには女護が島へ船出していった。しかし、当然のことだが、現実にはそれはありえない。現実に遊びつづければ、早晩破産していく。「椀久」も親の財産を自由に使える境遇となったが、その財産は「わづか有銀七百六十貫目」だった。世之介は「二万五千貫目」であるから桁違いである。とはいえ、「銀五百貫目よりして、これを分限といへり。千貫目のうへを長者とは云ふなり」(『日本永代蔵』)であるから、大金持ちには違いない。そして、「椀久」の遊びぶりはといえば、これは世之介と遜色ない。懇意の若衆には家を普請してやり、花見には太夫の禿たち十二人を連れて、御座船と花車で七十両を散財する。揚屋での馬鹿騒ぎも世之介顔負けである。そうこうするうちに金が尽きはじめ、

椀久も其時分は、手だれどもにもみ入られて、大方に帥《すゐ》になつて、おもしろき最中なれば、誰が意見にても聴かぬはずなり。必らず色あそび、物も使はずかしこくなる時分は、銀がないものなり。……椀久も世上のつもりよりは、早く畳まれし事不思議なり。さのみ人の目立つ程の

事もなかりき。

ということになる。以後は零落の一途をたどり、しかし色の道はやめられず、狂人のようになって一生を終えるのが『椀久一世の物語』である。まさにリアルな「好色一代」ではあるまいか。私の考えでは、『椀久一世の物語』はそのような意味で『好色一代男』のいわばネガであり、『好色一代男』という「転合書」、いわば偶然の傑作を書いてしまった西鶴が、向き合わざるをえなかった「物語」なのである。

そして西鶴は、この「物語」に対してこだわりつづけることになった。遺作となった『西鶴置土産』は、色遊びの果てに零落した男たちの（つまり「椀久」たちの）列伝であり、その序には次のようにある。

世界の偽《うそ》かたまつて、ひとつの美遊《びゆ》となれり。……さる程に女郎買ひ、さんごじゆの緒じめさげながら、この里やめたるは独りもなし。手が見えて是非なく身を隠せる人、そのかぎりなき中にも、凡《およそ》万人のし連《つれ》る色道のうはもり、なれる行末をあつめてこの外になし。これを大全とす。

「美遊」とそれに関わった者たちの必然的な没落は、まさに西鶴にとっての一大テーマであり、西鶴はその「大全」を目指したのである。もちろんそれは、『置土産』だけではなく、たとえば『椀久一世の物語』の二年後に刊行された『日本永代蔵』巻一―二「二代目に破る扇の風」でも生き生きと描かれている。

ちなみに「二代目に破る扇の風」は、父から二千貫目の遺産を相続した扇屋の二代目が「四五年」のうちに散財する一話で、話のポイントは当初父親譲りの吝嗇家だった男が、ふとしたことから遊廓に足を向け、そこに嵌まっていくプロセスに置かれているが、全体の枠組みは「椀久」とよく似ている。この扇屋二代目の最後は、

家名の古扇残りて、「一度《ひとたび》は栄え、一度は衰ふる」と身の程を謡《うたひ》うたひて一日暮しにせしを、見る時聞く時、「今どきはもうけにくい銀《かね》を」と、身を持ちかためし鎌田屋の何がし、子供にこれをかたりぬ。

ということになる。「椀久」ほどはっきりとした狂気ではないが、町中を乞食同然で徘徊する姿には共通したものがある。「椀久」もまた、

「御ぞんじの坊主、はちはち。浮世じやな、はちはち。昔しじやな、はちはち。こりや五百貫目入れて、揚屋で習ふたなげぶし、一文で歌ふて聞かすが、『さても命はあるものか。』有る物は残らず使ひはたした。一文くれぬか。……」

と、自分の身の上をネタにして乞食をしていたのである。

また「二代目に……」末尾の「鎌田屋の何がし」のセリフは、『椀久一世の物語』上―四「花車《はなぐるま》は引かれてのぼりづめ」のやはり末尾に、一日の花見で七十両を散財した「椀久」への批評として、

惜しや、此のもうけにくい世中に。

と記されるのと同趣であり、『日本永代蔵』の一話は「椀久」のバリエーションとして見ることができるだろう。

繰り返しになるが、『好色一代男』を書いてしまった西鶴は、最上の価値である遊廓の「美遊」の世界を体験した者たちが、必然的にたどらなければならない「物語」にこだわりつづけた、というのが私の考えである。そこには未来も展望もなく、快楽と狂気の紙一重の「物語」、しかし決して深刻ではなく、むしろ滑稽な「物語」世界がある。その世界を描いた最も秀逸な作品として『椀久一世の物語』はあると思う。「モデル小説」としてではなく、西鶴の物語世界の象徴的キャラクターとして「椀久」を、そしてその「物語」を読む時、それは実に楽しく豊かなテキストなのである。ぜひ、「読んで」もらいたい。

注

（1）『椀久一世の物語』の本文引用は、対訳西鶴全集（明治書院）による。ただし旧字体は新字体に改めた。それ以外の西鶴作品については原則として前章までと同様、新編日本古典文学全集による。振り仮名を一部省略することも前に同じ。

（2）浅野晃「『椀久一世の物語』と『西鶴諸国はなし』——方法と主題」（『西鶴論攷』一九九〇　勉誠出版、

初出一九六八）が、この二作品について論じているが、同年の出版ということで一括したもので、必ずしも両者の有機的なつながりを論じているものではない。なお、『椀久一世の物語』と翌年刊行された『好色五人女』との間に類似性が多いことを江本裕『好色五人女』（一九八四　講談社学術文庫）が指摘している。

（3）『諸艶大鑑（好色二代男）』の引用は新日本古典文学大系（岩波書店）による。

（補注）本稿執筆後に気づいた論文について補足する。

広島進「『椀久一世の物語』の話型と構成」（『西鶴新解——色恋と武道の世界』二〇〇九　ぺりかん社、初出原題「『椀久一世の物語』の構成」一九八四）は、『椀久一世の物語』が、主人公の蕩尽という話型の反復と、蕩尽する対象、金額、場所、時節の構成・配置によって各章が有機的な関連を持つ作品になっていると論じる。「モデル」論に関わりなく、『椀久一世の物語』の全体像を明らかにしている点で重要である。

Ⅱ　馬琴の悪

第一章 『椿説弓張月』の「琉球」 ファンタジーの政治性

一 『椿説弓張月』を読むということ

『椿説弓張月』が『南総里見八犬伝』と並ぶ、あるいは少なくともそれに次ぐ馬琴の傑作・代表作であるというのは、まず大方の認めるところである。明治以後の翻刻や研究・言及の多さも馬琴作品のなかで際立っているし、昭和になって（というよりも、戦後）日本古典文学大系（岩波書店）に収められたことで、本格的な注釈と解説を備えた最初の江戸読本ともなり、いわば研究史を切り開く位置を占めてきた。

「鎮西八郎為朝外伝」と角書された『椿説弓張月』（以下『弓張月』）は、源為朝を主人公とした、為朝一代記である。史実（『保元物語』など）では保元の乱で敗れ伊豆大島へ流されて没したとされる為朝を、死なずに生き延びる設定とし、琉球へ渡ったという伝説に基づいて活躍の時空を広げ、ついに為朝の息子が琉球王となるという、スケールの大きな物語となっている。前篇・後篇・続篇・拾遺・残篇の、いわば五部構成だが、大雑把に言えば前篇が日本本土、後篇が伊豆諸島、そして続篇以下が琉球を舞台としている。前篇・後篇も決してつまらなくはないが、何といっても『弓張月』の魅力が後半部、琉球を舞台にした（すなわち史実の制約から解き放たれた）波瀾万丈の物語にあることは疑いようもない。

さてしかし、琉球を舞台に為朝が活躍し、その息子が琉球の王になるという物語は、単純に面白がってばかりはいられない一面を持つ。そもそも為朝渡琉伝説自体が、琉球と日本の関係を強めようとする政治的意図によって作られた可能性がきわめて高いのであり、ベストセラー小説である『弓張月』はそれをより強固な国民的神話にしたとさえ言える。渡辺匡一「為朝渡琉譚のゆくえ」（『日本文学』二〇〇一年一月号）によれば、為朝渡琉伝説は室町時代後期に琉球に渡っていた五山僧の間で語られはじめ、近世の薩摩の琉球攻め以後、琉球側から「日琉同祖論」の根拠とされ、それが近世中期以降に日本で刊行された琉球に関する著作（なかでも『弓張月』）によって定着していったという。近世期における為朝伝説の受容については、横山学『琉球国使節渡来の研究』（一九八七　吉川弘文館）の第四章第三節に詳細だが、そこでも『弓張月』は「一般の人々の琉球への関心を一層高め、為朝渡琉伝説を確固としたものとして人々に定着せしめた」とされる。

つまり近世・近代の琉球（沖縄）の歴史を考えると、この物語がある種の政治的な意図を持ってしまうことは避けられないのである。『弓張月』自体にそうした意図がある程度露出していることも事実で、たとえば物語中で琉球の王の名を「尚寧王《しょうねい》」とするが、これは近世初頭の薩摩の琉球攻め（島津入り）の際、捕らわれて日本に抑留された実在の王の名であり、為朝の琉球渡りと薩摩の琉球攻めとを、時代を超えて重ね合わせる意図があると考えざるをえない。『弓張月』での「尚寧王」は暗愚な王であり、為朝の琉球での戦いを正当化する存在である。

また『弓張月』は物語の結末において、琉球の始祖神の口から「わが琉求は、神の御代より大八洲の、属国」「後々は、亦必也、日本の属国となりなん」と語らせており、いわば琉球は日本の「領土」だと言表しているのである。もちろん、これを近代の植民地主義と同一視することはできないが、『弓張月』を読み、そしてそれについて何か言おうと思えば、こうした問題を避けて通るのはむしろ難しい。

実際、明治期にこの作品を詳細に批評した依田学海「椿説弓張月細評」（明治二十九年　帝国文庫『四大奇書　上』解説）は、その末尾に、

……日本紀及続紀後紀等の文を引証し我属国なりと証を挙けたる所は今世支那と所属を争ふ事を予め知りて論を建てるかと疑ふはかりの先見なり。……余はこれをもて翁が文筆の妙を賛するのみならずその卓識に服しもてこの書を翁第一の著述と定めてかくは長々しく評語を費やせし也。

と述べ、『弓張月』の評価の観点に物語の面白さだけでなく、琉球の所属問題を先取りしていることを挙げている。また昭和の初期になると、藤村作「馬琴研究」（昭和六年『日本文学講座』第十巻）は『弓張月』を馬琴の「最大傑作」としたうえで、

……我々日本人の完璧なる理想的英雄を描出し、それに由つて日本精神を高調し、併せて因果応報思想の立場から見た円満な人生を表現してゐる

と述べる。この発言をすべて的外れな時局的言説と否定することはできない。先に触れたように、『弓張月』自体がある種のナショナリズムを内包していたのであり、学海の評のごとく、むしろ近代ナショナリズムと植民地主義を先取りし、ある面ではそれを導きさえしたかもしれないからである。

しかし、第二次大戦後の馬琴研究は、こうした政治性・思想性をほぼ完全に封印した。訓詁注釈と書誌研究および文学史に自己の領域を限定し、いわゆる「内なる近世」を緻密なものにすることに精力を傾けたのである。その成果は決して小さいものではない。とりわけ『弓張月』は、先述のとおり日本古典文学大系に収録され（後藤丹治校注・解説）、その注釈や解説はその後の研究の指標となってきた。それをベースに作品論も少なからず積み上げられ、成立の問題や構成・構想などが詳細に論じられている。ただ、そこでは、琉球・沖縄の今日的な問題やナショナリズムの問題は、まったく言及されない。特徴的な例を挙げれば、『図説日本の古典19　曲亭馬琴』（一九八〇　集英

社）に徳田武「『椿説弓張月』――作品鑑賞」が載るが、そこでは「政治的主題」という小見出しのもとに次のように述べられている。

反逆者に王位を簒奪された琉球は麻のように乱れ、国民は塗炭の苦しみをなめるのである。こうした政治的混乱を鎮圧し、琉球に秩序を取り戻すべく登場してくるのが為朝なので、……国難救済者の登場とも見られるものだった。すなわち、馬琴はこれよりはなはだ政治的なテーマを描いていこうとするのである。

ここには琉球に為朝が乗り込むこと自体の「政治」性はまったく問題にされていない。また、末尾「大団円」の項においては、為朝と息子・舜天らが王位を譲り合う場面について「……禅譲が望ましい、とする政治思想が盛りこまれている、と読むことができよう」と述べたうえで、最終回では、「流求は、神の御代より大八洲の、属国として」という琉球日本領土論が再三述べられ、依田学海の激賞を博しているが（「椿説弓張月細評」）、こうした論をも含めた儒教的政治論が『弓張月』を一本の太い線として貫いていることを見落としてはならない。

と結んでいる。「琉球日本領土論」がなぜ「儒教的政治論」に含まれるのか、まったく理解できないが、ともあれここでは、近世から近代にかけての日本と琉球（沖縄）の「政治的」関係はまったく考慮の外にあるということがわかる。そしてこの一文は、戦後の『弓張月』研究のなかでは、政治性に多少とも言及し、また依田学海の論に触れるなど、例外的に「政治的」なものと言え、他のほとんどの論考はそもそもそうした観点をいっさい持たない。問題自体が存在しないのである。私にはこれはあまりにも不自然なことに思われる。『弓張月』が琉球の所属問題や日本人のナショナリズムに決定的、とまでは言わないにしても相当の影響を与えたことは動かない事実だし、いま『弓張月』を読んでも、そのことは私たちの意識にのぼらざるをえない。もちろんこの問題はきわめて大きなもので、『弓張月』内部だけにとどまらず、また「文学」の領域の外へとひろがってゆく。[1]しかしその前提として、『弓張月』が琉球をどのように描き、そして日本をどのようにとらえていたのかということをきちんと把握することは必要だし、それは「文学」に携わる者がやるべきことだろう。

本稿は以上のような展望と問題意識のもとに、しかし自らを「文学」に限定しつつ、『弓張月』の「内なる琉球」について検討してゆきたい。

二　『弓張月』の構想変更と齟齬——琉球王位をめぐって

『弓張月』の琉球を見てゆく際に、まず確認しておかなければならないのは、研究史上では周知のことであり、すでに細かな検討も備わっているが、『弓張月』前篇と後篇以下の執筆段階で大きな構想の変更があったということである。[2]ごく大まかに言えば、当初、馬琴は『和漢三才図会』の記述をベースにして為朝渡琉説を理解し、為朝が琉球へ渡りその地の王となる物語を構想していたのだが、その後、森島中良『琉球談《ばなし》』や新井白石『琉球国事略』、またそれらに引用された『中山《ちゅうざん》伝信録』などによって、琉球に関する様々な情報や言説を知り、特に琉球の王になったのが為朝自身ではなく、息子・舜天《しゅんてん》であるとされていることから、基本的な構想の変更を余儀なくされたのである。そのため、『弓張月』には前篇と後篇以下（後篇・続篇・拾遺・残篇）との間にいくつかの齟齬が生じているし、かなり強引な展開を余儀なくされている面もある。とりわけ、いま述べたように琉球王位をめぐっては、いくつかの問題がある。

まず前篇における琉球との関わりを見ておこう。前篇巻三において、為朝は朝廷の命で鶴を捕らえるため琉球へ渡る。そこで琉球の王女（寧王女《ねいわんによ》）と出会い、探していた鶴を得る。また、琉球では曚雲《もううん》国師なる悪道士が国王を操り、人々や王女を苦しめていることを聞くが、話だけで実際には曚雲は登場せず、為朝はすぐ日本に帰ってゆく。

前篇で琉球が舞台となるのはこれだけである。寧王女はこの場面で十四、五歳とされ、為朝に琉球に留まるようにすすめ、また自分を日本に連れていってくれと頼むなど、為朝への思慕を表している。ここから予想されるのは、為朝が保元の乱に敗れ伊豆配流の後、再び琉球へ渡り曚雲を倒して寧王女と結ばれ、琉球国の王となる、という展開である。しかし先述の通り、そうはならなかった。琉球の王になるのは為朝自身ではなく、息子でなければならないことを馬琴が知ったからである。

とはいえ、ただそれだけのことであれば、為朝が琉球へ渡り寧王女と結ばれ子をなして、その子が王となればよかったはずである。だが『弓張月』はそういう話にはならず、きわめて錯綜した展開になっていった。

後篇において、伊豆で自害しようとした為朝は家臣たちの計らいで生き延び、九州で妻・白縫《しらぬい》と再会、男子（舜天丸《すてまる》）をもうける。続篇冒頭では清盛を倒すため一族を引き連れ海路都をめざすが、暴風に遭い船は難破してしまう。白縫は海に身を投げて死に、為朝と舜天丸も散り散りになるが、それぞれ神霊の加護を受けて琉球の支島に漂着し生き延びる。ここから物語は琉球へ移り、為朝の物語はいったん中断し、時間を大きくさかのぼって寧王女の王位継承問題、曚雲の登場などを語ってゆく。続篇巻四の末尾、曚雲らの陰謀で寧王女が殺されそうになった時、白縫の霊が寧王女に憑依して危機を脱する。さらに同巻六末尾で再び危機に瀕した寧王女（＝白縫）を為朝が救う。つづく拾遺では為朝は寧王女と夫婦となり、曚雲と闘うが敗れる。残篇に至って、為朝夫婦は神仙の導きで成長した息子・舜天丸と再会、忠臣を再結集してついに曚雲を倒す。為朝、寧王女、舜天丸の三人は互いに譲り合って王位につかないが、寧王女、為朝が昇天し、ついに舜天丸が琉球王となる。

為朝と琉球王位の問題にしぼってあらすじを語れば以上のようになる。ちなみに、最後の王位譲り合い問題が戦後の『弓張月』研究では大きく取りあげられ、舜天丸が王位につくことの正当性や、仁徳天皇の故事や保元の乱の背景との関係が論じられているが、そこでは琉球の王位を日本人が継ぐという決定的な問題が無視されている。

さて、この物語の展開において最も奇妙というか不可思議なのは、為朝の妻・白縫の霊が寧王女に憑依するという設定である。寧王女の肉体に白縫の魂が入るのだが、しかしその後の寧王女（＝白縫）の言動は、寧王女としての記憶や感情もあれば白縫のそれもあり、いわばふたつの人格が共存するという、やや強引な設定になっているのである。しかも、最後に白縫の魂が離れてゆく場面では、白縫が憑依した時点で既に寧王女は死んでいたのだと、白縫（の魂）が語っており、さらに話は矛盾・混乱をきたしている(3)。

そもそも白縫は、前篇末尾において生前の崇徳院から次のような示現を受けていた。

「……汝分鏡《ぶんきやう》の契《ちぎり》うすくして、夫婦の縁《え》にし既に絶たり。とても添果ん事かなふべうもあらねど、朕《わ》が霊《たま》夫婦《イモセ》が護神《まもりがみ》となりて、三年《みとせ》が程には、かならず為朝に逢はすべし。今より白峰の奥なる、児嶽《ちごがたけ》に隠れて時を俟《まて》(4)。……」

崇徳院は保元の乱の首謀者であり、『弓張月』においては為朝を守護する超越的な神霊として描かれている。また『雨月物語』「白峰」でも知られるように、死後、崇徳院は悪霊となり世を乱すのだが、その霊は歴史を見通し、操る存在である（『弓張月』も「白峰」を利用・踏襲している）。したがって、崇徳院の存在は物語において「機械仕掛けの神」的な存在なのであり、その言葉は物語の行方を確実に予言するはずである。ところが、『弓張月』の物語展開のなかで、この崇徳院の言葉はことごとく裏切られる。白縫が為朝と再会するのは三年後ではなく六年後、場所も九州。そして、そこで子をなして六年をともに過ごす。その後、先述の通り海上で暴風に遭って死ぬが、魂が寧王女にのりうつり、再び為朝と結婚し、約十年後に昇天。「分鏡の契うすくして、夫婦の縁にし既に絶たり」どころではない。これ以上ないくらい強い「契」で結ばれているのである。(5)

前篇と後篇以下において、物語の基本構想に変更があったことは先述の通りだが、それにしてもこれほどの齟齬は他にないし、馬琴読本を読み慣れた者にとって、これほど大きな齟齬を馬琴があえて犯しているというのは驚きである。しかも、これも先述したが、為朝の子が琉球王になるために、このような齟齬は必要ないのである。なぜなら、琉球王になったとされる舜天は、『琉球談』や『琉球国事略』などによれば、為朝が琉球で大里按司《あんず》(按司は大名のような地位)の妹との間になした子だとされており、日本で生まれた子だという説はまったく存在しないのだから、白縫が舜天の母である必要は、歴史考証からも伝承からも生じてこない。史実や伝承に基づき、想像力でその空白を埋めてゆくのが馬琴の基本的な「稗史(よみほん)」の方法でありルールであるとすれば、(6)ここでは明らかにそのルールが破られているのである。自らの作品を破綻させ、ルールを破ってまで、なぜ白縫は舜天の母でなければならなかったのだろう。

誰が見ても答えは明白である。琉球王朝の血筋を絶やし、日本人が琉球の王になるためである。

このことを前提として考えなければ『弓張月』は論じられない。

あらためて白縫と寧王女の合体について言えば、舜天は為朝と嫡妻・白縫の間に生まれた日本人でなければならなかったが、すべての伝承が為朝と琉球の女性の間に生まれたのが舜天王だとしており、またすでに『弓張月』前篇で寧王女を為朝と縁のある重要人物として設定してしまった以上、「稗史」のルールとしても物語の整合性の面でもそれをまったく無視することもできず、そこで編み出された苦肉の策だったということになる。

三　『弓張月』の琉球考証

物語の展開を考える前に、そもそも『弓張月』が「琉球」をどのように位置づけているかを見ておこう。『弓張月』には、馬琴読本の常として様々な考証が記されており、もちろん琉球についての考証も多い。前篇と後篇以下で基本的な構想が変わったという事情もあるのだろう、とりわけ琉球の成り立ちから日本との関わりについては、しつこいくらいに考証が繰り返される。後篇巻頭、続篇巻頭、琉球の物語が始まる続篇巻二冒頭、そして続篇巻一末尾や残篇巻五においては、登場人物である神仙（琉球の始祖神）の口から詳細に地誌や歴史が語られる。その要点をおさえながら、『弓張月』における琉球の位置づけと日琉の関わりを見てゆくことにしたい。

まず、後篇巻頭に「備考」として為朝の事績についての考証が記されるが、そこでは『元史類篇』『中山伝信録』を引用して、為朝の子・舜天が「琉球中興」の王であることを述べるにとどまる（先述の通り、前篇段階の構想の修正であり、注2の大高論文に詳細）。

次に、続篇巻頭には「拾遺考証」として、「琉球国は、薩摩の南にあり。……」と始まるかなり詳細な記事が記される。本格的な琉球についての考証であり、物語の背景あるいは世界観がここで提示されている。

まず琉球の古称についていくつかの例を挙げ、さらに神話・伝説に見られる龍宮もまた琉球のことだとする説を紹介し、肯定する。これらの考証はいずれも森島中良『琉球談』をなぞったもので、馬琴のオリジナルな部分はこの先にある。

龍宮＝琉球説を前提として、馬琴は次のように述べる。

彦火火出見尊、海神《わたつみのかみ》の女《むすめ》、豊玉姫を娶《めとり》て、海宮《わたつみのみや》に留り住給ふこと三年《みとせ》、そののち豊玉姫、女弟《いろと》玉依姫を将《ひきい》、風波を冒して海辺《うみべた》に来到《いたり》、方産《こをうむとき》に、化して龍《たつ》となる条下《くだり》を考《こふがへ》合《あは》するに、伝信録に、中山世鑑を引て、琉球開闢の祖を、阿摩美久《あまみく》といふ。三男二女を生む。長女を君々《くんくん》、二女を祝々《しゅくしゅく》といふ。一人は天神《あまつかみ》となり、一人は海神《わたつみのかみ》となる、といふを吻合するときは、神《かみ》代紀《よのまき》にいふ海神は、阿摩美久、豊玉姫は君々、玉依姫は祝々なりといはんも、その義遠からず。且《かつ》豊玉姫は、龍《たつ》と化し、海途《うみのみち》を閉《ふさい》で去《かへ》り、玉依姫は留りて、児《みこ》、鸕鷀草葺不合尊《うがやふきあはせずのみこと》を養育《はぐくみ》まゐらせし事、一人は天神玉依姫歟となり、一人は海神豊玉姫歟となるとある、中山世鑑の趣によくあへり。

要するに日本神話の豊玉姫・玉依姫は琉球の始祖神の娘であるというので、これはまったく独創的な考証、というか仮説である。ここで馬琴は、日本の神話と琉球の神話を交流させ、つなぎ合わせている。(7) ここに紹介された琉球の開闢を述べた神話は、『琉球談』や『琉球国事略』にも同様に記されているが、新井白石も森島中良も、その神話を日本神話の海宮訪問譚に連結させ、そして琉球の始祖神の娘を豊玉姫・玉依姫に同定するといった想像・創造はもちろんしていない。稗史作家・馬琴の独壇場である。そして、これが『弓張月』の基本的な世界観ということになる。

「阿摩美久」という神を祖とし、その三男二女が……という琉球の開闢神話は、物語が実際に琉球を舞台とするようになる続篇巻二の冒頭であらためてより詳細に紹介されている。またそこで龍宮＝琉球説も再度述べられ、そこから琉球王朝をめぐる話が始まる。そして、長い物語の末に為朝と舜天丸が悪の権化である曚雲を倒し大団円となった時（残篇巻五）、まさにその始祖神・阿摩美久の口から、またあらためて次のように語られるのである。

> この国開けそめしとき、一男一女化出《なりいで》たる、その男《を》の神はわれなれば、われに三男二女ありけり。彦火火出見尊、鈎《はり》を求めて、この国へ来ませしとき、長女君々は、尊におもはれたてまつり、豊玉姫と召れつつ、遂に孕《はら》めることありて、鸕鷀草葺不合尊を産《うみ》奉るとき、ふかく羞ることありて、日本より脱《にげ》て帰りしかば二女祝々を進《まゐ》らして、皇子《みこ》を養育《はぐくまし》奉れば、玉依姫と召

れたり。この因縁にわが嫡男に、天孫《あまみこ》の姓《かばね》を賜り、世に天孫氏と称せらる。さればわが琉求は、神の御代より大八洲《おほやしま》の、属国《しよくこく》として種島《たねしま》と、唱るよしは彦火火出見尊の胤《たね》をわが女児《むすめ》の、腹に宿せし故に名とす。しかるに、後の人はみな、種が島より船出して、琉求へ往還すれば、その地に由《より》て多褹国《たねこく》、と唱るとのみ思ふめり。

同じ内容の繰り返しではあるが、先にはあくまでも物語外の「考証」だったものが、登場人物（神）の口から語られることで、物語内部の事実として認定されたことになる。すなわち『弓張月』における「琉球」は豊玉姫・玉依姫の故郷であり、いわば「日本」にとって母の国なのである。なお琉球の神の系譜の呼称「天孫氏」（『中山伝信録』など諸書に一致）が、日本の神が琉球の神の嫡男に賜った「姓」だ、というのはここで初めて提起された説である。

さて、いまの引用の末尾の部分について注釈しておく。「後の人はみな、種が島より船出して、琉求へ往還すれば、その地に由て多褹国、と唱るとのみ思ふめり」と述べているが、これは新井白石の『南島志』の説を指している。『南島志』は琉球と日本の関係について詳細に論じた著だが、まず「総序」において、『日本書紀』の推古天皇二十四年「掖玖人来」の記事を引き、この「掖玖」が琉球のことだと論じ、次に天武天皇二十一年「多祢島使人等貢多祢国図」を引いて「多祢国」も琉球だと述べる。当時は琉球の名が知られておらず、琉球から日本への経由地である多祢島（種子島）の名で呼んだのだと。

『南島志』の特色は、古来琉球は日本の一部すなわち「南倭」であり、中国の古文献に「倭」のこととして載る内容のうち、日本の風土に合わないものは「南倭」すなわち琉球のことだするところにある。それを証明するために極力古い時代の記述に日本と琉球の関係を求めようとしているのである[8]。

読本作家＝稗史作家である馬琴は、日琉の神話を結びつけることで、白石の考証がなしえなかったことを一挙に達成した。琉球始祖神の娘＝豊玉姫・玉依姫ということになれば、「種島」は単なる経由地ではなく、彦火火出見尊の「胤」を宿したが故の異称ともなり、白石の論が補強されるというわけである。もちろんこれは馬琴の白石に対する戯れなのだが、白石の『南島志』と『弓張月』の連続性を象徴的に示している。

そして、このあとさらに琉球始祖神・阿摩美久は、『南島志』の叙述に基づいて、というよりもほとんどそのままに日本と琉球の関係を詳細に述べてゆく（「掖玖」や「多祢島」のことも再説される）。もっとも、『南島志』に記述がない部分はみずから史書（『日本後紀』『三代実録』など）を引いて、日本と琉球の関係が途絶えた経緯も述べている。そのうえで始祖神の結論は次の通りである。

> 今こそあれ後々は、亦必也《またかならずや》、日本《やまと》の属国《しよくこく》となりなん。故いかにとなれば、この国太古の時にしては、彦火火出見の恩沢を被り、今亦《また》八郎（為朝のこと—引用者注）の武徳に活《いき》たり。恩を稟《うけ》て恩をしらずは、禽獣《とりけもの》にだも劣れり。孰《たれ》かその本《もと》を忘るべき。しかれども八郎は、蓋世の

> 義士なれば、生を貪り栄利に走らず、君父の仇を撃ざるを恨とす。君父の仇を忘れずは、この国には留まるべからず。しかればここに王たるものは、舜天丸の外に、誰かあらん。

なぜ彦火火出見が琉球始祖神の娘を娶ったことが「恩沢」になるのか、ここで語られる日琉の関係の把握には問題がある（日本の上位が前提になっている）し、そもそも物語のなかでの阿摩美久の存在も単なる琉球の始祖神とは言いきれない複雑な側面を持つのだが、そのことはいまは置く[9]。ともあれ、この阿摩美久の長いセリフ（大系本で五頁半におよぶ）によって『弓張月』の琉球像は完成する。舜天丸が琉球王になるということは、琉球が日本の「属国」となることに他ならないし、「後々は、亦必也、日本の属国となりなん」とは、近世の薩摩の琉球支配を指していることも明らかである。

『中山伝信録』などによれば、開闢神話の系譜を受け継ぐ「天孫氏」の事績は具体的には何も伝えられておらず、琉球王朝の実質的な系譜は舜天王から始まる。そしてその舜天王は為朝の子だとされ、すなわち、為朝こそが琉球の始祖神とも言うべき存在とされているのである。そしてこの伝説が、琉球と日本の関係を強調するためにつくられた虚構であることは、本稿冒頭に述べた通りである。

簡単に言えば、馬琴はこの為朝琉球始祖説すなわち日琉同祖論を、一挙に神話時代にまで遡らせたことになる。日本・琉球は開闢の時点ですでに一体だった、というのである。新井白石に代表される、極力古い時代に日本と琉球との関係を見出そうとする志向は既に示されていたが、資料・史実に基づく限りそこには限界があった。馬琴は、それを稗史作家の想像力でいっそう推し進めた。その結果誕生したのが、いわば究極の日琉同祖論と言うべき、琉球始祖神の娘＝豊玉姫・玉依姫説である。

ただ、この「神話」には微妙な問題がある。近世日本の琉球認識について詳細に論じた横山学『琉球国使節渡来の研究』（前出）は、最も着目すべき『弓張月』の特質として、「琉球の天孫は我が皇祖神の裔であり当然にして琉球は日本の属国たるべきである、としたこと」を挙げるが、この指摘は正確ではない。琉球始祖神の娘が豊玉姫・玉依姫だということは、「日本の天皇が琉球の始祖神の裔」なのである（言うまでもなく、玉依姫は神武天皇の母である）。琉球の天孫氏は、「天孫」という名称を日本の神から授かっただけで、そこに日本の神の血統があるわけではない。先の「恩沢」の議論にもあったように、一見、日本の琉球に対する上位が前提になっているのだが、実はこの神話の内実は、むしろ琉球こそが日本の根源的な母の国だという、両者の関係を逆転させる契機を秘めているのである。そしてこのことに馬琴は気づいていたと思われる。

また、日本と琉球の関係を神話に遡ったことは、為朝の物語としての『弓張月』にとって必ずしも都合がいいわけではない。『弓張月』以前の為朝渡琉伝説は、そのまま為朝琉球始祖伝説だったわけだが、すでに神話時代から日琉が同祖で結ばれていたとすれば、為朝（および舜天丸）の存在意義は相対的に減少する。つまり琉球と日本をつなぐミッシングリンクではなくなるのである。では、それにかわって彼らはどのような役割を果たすことになるのだろう。あらためて物語を見ていこう。

四　琉球における為朝

実は、琉球における為朝の描かれ方については、早くから疑問や不満が出されている。最も率直な例として、先に紹介した藤村作「馬琴研究」を挙げることができる。この論は先に見たように「日本人の完璧なる理想的英雄を描出し」「日本精神を高調し」たものとして『弓張月』を絶賛したのだが、しかし琉球の為朝については不満を述べている。いわく、続篇の琉球物語においてほとんど為朝が登場しないのはおかしい、陰謀奇計を用いて矇雲と戦うのは武士道精神に反する、息子の舜天丸に活躍の場を譲って為朝の英雄的性格が矮小化されている、などと。そしてこれらは「構想上の過失」であると述べている。また、依田学海の「椿説弓張月細評」も、後半部の為朝の行動に対し「英雄の面目を辱しむるに非ずや」「甚英雄の挙動に似げなく」といった批判を加えている。

こういった指摘はある意味で的を射たものである。基本的な構想に執筆中の変動があったことは先に述べた通りだし、また、確かに、本土・伊豆の為朝（前篇・後篇）と琉球での為朝（続篇・拾遺・残篇）との間には、はっきりとした違いがある。この点は近年の構想論的な論文（石川秀巳「琉球争乱の構図（下）」、大高洋司「『椿説弓張月』論」）においても認められ、その様相や理由が論じられている。それらの論と重複するが、とりあえず前半・後半の為朝像の違いを私なりに整理しておく。

具体例は省くが、前篇・後篇においては為朝はまさに向かうところ敵なく、膂力・智恵ともにほとんど非の打ち所のない存在である。九州でも伊豆でもたちまち人々を帰服させ、特に伊豆では女護が島や鬼が島といった未開の島に積極的に乗り込んで行き、そこへ文化を持ち込む神のごとき役割を果たしている。

ところが、琉球での為朝は必ずしも万能ではない。まず、琉球への渡り方自体が、新天地を自ら求めたわけではなく、野望が挫折しての漂着である。清盛打倒のため都へ向かう途中暴風に遭い、なすすべなく同船の部下のほぼすべてを死なせ、神霊の加護を受けた為朝および舜天丸とそれに従う家来一人のみが琉球に流れ着く。したがって、そもそも為朝に琉球を何とかしようという意図・意志はないのである。

さて、琉球では悪道士・曚雲が王を殺して自らが王として君臨し、もともと王位簒奪を狙っていた悪臣・利勇《りゆう》がそれに敵対しているという状況だった。為朝は、琉球の人々が曚雲に苦しめられていると聞いて、とりあえず利勇の側に加担するのだが、その際、曚雲が利勇を惑わすために美女を送り込む仲立ちをしてしまう。まんまと利用されるのである。そして、最初の矇雲との戦いでは完全に敗北する。

その後、舜天丸と再会し再起するが、ここからは先の藤村作の指摘の通り、舜天の知略が強調され、為朝はむしろそれに従う場面が増える。また、味方である人物を邪推して疑うといったこともある（これは舜天丸も同じ）。

もちろん、多少の誤りや一時的な敗北は物語の起伏として不可避な面もあろう。しかし、そういった理解では追いつかない場面が、物語のクライマックスにあらわれる。為朝、舜天丸らは、最後には矇雲を倒すことになるのだが、そこで為朝はある意味で決定的な敗北を喫することになるのである。その場面を見よう。

ついに矇雲を追いつめた為朝は弓で矇雲を射る。狙いはあやまたなかったが、矢は砕け散る。つづけて二十四本の矢を射るが同様である。為朝は嘆息し、述懐する。

「われ総角《あげまき》のむかしより、弓箭《ゆみや》をもて名をしられ、実《さね》よき甲《よろひ》を著《き》たりとも、わが箭面《やおもて》に立敵《たつ》を、射ておとさずといふことなし。されば鬼が島には、千引《ちびき》の巌《いはほ》を射て砕き、大島には数百騎乗たる、兵船を射て沈めたり。縦《たとひ》矇雲が五体、鉄石をもて造るとも、わが箭の立ざることやはある。手捕《てどり》にせん。」と焦燥《いらたち》て、……

ここで為朝自身が述べている通り、為朝のいわば英雄性を象徴するのが「弓矢」であり、『弓張月』は要所要所でそうした場面を描いてきた。弓を引かせたら無敵であることが為朝のアイデンティティだったのである。そして、『弓張月』は為朝最後の戦いにおいて、そのアイデンティティを崩壊させた。それはまた「為朝外伝」としての『弓張月』という物語のアイデンティティの崩壊でもあった。衝撃的な場面である。

このあと、舜天丸の放つ矢によって曚雲は滅ぼされることになる。舜天丸が琉球王となるためにはふさわしい展開なのだが、しかしそれだけのためにこれほど決定的な為朝の敗北を描く必要があるのだろうか。[10] ちなみに、最終的に舜天丸が琉球王位につくわけだが、王位をめぐる議論のなかで、この「為朝ではなく舜天丸が曚雲を倒した」ことはまったく問題にされていない。

ともあれ以上のように、琉球における為朝は「理想的英雄」ではないのである。それは明らかに意図的な設定であり、依田学海や藤村作の読みは、あえて言えば間違っている。もちろん為朝は「英雄」ではあって、琉球の民のために軍を率い、またそれだけの貫禄と人望を兼ね備えているのである。しかし、その内実はいささか空虚で、「理想的」あるいは「絶対的」ではない。

そもそも、後篇巻四において為朝は、讃岐白峰の崇徳院墓前で自害しようとする（それ以前に伊豆で死ぬつもりだったが、家臣らの計らいで不本意ながら生き延びてしまった）。しかし、崇徳院の神霊に止められ死ぬことができない。その結果、続篇・拾遺・残篇と物語は継続するのだが、残篇巻六において琉球で昇天した為朝の魂は、崇徳院墓前で切腹する。魂が切腹するというのは、何とも奇妙な設定なのだが、あえてその奇妙な場面を描いている。どうしても為朝はここで切腹しなければならなかったらしい。

つまり、彼の意志は崇徳院に忠義を示して死ぬことだけに向けられており、それによって彼の人生は完結するのである。(11) だとすれば、後篇の段階で切腹しようとした為朝にとって、そこで彼の人生は既に終わっていたのであり、意に反して死ねずに琉球まで渡って過ごした日々は、いわば余禄の人生にすぎず、琉球の為朝は、あえて言えばそもそも脱け殻なのである。為朝一代記である『弓張月』における為朝は、そのように描かれている。

また、琉球物語とは別に、『弓張月』後篇においては為朝の後の栄えについてのエピソードがある。すなわち、伊豆で為朝がもうけた男児が足利義康の養子となり、やがてその子孫から足利尊氏が出る、というものである。これは、後篇巻頭の「備考」で初めて示された説で、『難太平記』の記述に基づくと馬琴自身述べているが、同時にこれは新井白石の『琉球国事略』にも記載されている。つまり、前篇から後篇への段階で構想の変更があったのは、琉球のことだけではなかったのである。(12) 琉球の王になったのが為朝ではなく、その子だと知ると同時に、馬琴は為朝の子孫が足利将軍になるという説を知った。そしてその両者を物語に取り入れた。物語としては琉球での話は大きくふくらみ、足利将軍の方は息子を密かに足利義康のもとへ届けるというエピソードが挿入され（凧に乗せて飛ばすという趣向）、またその子が為朝を訪ねて来る愁嘆場があるだけに留まる。しかし、歴史上の不遇の英雄にしかるべき栄を与えることが稗史の主眼であるとすれば、子孫が将軍となることの方がはるかに重要である。もう一人の子が琉球王になることの意味は相対的には些細なものになってしまう。その意味でも、為朝にとって「琉球」の意味はきわめて限定的なのである（おそらくこのことは馬琴自身意識していたので、足利尊氏は舜天の生まれ変わりだという設定を付け加えているが、蛇足の感が強い）。

以上のように、『弓張月』というテキストは、琉球をめぐる物語と為朝の一代記との間でそもそも分裂しているのである。琉球物語は『弓張月』の過半の分量を占めるが、それは為朝一代記にとっては余禄にすぎない。その意味で『弓張月』に「構想上の過失」があることは事実なのだが、しかし、それが『弓張月』なのであり、だからこそ為朝と琉球の関わりをていねいに見てゆく必要がある。

五　『弓張月』の琉球物語

さて、では為朝一代記からは逸脱した『弓張月』の琉球物語はどのように展開するのか、ということになる。とりあえず概要を見てゆくことにする（先述の通り、続篇巻二から拾遺・残篇）。

まず、先に見たように琉球物語は琉球開闢の始祖神話から始まる。そして始祖の血脈である天孫氏二十五代の王（尚寧王）が惰弱で優柔不断、跡継ぎの寧王女の即位をめぐって悪臣（利勇）と忠臣（毛国鼎《もうこくてい》）がせめぎ合っている、という典型的な御家騒動劇（あるいは王権劇）の開幕となる。以下、寧王女の即位を妨害する悪臣側と、寧王女を助ける忠臣側に様々な人物が付け加わって物語は展開するが、話が大きく動くのは、矇雲という道士の登場によってである。

尚寧王は、虬塚《みづちづか》という遺跡を暴こうとする。ここで忠臣・毛国鼎の口から次のような説明がなされる。

> 彼《かの》虬塚は、往古《いにしえ》天孫氏、虬を伐《きつ》て民の害を除き、骨を高嶺《たかみね》の巓《いただき》に埋め、石を建、松を植て標《しるし》とし給へる古跡にして、高嶺の一名を、旧虬山《きうきうざん》と喚《よび》なすも、このゆゑ也。

ここで語られる「天孫氏」（すなわち初代の王）の事績は、馬琴の創作であるが、しかしきわめてよくできた神話的な設定である。琉球と虬の関わりは諸書に記されており、たとえば『琉球談』の巻頭「琉球国の概略」には次のようにある。

> 琉球国、古名は「流虬《りうきう》」といふ。『中山世鑑録』に云、「地《くに》の形、虬龍《つのなきりやう》の、水中に浮ぶが如くなる故に名付たり」となん。

まさに、虬は琉球そのものの象徴なのである（『弓張月』もしばしばそのことを述べている）。その虬を鎮めることで天孫氏が琉球を統治したというわけだ。[13] なお、虬が退治された時、腮《あご》から「琉」と「球」二つの玉が得られたとされ、これが琉球王位の象徴となっている。

毛国鼎はこの塚を暴いてはいけないと諫めるが、尚寧王は聞かずに塚を暴く。現れたのが不思議な霊力を持つ矇雲。彼は、自分は天孫氏と約して虬の悪霊を鎮めてきたと語るが、実は虬の化身（物語の最後に正体を現す）。しかし王はその霊力に驚嘆して重用する。悪臣・利勇と矇雲は結託して王を操り、毛国鼎とその一党および寧王女を迫害し、毛国鼎は死に、寧王女も絶体絶命となる。ここで、先に見たように白縫の霊魂、そしてさらに為朝が登場して王女を救う。

一方、利勇は胎児を手に入れて王子が生まれたと偽り、王はだまされてその子を世継ぎとする。矇雲はここで本性を現し、禍獣という怪物を用いて王を殺して自分が王となる。利勇は矇雲に利用されていたことを知り、偽王子を連れて逃げ出し、領地の城にたてこもる（以上続篇）。

王女と再会し白縫の霊魂が憑依していることを知った為朝は、利勇の軍に加わり矇雲と戦おうとするが、利勇に様々な難題を出される。それを果たす過程で、毛国鼎の遺児（鶴・亀兄弟）と出会う。また矇雲に一族を殺されたという美女を連れて利勇のもとに行くと、利勇はその美女に惑って為朝を大里按司とする。寧王女と為朝は夫婦となる。利勇は為朝を謀殺しようとするが、故毛国鼎の忠臣・陶松寿《とうしようじゆ》が為朝に帰服して味方となり、利勇の謀を為朝に告げ、為朝は利勇を倒す。利勇が連れていた偽王子は、老巫女・阿公《くまぎみ》が連れて逃げ、姿をくらます。為朝は矇雲を討とうとするが、敗北する（以上拾遺）。

九死に一生を得た為朝は寧王女とともに、離島で息子・舜天丸と再会。舜天は忠臣・八町礫《はつちやうつぶて》紀平次の養育と神霊の加護により、文武備わった俊才に育っていた。四人は本島に戻り、陶松寿、また鶴・亀兄弟とも再会し、偽王子を戴く阿公は兄弟に討たれる（王子が偽者であることもわかる）。そして朦雲と再度の戦いに挑み、ついに朦雲を倒す（この後の王位継承の話は先述したので略す）。

以上、ごくごく大まかなあらすじであるが、それでもかなり複雑に構成されていることはうかがえるだろう。時間的なスケールで言えば、冒頭から朦雲が退治されるまで、約三十年にわたる一大歴史ドラマである。

さて、この琉球物語の特徴は、何といってもきわめて演劇的な構成・趣向が多いことである。全体の構成が御家騒動もしくは王権劇的であることは触れたが、挿入されるエピソードにおいても同様で、あらすじでは省略したが、鶴・亀兄弟の仇討ち物語が大きなウエイトを占め、その仇である阿公をめぐるエピソードも、自らの娘と知らずに妊婦を殺して胎児を奪い、その子を旗印に王位を狙うなど、『奥州安達原』をスケールアップした感がある（阿公について述べれば、それだけで優に一本の論文になってしまう）。

実はこうした演劇的な展開や趣向は、この時期の馬琴読本の通例でもある。『弓張月』と同時期に書かれた馬琴読本に、やはり源平時代を背景とした『俊寛僧都島物語』や『頼豪阿闍梨怪鼠伝』があるが、いずれも浄瑠璃作品を下敷きにして構成されている。しかし、いま詳述する余裕はないが、『弓張月』ほどそれが生かされ、面白く読める作品はない。

その理由は、ひとつは琉球物語が史実に縛られないということであろう。『俊寛僧都島物語』や『頼豪阿闍梨怪鼠伝』は、いわゆる史伝的な枠組みがあり、基本的に史実の枠組みを壊さない配慮がされる（浄瑠璃にはそういう配慮はない）ため、もとの浄瑠璃作品よりもスケール、起伏とも小さくなりがちなのである。『弓張月』もまた史伝物ではあるが、為朝が琉球へ渡ったことは単なる伝説にすぎず、琉球での物語には何の制約もない。また先に見たように、為朝自身にとっても、もはや余禄の人生であり、物語が為朝を置き去りにしてもかまわないのである。

こうした点についても従来から指摘があるが、藤村作の前掲論文を引いておこう。

……説話の性質は、当時の御家騒動様式を出でてはゐないが、未知の国であり、又国情生活を異にする所である為に却て空想の自由を得てゐる点もある。国難の禍源を憚る所なく王の暗愚に帰してゐるなども構想の自由を得てゐる一例である。

ここで藤村作は尚寧王の設定（王の暗愚）に着目しているが、為政者の暗愚自体は馬琴読本において必ずしも他に見られないわけではない。ただし、その暗愚の王が殺されてしまう、というのは『弓張月』の大きな特色である。逆に言えば、王を殺して位を奪う曚雲という巨悪の存在が『弓張月』の「構想の自由」の象徴と言えるだろう。

曚雲は、先に触れたが、もともと琉球開闢時に初代天孫氏に退治され封印された大蛇（虬）であった。蛇はまた琉球の象徴でもある。すなわち琉球そのものの、いわばカオスを象徴する神話的存在である。天孫氏は、そのカオスを制圧し封印することで琉球の秩序（コスモス）を確立したことになる。『弓張月』の琉球物語は、コスモスの衰弱に乗じてカオスが復活し、それを為朝と舜天が再び制圧する、という大きな神話的な枠組みを持つファンタジーなのである[14]。

そして、このようなスケールの大きなファンタジーは『弓張月』以外の馬琴読本には見られない。曚雲のようないわば原初的な巨悪が他に例を見ないのである。馬琴の「悪」については既に少なからぬ研究が備わるが、要するに馬琴は勧善懲悪を標榜してはいるが、その悪はきわめて矮小な小悪党がほとんどで、巨悪と言える存在はほとんど描かれていないのである（逆に善の側は肥大して仁義八行の化身・八犬士に至る）[15]。先に触れた浄瑠璃との関連においても、むしろ浄瑠璃には国家転覆を企てる大謀反人がしばしば登場するが、馬琴が浄瑠璃作品を利用する際にはそのような人物はカットされている[16]。

したがって、『弓張月』の魅力には、まさに「琉球」を舞台にすることで、馬琴がある種の倫理的な制約から解き放たれたという面が確実に存在する。そして曚雲はまさにその象徴的な存在である。馬琴がただ一度描きえた根源的な「悪」として。

なお、『弓張月』の琉球物語についてもう一点補足しておけば、大高論文に指摘があるが、ここに描かれた人物・エピソードは、『中山伝信録』を主とする琉球関係の記事を生かすかたちで創作されている（馬琴自身も本文中でそのことを述べている）。琉球物語に登場する主要な人物で、馬琴が独自に設定したのは、尚寧王、寧王女、曚雲など、前篇段階で既に名前が出ている人物にほぼ限られており、馬琴が琉球の詳しい情報を得てから創られた部分については、ほとんどが琉球関係の記事に基づいているのである。先の阿公と鶴・亀兄弟の仇討ちの話は琉球の演劇のストーリーを下敷きにし、その他あらすじに名を挙げなかった人物も、『中山伝信録』などにエピソードのある人名を、そのエピソードを生かすかたちで形象している。琉球を舞台にすることで自由を得たといっても、気ままに筆を走らせているわけではなく、実に丹念に詳細に琉球の情報を取り入れ、それを徹底的に生かすかたちで創られたのが『弓張月』の琉球物語なのである。

六　琉球物語の結末——「神話的原郷」の消滅

さて、以上のように『弓張月』の琉球物語はきわめて魅力的なファンタジーを形成している。私は、かりにこの『弓張月』の「琉球」を「神話的原郷」と呼んでみたい。国土開闢から物語が語られ、いわば神々の戦いが描かれているから。そして先に見たように「日本」にとって母なる国として設定されているから。また前節のあらすじでは省略したが、『弓張月』の琉球物語は天災が続くところから始まり、それは神の意志とみなされ、国民・為政者一丸となって祈禱することとなる。[17]つまり「琉球」は「宗教的国家」として印象づけられるのである。馬琴は琉球を神々が息づいている世界としてとらえた。そして、それはまた近代の日本が琉球・沖縄へ注ぐ視線を先取りしてもいよう。

だが、あらためて確かめなければいけないのは、そのような「神話的原郷」世界に漂着した源為朝、および舜天丸、白縫らは、その世界に何をもたらしたのか、ということである。曚雲退治の結末に注目したい。

先に見たように、始祖神以来国を治めてきた天孫氏の裔である尚寧王を殺し琉球の秩序を崩壊させた曚雲（虬）は、舜天丸によって倒された。倒されて、再び封印されたのか。そうではないのである。舜天丸が曚雲を射倒し、為朝がその首を取ると、突然暗闇となり大雨が降る。しばらくして雨があがると、曚雲の死体は大蛇と化しており、琉球王位の象徴の二つの玉もあった。ここであらためて、松寿（毛国鼎の忠臣）の口から天孫氏が蛇を封じた琉球開闢の事績が語られる。そしてその時、既に今日のことが予言されていたことも。本文を掲げておく。

> 天孫氏嘗《かつて》遺言すらく、「虬は是わが国の大なる冠《あた》なり。子孫もし奇を好むものありて、彼虬《かのみづち》墳《つか》を発《あば》かば、君徳これより衰て、ながく国家を失ふべし。……悲しいかな不徳の君、国を失ふときに及びて、東方に日輪あり。朝《あした》に出てわが国の為に照さん。努慎《ゆめ》め。」と宣《のたまは》せしよし、世々の口碑に伝へたり。

後出しの予言だが、尚寧王の暗愚や曚雲の簒奪といった『弓張月』の琉球物語がいわば予定されたものだったとして、物語世界を完結させているのである。もちろん、予言の「東方に日輪あり。朝に出てわが国の為に照さん」が為朝のことであるのは言うまでもない。琉球側から見て曚雲退治の主体は舜天ではなく為朝なのである。しかし、為朝はこの予言を「世の浮説」として取り合わない。為朝にとっては琉球での活躍はしょせん余禄なのであり、「為朝」と「琉球」は齟齬しつづける。

さてしかし、問題は予言が完結したここから先である。予言を「浮説」と一蹴した為朝は、死んだ曚雲＝大蛇の死骸をその場で焼こうとする。再び塚に埋めて封印するといったことはまったく考えられていない。いきなり薪を集めて火をつけるのである。しかし蛇の死骸は皮すら焼けない。しかたなく、為朝はそれを草むらに捨てさせる。

ところが、死骸を草むらに捨てると、突然死骸は溶けて水となってしまう。唐突で不可思議な出来事だが、舜天丸が「こはふかく怪しむに足らず、この草蛇毒を解《げ》すの功あれば、虬の軀《むくろ》の解《とけ》たるなるべし」とあっさり解説し、さらにその草を取って、曚雲に傷つけられた者に与えて傷口につけると、たちまち傷が癒える。この草は何という草かと聞いても、誰も知らない。この時突然生えた草なのだという。まったく都合のいい設定で読んでいて啞然としてしまうが、物語のなかの人々は皆これで蛇毒から救われると大喜びしており、何の疑問も抱かず、為朝・舜天丸の「仁徳」のおかげだと褒めたたえる。為朝はそれを否定するが、ではなぜ突然そんな草が生えたのかは追究されず、

「ハブ」の語源など筋違いの考証に話はそれてしまう。原初の悪神退治の結末は何とも白々しい。

　実を言えば私が『弓張月』を読んで、最も衝撃を受けたのはこの部分である。しかし、従来の『弓張月』への言及において、この点に着目したものはない。本稿で参照してきた藤村作や徳田武は、かなり詳しくあらすじを紹介しているが、この部分はまったくカットされる。依田学海が触れてはいるが、「この草毒螫に効あるを示しもて風土の異なるを著せしはまた博識の一助とすべきものなり」などと、的はずれな称賛をしている。最も詳細に『弓張月』を分析した石川論文も、「物語の基底に据えた建国神話を虬＝曚雲の存在として実体化し、そこに琉球の根源的な闘争を語ろうとするのである」というふうに虬の存在に着目しながら、その消滅についてはまったく言及しない。

　このことは、この場面があまりに唐突で脈絡がなく、また物語展開の筋をはずれていることを意味しているのだろう。しかし、だからこそ、この場面に注目する必要があるのではないか。

　雄大なスケールで、波瀾万丈の物語として展開してきた『弓張月』の琉球物語、しかし物語の最後になってその根源にあったものが、突然消滅してしまう。琉球が「神話的原郷」であったのは、大蛇という悪の根源が封印されていればこそである。封印が解かれた悪は再び退治され、そして封印されれば「物語」は完結し、神話は永遠性を保持するはずだった。しかし悪を倒した為朝・舜天丸は、それを再び封印するのではなく、消し去ってしまった。いや、消し去ったのは為朝・舜天丸ではなく、物語自体である。そして、かわりに王位の象徴であったふたつの玉が封印される。舜天丸が即位する際のセリフを見よう。

「夫虬龍《それみづち》は国の冠《あた》也。しかるにその珠をもて、璽《おしで》とせんことしかるべからず。琉と球との両顆《ふたつ》の珠は、玉城《たまぐすく》の東岳《とうがく》に瘞《うづめ》て、その余殃を鎮め、今より真鶴《まなづる》の宝剣と、彼金《かのこがね》の牌《ふだ》をもて、伝国の神器とし、永く子孫に遺さん、と思ふはいかに」

玉は、もともとは大蛇を鎮めたことの象徴だったのだが、ここではそれは蛇と同一視されているかのように埋められてしまう。「余殃を鎮め」るためとあるが、むしろ蛇の「余殃」そのものとみなされている感がある。そして玉のかわりに神器となる「真鶴の宝剣」「金の牌」とは、どちらも為朝、というよりも源氏ゆかりの品である。「真鶴の宝剣」は保元の乱の際、為朝の父・為義が崇徳院から賜った太刀（残篇巻二第六十回に詳細な説明がある）、「金の牌」は源義家が前九年の役の後、死者追福のため鶴の脚に黄金の牌をつけて放したとされるもの（『奥州安達原』に基づき、『弓張月』前篇第三回以後たびたび登場する）。なお、この神器の変更については石川論文も触れているが、「虬が滅びた今となっては、琉球国の秩序は虬の霊とは関りのない、確実なものとなる必要があったわけであろう」という、抽象的な説明をするのみである。そうではなく、これは天孫氏から源氏への王権の交代を、目に見える形ではっきりと示したものである。

この「琉球」の根源（悪）だった蛇の消滅と対応するのが、王位の問題である。伝説によれば、舜天王は為朝が琉球において、琉球の女性との間にもうけた子だった。そして馬琴が創造した古代の神話においても、日本から訪れた神が琉球の神の娘との間に子をもうけたのである。為朝が寧王女との間に子をもうければ、神話は再現される。しかし、『弓張月』において、舜天丸は日本で、「嫡妻」白縫との間に生まれた為朝の「嫡男」である（「嫡妻」「嫡男」ともに『弓張月』本文で強調されている）。白縫の霊魂が寧王女の身体を離れる時、為朝は次のように述べる。

「惜しいかな天孫氏の、正嫡《せいちやく》ははや絶たり」

滅びたのは、大蛇だけではない。天孫氏の嫡流もまた消滅した。すなわち馬琴は、みずから創造した神話的世界を、きれいさっぱりと消し去ってしまうのである。そして、消し去ったあとに、為朝の嫡男が琉球の新たな始原の王として即位し、神器もまた源氏ゆかりの品となり、まさに琉球は日本の「属国」におさまってゆく。みごとと言えばみごとな構成・構想である。

馬琴は、琉球を日本と同一の神話圏に属する別天地として描いた。そこは神々の戦いがいまだに行われている神話的世界であり、歴史上の人物である為朝は、そこに意図的・意志的に関与することはできなかった。琉球から見れば、為朝は神話の予言通りに琉球を救ったのであり、為朝側から見れば、それは生きる目的を失った為朝の行きがかり上の出来事だった。明治から昭和初期の評者たちが読もうとしたような、日本の「英雄」が異国の悪を滅ぼしてその地を従える物語ではない（当初の構想ではそうなる予定だったらしいが）。その意味では『弓張月』の琉球は為朝そして「日本」から自立した、そして神話的な郷愁を感じさせる世界として描かれている。そしてそれは勝手な空想ではなく、当時入手しえた琉球関係資料をふまえ、それを最大限に生かすかたちで創られたのである。それは馬琴の稗史作家としてのモラルがもたらしたものと言えよう。

しかし、そのように丹念に創り出された神話的原郷が、原郷として放置されることはなかったのである。天孫氏の血筋は絶やされなければならなかった。それが残っていれば、神話的に琉球は日本と対等の存在（もしくは上位——先述の通り馬琴が創造した神話では天皇の母の血筋が琉球天孫氏だから）になるからだろう。両者の関係はあくまでも日本が琉球に「恩沢を施す」ものでなければならなかったし、源氏（将軍家）の血筋の王、という位置づけがふさわしいと考えたのだろう。言うまでもなく、源氏とは天皇家の裔である。早くに為朝と縁の切れるはずだった白縫が、舜天を生み、死んでまで琉球へ渡って為朝に寄り添うのは、まさにそのためだった。

『弓張月』は琉球を神話的世界として描いたファンタジーの傑作だが、それは一回限りのファンタジーであり、結末において神話の永遠性は放棄され、しっかりと政治的な世界へと回収されていった。したがって『弓張月』を読むということは、そうした政治性と向き合うことであり、それを避けて通ることはできないはずである。

注

（1）たとえば小熊英二『〈日本人〉の境界』（一九九八　新曜社）の問題意識につながる。

（2）日本古典文学大系の解説（一九五八　後藤丹治）に馬琴の琉球関係の書目利用状況について指摘があり、石川秀巳「虚実の往還」（一九八四『山形女子短期大学紀要』第一六号）、大高洋司「『椿説弓張月』論」（一九九七『読本研究』第六輯上套）が構想論として詳細に論じている。

（3）久岡明穂「舜天丸と琉球王位」（一九九九『光華日本文学』第七号）がこの問題を取りあげて、問題点や寧王女・白縫の合体の様相について的確・詳細に論じている。しかし、結論として、舜天丸が「天孫氏の正嫡」として認められ、そしてそのために合体がなされた、としている点はまったく議論が転倒している。舜天は天孫氏の正嫡ではありえないし、むしろそれを出発点にして合体の意味を考えねばならない。

（4）本文引用は日本古典文学大系による。ただし振り仮名は一部省略する。

（5）この点については、前掲大高論文にも指摘があり、年数や場所の相違については齟齬の理由・経緯を詳細に論じ、前篇と後篇以降で崇徳院の「護神」としての役割に変化があることを述べている。ただし「夫婦の縁」が絶えたはずなのに子をなすという齟齬をどう考えるのかは論及がない。

（6）「稗史《はいし》」はもともと中国の「稗官《はいかん》」が記した民間の出来事や風聞のことで、転じていわゆる小説（フィクション）を言う。この語を馬琴はしばしば「読本」に当てはめる。そこには「正史」に対する「稗史」という認識がともない（たとえば『南総里見八犬伝』第二輯序に「由テ二正史ニ一以評スレバ二稗史ヲ一」とある）、「正史」との関係性において「稗史」の方法とルールが意識されている。

（7）石川秀巳「琉球争乱の構図（下）」（一九八五『山形女子短期大学紀要』第一七号）は、「琉球史を日本史

に包摂させようとする趣向」と述べる。結果的にはその通りである。

（8）本文で触れた横山学『琉球国使節渡来の研究』の第三章第三節「新井白石等の琉球認識」に詳細に論じられ、また同書第四章第三節で馬琴『弓張月』の白石受容についても論じる。

（9）久岡明穂「福禄寿仙の異名」（二〇〇二『叙説』第三〇号）がこの問題を整理している。

（10）石川「琉球争乱の構図」に同じ指摘がある。そこでは「為朝を弱体化するのは馬琴の創意だった」とし、舜天丸の理想化だけではその必要性は説明できないとして、三島由紀夫の戯曲『椿説弓張月』における為朝像を持ち出して解釈しようとしているが、説得力はない。ただし私もそれにかわる解答を提示できるわけではない。

（11）この点は前掲大高論文が詳細に論じ、「馬琴は、意識して、為朝が常に後篇第廿五回（崇徳院墓前で切腹しようとする場面―引用者注）に引き戻されて行くような書き方をしている」と述べ、その理由として舜天が琉球王にならねばならないこと、琉球物語が『中山伝信録』に見られる琉球演劇の登場人物を前面に押し出し、為朝は〈さばき役〉となったことの二点を理由として挙げている。理由の説明としては充分でないが、為朝が積極的に琉球に関与しないことの表裏をなす現象としては正しい指摘である。

（12）石川「虚実の往還」および前掲大高論文が詳細に論じている。

（13）石川「琉球争乱の構図」がこの神話創作の意義を詳細に論じている。また同論は『弓張月』全体を詳細に分析しており、本稿はその指摘を踏襲する部分も多い。

（14）石川「琉球争乱の構図」も「王権の聖性の回復の物語」と的確に述べている。

（15）野口武彦『江戸と悪――『八犬伝』と馬琴の世界』（一九九二　角川書店）がそうした経緯を詳細に論じ

ている。ただし同書は『弓張月』には言及していない。

(16) たとえば『頼豪阿闍梨怪鼠伝』は前半部で浄瑠璃『本朝廿四孝』、末尾で同『久米仙人吉野桜』を利用する。前者には斎藤道三、後者には久米仙人という国家転覆を目論む巨悪が設定されているが、『頼豪阿闍梨怪鼠伝』にはそうした存在は登場しない。なお、馬琴のいわゆる巷談物読本（浄瑠璃を基本的な粉本とする）について、大屋多詠子「馬琴の演劇観と勧善懲悪」（『日本文学』二〇〇三年十二月号）が詳細に分析しているが、そこでも浄瑠璃作品に比して馬琴読本における悪役・敵役の矮小化が顕著な特色として指摘されている。

(17) 石川「琉球争乱の構図」は、「馬琴の作り出した『弓張月』の琉球国とは、そうした王の祭祀によって秩序の保たれるような原型的な王国なのであった」と述べる。

第二章　『椿説弓張月』余談　為朝と日秀

一　神人来たれり

『椿説弓張月』は源為朝の琉球での活躍を描くが、為朝が琉球本島に上陸した際に、

神人《しんじん》来兮　富蔵《ふざう》水清　神人遊兮　白沙《はくしや》化米

（神人来たれり　富蔵水清し　神人遊べり　白沙米に化す）

という童謡が謡われたという一節がある。為朝が琉球にとって「神人」であることを示すわけだが、実はこの童謡（およびその変形）は『弓張月』で何度か謡われている。

まず、琉球を乱す悪道士（正体は大蛇）曚雲が現れる時に、

悪神《あくじん》来兮　海潮《かいちやう》不清　悪神来兮　白沙化蟹

（悪神来たれり　海潮清からず　悪神来たれり　白沙蟹と化す）

という「街の童謡」が謡われた（続篇巻三）。そして、曚雲の陰謀によって偽王子が誕生した際、先の「神人」の歌（ただし三節目が「神人遊べり」ではなく「神人来たれり」のリフレインとなっている）と「悪神」の歌が宮中で話題となり、その解釈が示される（続篇巻六）。

続篇は琉球王朝の争乱（御家騒動）を描いて、為朝はほとんど登場しないが、つづく拾遺巻一でようやく姿を見せ、曚雲打倒のため琉球本島に上陸する。そこで冒頭に掲げた「神人」の歌が謡われるのだが、もう少していねいに紹介すると、琉球の枝島に漂着し暮らしていた為朝が、本島に上陸し、金武山《きんぶせん》を越えると大河があり（富蔵河）、そこで童子数人が蟹を拾いながら「神人来たれり」の歌を謡っていた、という設定になっている。蟹を拾うのは先の「悪神」の歌の「白沙蟹と化す」が踏まえられているのだろう。

さて、その後、長い物語を経て為朝は曚雲を倒し、後日譚のなかで、為朝が富蔵河の堤を修復する工事を行った際、また童子らが「神人」の歌を謡う（残篇巻五）。これを契機に、物語は本当の大団円へ向かう。

以上のように、この童謡は『弓張月』の琉球物語において、物語の枠組みを示す役割を与えられている。「童謡」が歴史や政治の帰趨を示すことで、この物語における「琉球」に、ある種の神話性・古代性を付与していると考えられるが、そのことはいまは置く。出典は日本古典文学大系の注釈（後藤丹治）にある通り、『中山伝信録』の記事である。『中山伝信録』は清の徐葆光の著。和刻本も出版されよく読まれたもので、『弓張月』の琉球物語の基本資料であり、そこに記された様々な記事を馬琴は換骨奪胎、使い尽くしている感があるのだが、この童謡は同書の巻四、琉球の地理を記した部分、「山北省」の「金武《キム》」の項に出てくる。

金武山に在り、山上を金峯と為す。山下に洞有り、千住院有り、富蔵河有り。二百年前、日秀上人有りて海に泛びて此に到る。時に年大いに豊なり。民謡いて云く、「神人来る、富蔵の水清し、神人遊ぶ、白沙米と化す」と。日秀上人、波上に住すること三年、後北山に回る。

（引用は『日本庶民生活資料集成』第二十七巻（一九八一　三一書房）による）

すなわち「二百年前」に「日秀上人《にっしゅう》」なる僧が琉球に漂着したが、その年が豊作となり、「民」によって謡われたのがこの歌だというのである。ちなみに『中山伝信録』の成立は享保五年（一七二〇）ころ。

二　日秀上人伝

さて、ここから日秀上人の話になる。この僧についてはかなり詳しい履歴がわかっている。というか、根井浄『補陀落渡海史』（二〇〇一　法蔵館）という名著に詳細に研究されている。以下その紹介ということになるのだが、実に為朝顔負けの物語的人物なのである。

『補陀落渡海史』の整理・推定によると、日秀は文亀二年（一五〇二）上野国に生まれ、十九歳の時に家臣を殺してしまい懺悔・発心して高野山に登り、那智浦から補陀落渡海を試みて大永元年（一五二一）ないし同二年に琉球の金武に漂着したという（『中山伝信録』成立のほぼ二百年前である）。その後、金武の観音寺の創建、波上の護国寺の再興など、約三十年にわたり布教活動を行い、天文二十年（一五五一）頃に琉球を離れて薩摩へ渡り、以後薩摩で同じく寺社の創建・再興などに積極的にかかわり、天正三年（一五七五）に島津氏の戦勝祈願のため入定し、同五年に入滅した。

薩摩に渡って以後の活動については、遺跡や文書が数多く残っており、日秀が傑出した人物であったことは疑問の余地がない。また、人を殺して懺悔して、二十歳前後で補陀落渡海を試みて琉球に漂着したという履歴も、おそらく本人が語ったところであり、基本的には信じるしかない。ただ、その若い漂流者が、どのようにして琉球で高僧となっていったのかは謎である。

根井の紹介する種々の日秀伝では、日秀の漂着を琉球王が夢に見て、最初から聖人・生き仏として迎えたことになっている。唯一の例外は『慶長見聞録案紙』という雑史で、そこには『八島の記』という書が引用される。同書は当時（慶長期）、琉球のことを知る人がいなかったので、玄蘇という僧（実在）が献上したもの。まず為朝が琉球国王の聟となり、いまもその子孫がいることなどが語られ、ついで「日種上人」の記事を出す。これが日秀のことである。根井の著に引用されているものを孫引きで掲出する。表記は読みやすく改める。

一、近来薩摩へ通じける事、薩州に日種聖人と申す道心第一の僧あり、……那智浦よりうつほ舟を作り、外より戸を打付させ、風に引れて七日七夜ゆられて琉球国へ流寄る。浦の者共、此舟を引上て見るに、聖人あり。取出し魚鳥を与えなどしけれども食はず。又美女をあはせけれども精進看経ばかり也。久しく居るまま、詞通じ、仏法をすすめ、又為朝の子孫来り日本人とて崇敬し弟子となる。此所に熊野権現の宮を建立し、帰国を祈り、又弁財天の宮を建て、毒蛇を夷伏、不思議の事共有り。……

ここには日種（日秀）がいわゆる普陀落渡海により琉球に漂着し、琉球で人々の崇敬を得てゆく過程が簡略ではあるが記されている。まずその行状の立派さ、ついで為朝の子孫が弟子となったこと、さらに毒蛇を退治したり、不思議を示したこと、である。

ここで日秀と為朝（の子孫）が結びつけられているのも気になるが、何といっても印象深いのは「毒蛇を夷伏、不思議の事共有り」である。『弓張月』はまさに毒蛇の化身である曚雲を為朝が打倒する物語だったのだから。

三　為朝伝説と日秀

馬琴は日秀について『中山伝信録』の記事以上のことは知らなかったと思うが、こうしてみると、日秀の琉球来訪を祝した歌を為朝に用いたのは、実にうまくできている。日秀こそはまさに日本から漂着して琉球に大きな足跡を残した人物であり、しかも琉球に留まることなく日本へ帰国して、劇的な最期を遂げているのだから。為朝渡琉の伝説は、その多くが為朝は琉球で一子をなし、その子が琉球の王となったが、為朝自身は琉球を去り日本へ帰ったとする。馬琴もまたその伝説を踏襲し、為朝は最期に魂になってまで日本に帰り、仕えた崇徳院の墓前で自害する。ちなみに、『弓張月』では前篇で一度琉球へ渡りすぐに帰国、そして続篇以下で再び琉球へ渡って大団円となるのだが、最初の為朝の琉球訪問は久寿二年（一一五五）、最後に琉球を去るのが文治三年（一一八七）と、ほぼ三十年。日秀の琉球滞在期間とほぼ同じ年月ということになる（だからどうだというわけではないが）。そして毒蛇退治。

想像をたくましくするならば、為朝渡琉伝説そのものに、日秀の事績や伝承が関与しているのではないかとさえ思うが、これは思いつきの域を出ない。

第三章　馬琴の「悪」『雲妙間雨夜月』をめぐって

一　馬琴と「悪」

馬琴と言えば条件反射のように「勧善懲悪」という反応がかつてはあった。一方、野口武彦は『江戸と悪――『八犬伝』と馬琴の世界』（一九九二　角川書店）において『八犬伝』を論じて、馬琴における悪の不在を指摘した。しかし、馬琴の読本を読んでいると、馬琴ほど「悪」に関心を持ち、「悪」をていねいに描こうとした作家はいないのではないかと思えてくる。ただし、馬琴が描こうとしたのは「悪の帝王」のような存在ではなく、むしろ人間の弱さとしての「悪」である。

馬琴が「悪」を描いた作品と言えば、まず『近世説美少年録』が思い出される。馬琴自身が、物語の枠組みは「悪の美少年」と「善の美少年」の戦いだと述べているこの作品は、悪の美少年・朱之介《あけのすけ》（陶晴賢）の生い立ちから始まり、その活躍というよりは悪戦苦闘が縷々描かれており、『八犬伝』を徳目教条主義と批判した近代において、逆に高い評価をうけたこともあった。ただし、後半（『玉石童子訓』と改題）で善の美少年・杜四郎《もりしろう》（毛利元就）が登場すると一気に魅力が失せ、やはり勧善懲悪か、ということになる。

二　「悪」の快楽

さて、文化五年（一八〇八）刊の馬琴の読本『雲妙間雨夜月』（五巻六冊）は、『美少年録』（文政十二年（一八二九）初編刊）にはるか先立ってほぼ同じテーマを扱っているように思われる。文化五年といえば、江戸読本が最も賑やかだった時期であり、多種多様な作品が趣向やアイデアを競っていたが、そのなかで『雲妙間』は異彩を放っている。そこに「悪」へ向かう人間のプロセスが描かれているからである。

『雲妙間』は枠組みとしては芝居の「鳴神」物に基づく、いわゆる演劇種の読本で、後半はまさにそうした趣向と展開になる（鳴神上人が雷神となり天下に害をなし、退治される）。また、なかほどでは『金瓶梅』が巧みに（というか強引に）翻案される。しかしこの作品の読みどころは、前半部、主人公が悪人になってゆくプロセスにある。以下、その梗概を述べる。

近江の猟師・雨田武平は貪欲無慈悲の男だったが、その報いか、五十歳ほどで病にかかり吠え死にをする。妻は既になく、十二歳の一子・嘉太郎が残される。嘉太郎は寺に預けられ出家し、西啓と名づけられ修行を積む。道心堅固、一心不乱に修行し、十数年後には傑出した僧となる。ただし慢心の気味もあり。

西啓はある日、山を散策していると鹿の交尾を目撃し、欲情が起こり、また望まずして僧となった自らの身の上を悔やむ気持ちになる。しかしすぐに思いなおし反省する。やや呆然として歩いていると遊女町へ迷い込み、ある遊女のもとへ誘われて、仏の教えを示してほしいと頼まれ、一夜を過ごしてしまう。夜が明けて遊女は、実は嫌な客にしつこくされるので、それを逃れる口実に僧を使ったと打ち明ける。西啓は、自分の寺は規律が厳しく、もう寺へ戻ることはできないと語り、悔やむ。遊女はわびて練絹と鏡を送り、西啓も前世の因縁とあきらめて立ち去る。

ここまでが第一套。鹿の話は鳴神上人（もとは一角仙人）の故事として知られる。遊女とのやりとりは西行と江口の遊女の故事や性空上人の故事をふまえて、なかなかロマンチックに描かれている。ここでは肉体関係はなく、むしろ行き違いを経て二人の間に恋愛感情が生じているのである。これはもちろん僧としては堕落であり、「悪」への第一歩なのだが、西啓としては精一杯の修行もし、妄念に対して自制・自省もしていて、にもかかわらず、ある種の偶然から寺に戻れない事態に立ち至ってしまう。このプロセスはきわめて「小説」的であり、当時の他の読本とは別次元にある。つづく第二套を見よう。

流浪を余儀なくされた西啓は、たまたま出会った牛飼と牛の様子を見て、詐欺を思いつく。体に塩を塗り、牛を所有している家に行き、死んだ自分の父が夢に現れ、牛に生まれ変わったと告げたと語り、目当ての牛に近づくと牛がしきりに体をなめる。牛の持ち主は感激して牛と銭を与える。

この部分については、徳田武『日本近世小説と中国小説』（一九八七　青裳堂書店）第三部第四章「馬琴と『杜騙新書』」（初出は一九八一）において、中国小説『杜騙新書』の一話のほぼ丸取りであることが詳細に述べられており、それに付け加えるべきことはないのだが、ただ、ここで面白いのは西啓が、

……父は年来《としごろ》殺生の報ひにや、今は十三四年のむかし、奇《あや》しき病に係りて身まかり、わが身は幼《いとけな》きより出家して、摂津国《つのくに》なる何がし寺にあり……

（引用は馬琴中編読本集成の影印によるが、振り仮名は一部省略する）

と、自分の父のことや身の上をありのままに語っていることで、それが彼の騙りにリアリティを与えているのである（話を聞かされた牛の持ち主もこの噂を知っていた）。『杜騙新書』の原話では単に自分の親が仏道への帰依が浅かった（「斎を脩め福を布くを肯ぜず」）という程度の説明である。

この箇所を読んで私はブラウン神父の言葉を思い出す。いわく「悪魔の心にも、時には真実を告げることが喜びとなるのです。それも、真実が曲解されるやり方で告げるということが」（『ブラウ

ン神父の秘密』「世の中で一番重い罪」)。西啓はこの、彼としては最初の意図的な犯罪で、「悪」の快楽と出会ったのである。彼にとって、父の存在は様々な意味で桎梏となっている。先の梗概では省略したが、彼は修行の途中で、地元の寺では父のことを知っている人が多く、自分がいかに修行し高僧になっても人々の信頼は得られないだろうと、別の寺へ移っているのである。父が「悪人」であったことが常に彼につきまとっていた。その意味では、父のことをありのままに語り、父の行状を利用して騙りをなすことは、彼にとって無意識のうちの父への復讐だったのかもしれない。しかし、その復讐によって彼は、彼自身「悪」の道へ踏み込んでいったのである。騙りをしたことよりも、近世において、親の悪行を公開することは許されざる「悪」であった。

三　「悪」の弱さについて

さて、物語はこのあとしばらく西啓から離れる。第六套で再び登場した彼は、もはや悪の達人となっている。二人の盗賊に襲われるが、不思議な術で退治し、逆に手下とする。無住となっていた寺に乗り込み、檀家たちをみごとにだまして住職となる。そして彼は名を俗姓に戻し雨田《うでん》法師と名乗り、やがて雨と田を合して雷《なるかみ》と呼ばれ、近隣の崇拝を受けることになる。本文で示せば、

……虚名近国に洋溢《よういつ》し、毎日に老若群集《くんじゆ》して、結縁《けちえん》の為十念を受《うけ》、又病疾《やまひ》あるもの、加持を請《こふ》

に、乞ふもののこころの信《まこと》より、功験あるも多かり。……

まさに「悪徳の栄え」とでも言うべきか。

しかし、雷《なるかみ》と呼ばれたことで、物語の展開としては「鳴神上人」へと収束してゆく道筋が示されており、彼の活躍もここまでとなる。件の遊女との再会も盛り上がらず、唐突に雷獣が現れ、雲に乗って雨を降らせるやら、雲から落ちるやらと、強引に「鳴神上人」に仕立て上げられついに退治されてしまう。最後に過去の因縁が開示されるが、これも唐突。

というわけで、読みどころは前半部、西啓が悪の絶頂を迎えるまで、というところもこの『雲妙間』は『美少年録』とよく似ている。

さて、冒頭に馬琴は人間の弱さとしての「悪」を描いた、と述べた。近世における「人間の弱さ」とは、意志の弱さというよりは、ある種の運命的な制約である。性格や意志も含めて、過去の因縁やら何やらが運命を規定しており、「人間」はそこから抜け出すことはできない。逆に言えば「善」の運命にあるものは強く、「悪」の運命にあるものは弱いことを余儀なくされているのである。馬琴の「悪人」の魅力は、逆説的だが、まさにそこにある。そして、そうした弱くて魅力的な悪人は、『南総里見八犬伝』でも活躍しているのである。

第四章　蟇田素藤頌　『南総里見八犬伝』小論

一　蟇田素藤と里見義実

蟇田素藤《ひきたもとふじ》の登場によって、『南総里見八犬伝』は新たな展開を迎える。犬塚信乃を中心に、犬士たちの苦難と遍歴とともにあった物語は、彼らを置き去りにして、再び「南総里見」へ、八犬士誕生以前の世界へと回帰してゆく。

蟇田素藤は『八犬伝』第九輯巻之三第九十七回に唐突に登場する。素藤登場までのあらすじを簡略に記せば、七人の犬士が紆余曲折を経てついに集結し、犬阪毛野の仇討ちが成就し、犬山道節も積年の仇・扇谷《おうぎがやつ》定正の首こそ討てなかったものの窮地に追い込み、その兜を射落とす。またその過程では、犬田小文吾らを苦しめてきた稀代の悪女・船虫が、ついに誅戮されている。犬塚信乃の物語から始まる犬士たちの苦難と遍歴がようやく終わろうとしているのである。あとは彼らが里見家へ帰参というか、仕官すれば大団円である。

実際、第九十七回は冒頭から里見家に話が戻る。発端部の伏姫物語を確認し、そしてその発端部の中心人物だった里見義実《よしざね》が隠居して長男の義成に家督が譲られ、里見家は安房・上総を支配して揺るぎないことが述べられ、犬士たちに関する報せも刻々届き、犬士の親族の文吾兵衛や妙真は里見家に身を寄せる……と、物語終結へ向けての整理作業に入ったかに見える。ところがそこで突然「話分両頭《ものがたりふたつにわかる》」と記され、繰り返すがまったく唐突に、上総館山城主・蟇田素藤なる者が登場する。

まず語られるのは、素藤自身のことではない。父親の話である。伊吹山の盗賊の棟梁・但鳥跖六《ただとりせきろく》業因《なりより》。その悪逆ぶりがまず語られ、そして京の祇園会見物の際、但鳥跖六の腹中から声がして彼の悪事を大声で語ったために役人に捕らえられるという奇談となる。ポオの「天邪鬼」を彷彿させる話で、例によって物語内でも色々と考証・解説が付されている。が、これは素藤登場のお膳立てにすぎない。

伊吹山に残っていた素藤は、父親が捕縛され、役人が伊吹山へ向かっているとの報せをいち早く知ると、仲間の盗賊たちを騙し、ため込んだ金を持って逐電する。その後、紆余曲折がありながら、何とか逃げ延びて、上総へ流れ着く。そこで悪政を行う館山城主を倒して自らが城主となるのである。それについても色々な奇談がらみなのだが、省略する。ともあれ、結構な苦難と冒険の物語が展開していて、『八犬伝』九十八回から百回は完全に素藤一人が主人公なのである。悪役・敵役でこれほどていねいに語られるのはきわめて異例と言えよう。

なぜこれほど素藤はていねいに語られるのか。後の展開を見れば彼は決して八犬士に対抗するような存在ではない。卑小な小悪党がたまたま成り上がったにすぎず、いわばやられキャラである（実際すぐやられる）。その素藤に多くの紙幅が費やされる理由はただひとつ、素藤が里見義実のパロディというか反復であり、照対であることによる。由緒正しい源家の血筋の武将の子として生まれた義実に対して、大盗賊の子として素藤は生まれたが、ともに父の敗北と死を契機として房総の地に流れてくる。そして、ともに不思議な機縁によって一城の主となる。戦乱の世の成り上がりという点では、義実も素藤も変わりはない。その経緯が丹念に語られているのである。

もちろん義実は「表」、素藤は「裏」であり、義実が仁義兼ね備えた名将で、忠臣やすぐれた協力者を得て城主となるのに対し、素藤には仁も義も備わっていないので、信頼すべき家臣もおらず、裏切りと懐柔によって成り上がる。しかし、その遍歴と苦難は決して義実に劣るものではない。悪人には悪人なりの苦難がある。ともあれ、苦難の末に成り上がった素藤は当然「悪い」領主となり、滅ぼされてゆく。つまり、素藤の登場と敗北によって、里見義実の房総支配の「正しさ」が強調され、補強されることになる。読者としてはそんなことはどうでもいいと思うのだが、作者は犬士たちの物語を放擲してまで、この「南総里見」の「物語」の構築にこだわったのである。

いま、犬士たちの物語を放擲して、と述べたが、実際蟇田素藤は八犬士、いや七犬士たちとはまったく接点を持たない。それは、素藤の登場によって、物語が犬士誕生以前の発端部へ回帰し、発端部との反復・照対（あえて稗史七法則で言えば）をひたすら追求するためである。

二　蟇田素藤と犬江親兵衛

やや先走って結論めいたことを述べてしまったが、素藤の話をもう少し見ていこう。上総館山城主となった素藤にパートナーが現れる。妖術・幻術を使う尼・妙椿《みようちん》である。妙椿は、発端部で八房《やつふさ》犬を育てた狸の化身で、里見家に恨みを持つ。ややねじれた形だが、伏姫と八房犬の因縁をもたらした悪女・玉梓《たまづさ》の再来ということになる。彼女は素藤を操って里見への復讐を画策する。ここで素藤はようやく『八犬伝』に居場所を与えられる。と同時に、彼は『八犬伝』もしくは「南総里見」の物語に組み込まれ、ほとんど彼自身の意志とは関わりなく、その「物語」に翻弄されることになる。素藤は妙椿に操られ、里見義成の娘に結婚を申し入れ、断わられて怨みを抱き、義成の息子・義通（十歳）を捕らえて里見と軍を構えることになる。一方で、隠居している里見義実を殺そうと刺客を送るのだが、この刺客というのが、義実が安房に流れ着いた当時の領主、安西・麻呂・神余《じんよ》氏の子孫と、『八犬伝』第二回（！）で神余の悪臣・山下定包《さだかね》を討とうとして策に陥り主君・神余光弘を殺してしまった洲崎無垢三《むくぞう》の子孫という設定で、とにかく「物語」は発端部のそのまた発端部へと回帰してゆく。たぶん読者はそんな昔のことは覚えていないし、そんな昔の因縁を語られても迷惑なのだが。

この刺客たちが里見義実を襲撃する場面で、唐突に最後の犬士・犬江親兵衛が登場する。三歳の時、神隠しにあって姿を消していた親兵衛は、伏姫神霊に育てられ九歳にして青年並みに成長し、あたるところ敵なしの怪童である。誰もが思うことだが、親兵衛は他の七犬士とはまったく別次元、別世界の存在（キャラ）で、親兵衛の登場によって「八犬伝」という物語世界はほとんど崩壊している。親兵衛は刺客たちを一蹴すると、単身館山城に乗り込み、蟇田素藤を捕縛し城を制圧してしまう。繰り返すが九歳の少年である。

親兵衛登場によって蟇田素藤も一巻の終わりかと思えば、そうではない。親兵衛と里見の「仁」によって彼は処刑を免れ追放される。すると妙椿がすかさず彼を助け、またまたあっと言う間に館山城を奪回。その間妙椿の妖術で親兵衛は遠方へ去っている。そこで再び、八犬士のいない世界での里見との戦いとなる。ここでの主役は、先に義実への刺客として登場した荒磯《ありその》南弥六《なみろく》、すなわち先述の『八犬伝』第二回に登場した洲崎無垢三の孫である。南弥六は改心して里見に仕え、逆に素藤の暗殺を企てるが、あと一歩で失敗。しかし、祖先の罪（主君殺し）を贖う名誉の憤死となった。要するに、蟇田素藤は『八犬伝』発端部における種々の因縁を回収し終息させるために房総の地へやって来たのである。

素藤自身には里見との因縁などそもそもないし、まったく自覚もないまま、ただただ運命に翻弄され、妙椿に操られているにすぎない。ヴィジョンもさしたる野心もなく、その場その場の感情と欲望と打算で行動する人物である。最後は、再び親兵衛に退治され処刑される。これも一言しておくと、妙椿＝玉梓の傀儡である素藤を倒せるのは、伏姫の傀儡である親兵衛のみなのである。したがって素藤は徹頭徹尾、他の七犬士とは「物語」を共有しない。

さて、このように素藤の登場によって、『南総里見八犬伝』は「八犬伝」ではなく「南総里見」の物語へと回帰、もしくは変質してゆく。そういう意味で素藤の「役割」は重要なのだが、しかし私が蟇田素藤を「頌」えたいのは、その役割ゆえではない。つまり、ここまでは素藤を紹介するための前置きである。

三　蟇田素藤の魅力

『八犬伝』はゲームではなく、小説である。少なくとも私は小説として読んでいる。役割を割り振られた「人物」を描くのが小説であり、蟇田素藤という人物はなかなか魅力的なのである。馬琴の描く「悪人」は大体において魅力的なのだが（『八犬伝』でも船虫など大人気だろう）、素藤もその代表と言えよう。それはいわゆる「悪」の魅力ではなく、人間の卑小さの魅力である。馬琴の描く

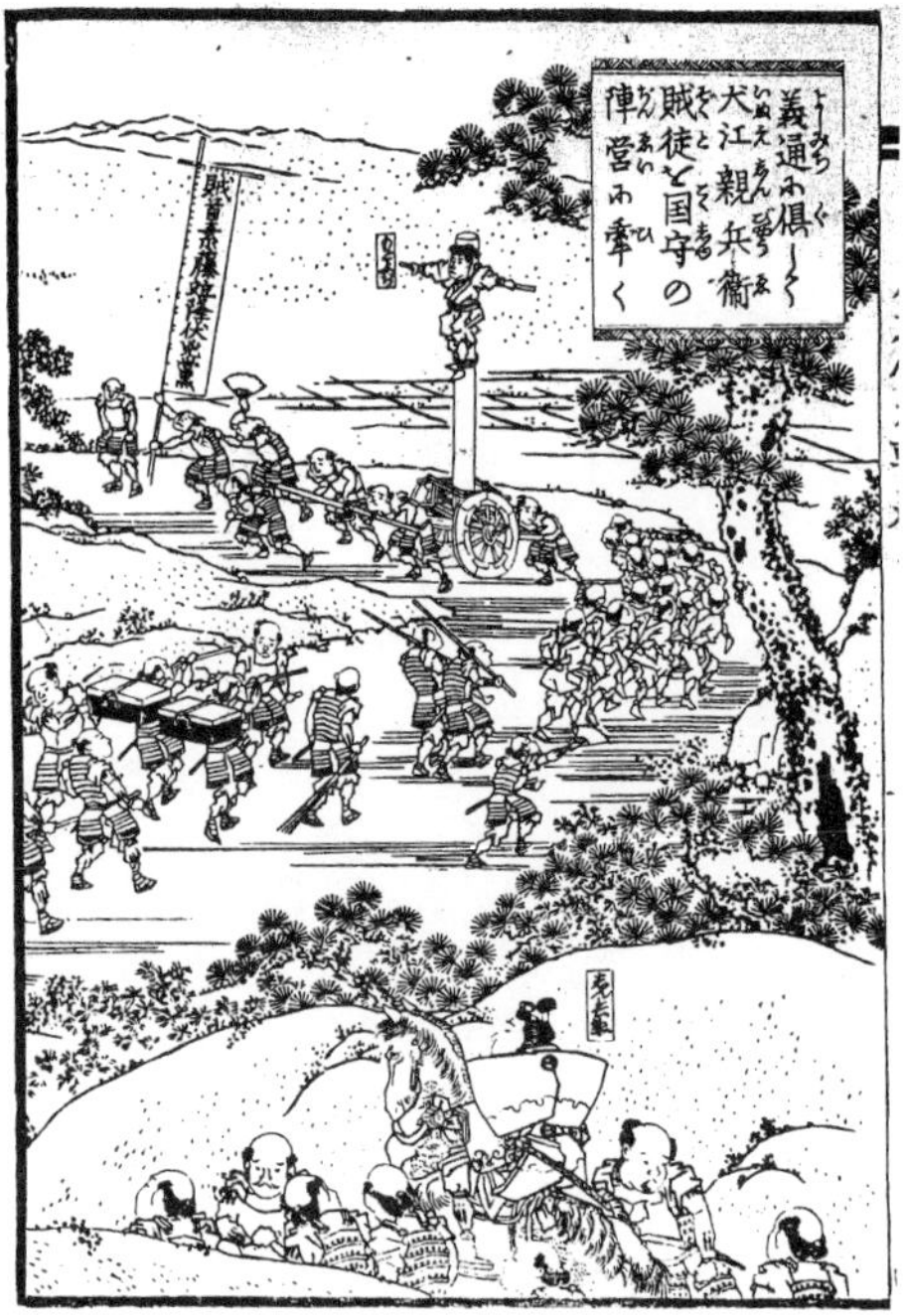

『南総里見八犬伝』第百八回挿絵。受難の素藤。

悪人像については前章で述べたが、要点を繰り返すと、馬琴の描く「悪」とは人間の弱さであり、その弱さとは運命的な制約（たとえば親の因果）という克服不能なものとして描かれるのである。蟇田素藤もまたその典型例と言える。

　そういうわけで、馬琴の描く悪人はその弱さゆえに魅力的なのだが、とりわけ素藤が素晴らしいのは、自らの弱さや運命の制約をしみじみと受け入れる姿である。以下その素晴らしい部分を原文から示す。

　親兵衛に捕えられた素藤は、高木に縛りつけられ晒し物にされて里見の居城へと移送される。挿絵では十字架に架けられたように見える（右図参照）。まさに受難の場なのだが、しかし、その場面の文章はきわめてのどかである。鉢巻きをして片肌脱いだ男が音頭を取ると、皆で木遣り歌を歌

いながら素藤を牽いてゆく。そして牽かれてゆく素藤はというと（引用は岩波文庫によるが、読みやすく用字等を改変した）、

素藤は始より、親兵衛が仁恕を唱て、大赦を請んといへりしを、もしやと頼みて、罵り躁がず、はかなき命を惜むの故に、身の存亡を他《かれ》に任して、おめおめとして縛めに就て、いふ事もなかりしが、この時腹の内に思ふやう、「昔我親は京師《みやこ》にゆきて六月の祇園会の山鉾を観たる折、応声虫の病痾《やまひ》により、搦め捕られ禁獄せられて、竟に命を落し給ひき。思へば今は我うへにて、かう車に推建《おしたて》られたる容《ざま》はさながら祇園会の山鉾にも似たりけん。其も義通を幾回か城楼《やぐら》に登し柱に吊して責苛みて寄隊《よせて》に示せし報ひなるをいかがはせん。さてもかの八百比丘尼は、いづこへ影を隠しけん。我かうなりしを知ざるか、知れども救ふに術なきや。初の程はこれかれと助けになる事多かりしに、今この折に効験《しるし》を見せぬは益なかりき」と胸にのみ、うらみは葛に吹く風ならで、憂苦《うき》をやる瀬はなかりける。

とりあえず命が助かりたい一心なので、抵抗する気もなく、さして屈辱を感じるでもなく、里見への敵対心や怒りもなく、といって反省するわけでもない。妙椿（八百比丘尼）には多少恨み言を言っているが、いまの自分の姿を、父の死の契機となった祇園会の山鉾との相似と感じ、義通を吊るして苛んだことへの因果応報と理解し、客観的に我が身の運命をとらえて達観している。ここにあるのは、あえて言えば諦念であり、運命への恭順である。実際、彼は何ら主体的に行為しているわ

けではなく、運命に翻弄されて、たまさかの栄華を手にし、また転落の悲哀を味わっているのだ。
さらに、ひとたび命を助けられ房総から追放された場面はもっと印象的だ。武蔵国まで船で送られ、隅田川の西岸で降ろされる。

その時蟇田素藤は、独り岸辺にたたずみて、向ひ遥かに見渡すに、かしこは旧《ふ》りたる名処《などころ》にて、昔在五中将の、いざ事問んと詠み給ひたる都鳥にやあらんずらん、喙《はし》と脚の朱《あか》かるが、浅瀬に立て求食《あさ》る見ゆ。まいて梅若塚の楊柳《やなぎ》の枝は長き輪廻を今もかも無常の風に靡くめり。紫の筑波峰は遠く夕霞棚引て、緑なす牛嶋は近く角組む蘆葭《あし》も伸たり。かれといひこれといひ情景両《ふた》つながら尽し得て、趣あるに似たれども、汨羅《べきら》に呻吟《さまよ》ふ屈原ならねば、沈んとするに命惜けく、還んとするに家はあらず。背《そびら》に受たる笞瘡《しもときず》に衣の障れば痛かるに、額には十文字の黥《いれぼくろ》をせられしかば、誰も罪人なるを知るべし。……

これはいわゆる「名文」と呼ぶべきもので、『伊勢物語』や屈原の故事を重ね合わせて、まさに「情」と「景」を尽くした文章の素晴らしさがまず印象的なのだが、この「情」と「景」の視点が蟇田素藤に設定されていることが、さらに素敵なのである。どんな卑劣・卑屈な小悪党にも、束の間の美しい情景に浸る権利があるとすれば、それはまさに小説や文学がもたらすささやかな希望ではないか。この後、素藤は腹が減って眠くなり、葦間の小船で一夜を過ごす。いわく、
臥しつつ被《かづ》く蓑虫の鬼の子ならで山賊の親に稟《うけ》たるえせ胆勇、浮寝の鳥に身をなして今宵も舟

『南総里見八犬伝』第百九回挿絵。素藤と妙椿の再会。

に波枕、寄辺の岸は定めねど、住めばすむ世の墨田河、心ばかりは濁江《にごりえ》に、影は宿らぬ宵闇の黒白《あやめ》も知らぬ高鼾、やがて熟睡《うまい》をしたりける。……

この文章など読むと、馬琴もまた心の奥底でこの小悪党を愛していたように思えてならない。そして素藤に、いい夢を見させてやりたいと思わず願ってしまう。

　実際には、翌朝目覚めた素藤の前にまた妙椿が登場し、素藤は再び里見との泥沼の戦いに引きずられてゆく。ちなみに妙椿は、最初に登場した時は、見た目四十歳くらいの「老尼」で、頭も丸めていたのだが、ここでは十歳ほど若返り、髪も生えてかなりセクシーである（上図参照）。最初の時は素藤に里見の姫の幻を見せ恋情をかきたてて里見との因縁を作ったのだが、今回は自ら素藤と歓楽を尽くす。

……妙椿は、世の人伝へて八百歳といふめれど、うち見は四十《よそぢ》ばかりなりしに、いつの程にか若やぎて、誰に見せても三十にはいまだ至らじと思ふべき、面影の艶々《あだあだ》しきに、男女席を共にして夜も亦臥房《ふしど》を異にせず、主と客と二人のみにて、明ても暮ても盃を巡らす外に所為《わざ》もなし。

……素藤はいつしかに妙椿と狎れ親みて、或は巫山の雲となり或は楚台の雨となりて、共に臭骸を抱きしより、妙椿にまた髪を剃せず、折々興に乗《まか》しては調戯《たはけ》き限りを尽せども、外に憚《はばかり》の関もなければ、楽しみ多しと思ふものから……

というわけで、「南総里見」の物語に翻弄された素藤に、束の間の幸福が訪れた。素藤が手にしたこの快楽は、もちろん八犬士たちには決して手にすることのできないものである（周知の通り、八犬士は里見家の八人の姫とくじ引きで結婚する）。弱き者、素藤万歳。

Ⅲ　知られざる近世小説の愉しみ

第一章　世界の外へ　『和荘兵衛』を読む

一　「世界の外」へ行く物語

——ある男が、ありとあらゆる国々を見聞したあげく、「どこも格別変わったこともない。どうせならこの世界の外へ出てみたいものだ」と考えた。そして地球を離れ、日の光も届かない暗闇のなかを何か月も飛びつづけ、やがて別の世界にたどりついた。……

これはSF小説のあらすじではない。江戸時代の中頃、安永三年（一七七四）に出版された『和《わ》荘兵衛《そうびょうえ》』という教訓小説（談義本、または滑稽本に分類される）の一節である。主人公・和荘兵衛が「世界の外」へ出る部分の原文を示せば次の通り。

……和荘兵衛、不死国を出てより、有とあらゆる国々をめぐりめぐれども、格別かはつた事もなし。此世界をはなれて、西方十万億土弥陀の浄土へ、見物に行ふかと思へども、是も釈迦の噂に委く聞て居る所なり。龍宮は浦島太郎が案内の事なれば、別にかはつた事も有まじ。さらば是より此世界の外《ほか》へ出て、釈迦も孔子もしらぬ所を見て帰り、世間知りじまんの鼻明さんとおもひ付、又鶴に打またがり、先《まづ》南海の果からつきぬけんと、脇目もふらず南をさして飛程に飛程に、鶴は名鳥乗人《のりて》は達者、一日に五六百里千里程づつ飛行ば、其内にはさまざまの国見ゆれ共、此世界には目もかけず、毎日毎日凡《およそ》三月あまり飛ければ、次第次第に月日の光も遠ざかり、一日一日と日の暮かかるやうに成行しが、五月ぶりには夜昼なしの真くらやみへ飛込けり。鶴も覚束なそふな声を出して、ぐうぐうなけば、さしもの和荘兵衛も心細ふ成、生ながら闇地獄へ落たかと胸さはぎ仕けるが、「いやいや此世界を外《ほか》へ出れば、一度は月日の光のとどかぬ所へ行筈《はず》なり。此闇を飛抜れば外の世界へ出るに程も有まじ。一情出せ《ひとせい》一情出せ」と鶴をはげましければ、聞分たる様に身ぶるひして、羽根打たたき、矢をつぐごとく飛出し、行ほどに飛程に、元より夜昼なしの闇なれば、何日といふ数はしらねども、四月ばかり飛ければ、そろそろと明《あか》く成、なんなく一つの世界へ飛出たり。

鶴に乗って飛ぶのはさすがに江戸時代だが、これを宇宙船に置き換えれば、そのままスペース・ファンタジーである。

この『和荘兵衛』は、近世小説史においては、いわゆる異国めぐり・遍歴小説の流行をもたらした作品として、一定の評価はされている。しかしそれは、あくまでも流行という現象に力点が置かれており、作品の内容が検討され、評価されたものではない。内容的には教訓色が強く、文章も生硬で、いわゆる小説・文学作品としての水準が高いとは言い難い面はある。また、異国めぐりという趣向に関しては、『和荘兵衛』に約十年先んじて風来山人こと平賀源内の『風流志道軒伝』という傑作が世に出ていること、そして『和荘兵衛』追随作である馬琴の『夢想兵衛胡蝶物語』がよく読まれていることもあって、相対的に文学史上のインパクトは弱められてしまっている。

しかし、いま掲げた「世界の外へ」出るという発想をはじめ、様々なアイデアがちりばめられたこの作品には、源内や馬琴のものとは違う魅力があるように思う。少なくとも想像力の奔放さにおいて『和荘兵衛』は比類なき作品である。従来の研究は談義本・滑稽本といったジャンル論から出ることができず、そしてそのジャンルの作品評価の眼目が諷刺性（つまりは当代性）に置かれているために、その枠組みをはるかに逸脱した『和荘兵衛』の魅力を見ることができていない。

本稿では、『風流志道軒伝』の異国遍歴を踏まえつつ、『和荘兵衛』の描いた異国を読んでいきたい。

二　遍歴小説の流れ

『和荘兵衛』は先述の通り安永三年（一七七四）刊、半紙本四巻。作者は遊谷子と名乗るが未詳、版元は京都の銭屋利兵衛。作品名は角書に「異国奇談」と記すので「異国奇談和荘兵衛」とも。活字テキストは近年、叢書江戸文庫『滑稽本集［一］』（岡雅彦校訂　一九九〇　国書刊行会）に収められ、手軽に読むことができる（本稿での本文引用はこれによる）が、古く明治・大正期の帝国文庫『四大奇書　下』、徳川文芸類聚第三巻、滑稽文学全集第七巻にも収められている。

徳川文芸類聚と滑稽文学全集の当該巻はいずれも異国・異界めぐりの遍歴小説を集めた構成となっている。とりわけ徳川文芸類聚は巻のタイトルに「遍歴小説」と銘打ち、巻頭の「例言」で次のようにその定義をしている。

遍歴小説といふも、『膝栗毛』一類の如き紀行小説にあらず、また『岩見武勇伝』の如き武者修行譚にもあらずして、著想脚色彼の『ガリバー巡島記』の如きに類似せるものを指すなり。即ち実際には決して有るまじく、又到底往来せらるべきもなき架空の国土を遊歴したる体に作り倣して、種々の事件を語り、様々の光景を叙する間に、一種の寓意若くは諷刺を含ませたる小説なり。（執筆者未詳　大正四年十二月）

本稿で扱う『和荘兵衛』を含む一連の作品群の性格は、ほぼここに言い尽くされている。したがって本稿でも、この意味で「遍歴小説」の語を用いることにする。ちなみに、滑稽文学全集当該巻の緒言（古谷知新　大正七年三月）には「本編には、諷刺小説中の妙編傑作六種三十六巻を収載す」とあるが、収録作品はいずれも異国や異郷めぐりの内容であり、徳川文芸類聚とほぼ共通する編集意図と考えられる。

こうした「遍歴小説」はこの二種の叢書にほぼ網羅されている（絵本・黄表紙類は別だが）ので、まずはそこに収録された作品を年代順に並べてみる。記載は作品名、作者名、刊年の順で、末尾に「滑」とあるものは滑稽文学全集所載、それ以外は徳川文芸類聚所載。ただし『和荘兵衛』『和荘兵衛後編』のみは両者に収録されている。

西鶴冥途物語	幻夢	元禄十年（一六九七）	
小夜嵐《さよあらし》	未詳	元禄十一年（一六九八）	
続小夜嵐	未詳	刊年未詳	
新小夜嵐	未詳	正徳五年（一七一五）	
風俗遊仙窟	寸木散人（克斎）	享保十八年（一七三三）	滑
地獄楽日記《じごくのたのしみにっき》	自楽	宝暦五年（一七五五）	滑
見外白宇瑠璃《けんがいしろうるり》	舎楽斎鈍草子	宝暦八年（一七五八）	滑
風流志道軒伝	風来山人	宝暦十三年（一七六三）	滑
三千世界色修行	自陀洛南無散人（其鳳）	安永二年（一七七三）	
和荘兵衛	遊谷子	安永三年（一七七四）	
珍術罌粟散国《ちんじゅつけしさんごく》	其鳳	安永四年（一七七五）	

和荘兵衛後編	沢井何某	安永八年（一七七九）
笑註烈子《しょうちゅうれつし》	笑止亭	天明二年（一七八二）
東唐細見噺《もろこしさいけんばなし》	未詳	天明三年（一七八三）
成仙玉一口玄談《じょうせんだまひとくちげんだん》	大江文坡	天明五年（一七八五）
見て来た咄	墨州山人鍋二丸	寛政十一年（一七九九）
濡手で粟	同右	同右
夢想兵衛胡蝶物語	曲亭馬琴	前編　文化六年（一八〇九）滑 後編　文化七年（一八一〇）滑

順にコメントすると、『西鶴冥途物語』から『小夜嵐』シリーズは地獄めぐり。『西鶴冥途物語』は西鶴が地獄の案内人として登場し、『小夜嵐』も西鶴作に仮託されるが、これらは西鶴作『椀久二世の物語』（元禄四年刊）における地獄めぐりを踏襲したもの。『風俗遊仙窟』は仙界譚。『地獄楽日記』は地獄を舞台とした物語。『見外白宇瑠璃』は遠眼鏡で龍宮、極楽、天狗の世界などを見る。

こうした流れのなかで、『風流志道軒伝』（以下『志道軒伝』）の登場は画期的である。地獄や仙界という既成の、つまりは「内なる」異界めぐりだった遍歴小説に、『和漢三才図会』や『増補華夷通商考』に記述のある大人国、小人国、手長国、足長国、穿胸《せんきょう》国といった「外部の異国」を登場させたのである。このことは先にも引用した徳川文芸類聚の「例言」が早くに指摘している。

……是等発生期に属する諸作は、ただ其の先駆をなすといふにとどまり、架空の国土も地獄極楽に限られしのみならず、未だ深刻に世情を諷したるもの現れざりき。而して宝暦年代に至り、一代の不平家平賀鳩渓『風流志道軒伝』を著はし、無可有郷の光景を叙して時弊を諷刺せしかば、世人の好奇心に投じて旺に行はるると共に慨世の志士其の著想を模して政教及び世態に対する不平を寓するもの続出し、遍歴小説の全盛期を作るに至れり。

というわけで、現実社会への諷刺をこめた『ガリバー旅行記』のごとき小説は『志道軒伝』から始まるのであり、風来山人こと平賀源内の文学史上の地位はまちがいなく第一級のものである。

しかし、先の遍歴小説の一覧を見ればわかることだが、『志道軒伝』以後ただちに同種の作品が続出したわけではない。『志道軒伝』から『和荘兵衛』までの十年間には同種の作品はなく（『三千世界色修行』は前半が色里めぐりで後半は地獄・極楽が舞台）、むしろ『和荘兵衛』以後に陸続と遍歴小説が刊行されているのである。この点について、遍歴小説の流れを論じた板坂則子「戯作のファンタジー――不思議の国の漂流者達（志道軒から夢想兵衛へ）」（『国文学解釈と鑑賞』一九七九年八月号）は次のように指摘している。

不思議の国遍歴の方向は（『志道軒伝』によって―引用者補）大きくクローズアップされたが、私には『志道軒伝』がこれ以後の遍歴物語盛行の、直接の起爆剤になったとは思いにくい。むしろこれからほぼ十年後に出された『和荘兵衛』及びその『後編』によって、遍歴物は一時に世の流行の前面に押し出されたと思われる。

事実、先の一覧の通り『和荘兵衛』以後次々と遍歴小説は登場し、その大半は明らかに『和荘兵衛』の影響を感じさせる。ちなみに『和荘兵衛後編』は、「後編」とはいうものの別作者の手になる影響作・模倣作の典型である（幕末になるが、やはり別作者の手になる『和荘兵衛続編』もある）。『成仙玉一口玄談』には登場人物として和荘兵衛が登場し、『夢想兵衛胡蝶物語』はそのタイトルからも影響が明らかだが、内容もまず『和荘兵衛』への言及から始まる（これらの後続作については次章で詳説する）。つまり、明らかに『和荘兵衛』こそが「遍歴小説の全盛期」をもたらしたのである。

板坂論文は、『志道軒伝』が遍歴小説の起爆剤とならなかったことの原因を、そこに作者・平賀源内の「私憤」が強すぎ、滑稽・諷刺の要素が不充分であることに求めている。そして対照的に『和荘兵衛』は、

単なる不思議の国の風俗紹介におわらず、滑稽を以て人間もしくはその社会の機微を突き、それらを風刺しさらには教戒しうる奥深い機能を充分に持つことを証明したのである。

と評し、それが遍歴物の流行を生んだと論じている。『和荘兵衛』への好意的な評価ではあるが、実際のところ『志道軒伝』と『和荘兵衛』を読み比べると、何よりもその文章力の相違はいかんともしがたく、むしろ『志道軒伝』に示された文彩（それは「私憤」と切り離せない）には模倣の余地がなく、一方生硬な談義・教訓をもって平板に異国めぐりの趣向を扱った『和荘兵衛』は、とりあ

えず容易に模倣・追随が可能だった、と言った方が適切かもしれない。

ともあれ、『志道軒伝』が遍歴小説の流れを一変させ、『和荘兵衛』はその流れを受け継いで遍歴小説流行の起点となったということを確認しておこう。もうひとつ先行研究を挙げておくと、野田寿雄「近世後期の遍歴小説」(『国語国文研究』第三二号　一九六五)が次のようにまとめている。『和荘兵衛』は、

「風流志道軒伝」の外国遍歴を拡大して、それにはっきりした風刺の意図を持たせ、整然とした国々を設定したところに、遍歴小説の発展をみることができる。

ということである。

三　『風流志道軒伝』の遍歴と「異国」

さて、以上のことをふまえ、『和荘兵衛』を論じる前提として、まず遍歴小説としての『志道軒伝』について見ておきたい。よく知られた作品ではあるが、ここでは異国遍歴の内容を中心にまとめる。引用は日本古典文学大系『風来山人集』(中村幸彦校注)による。

『志道軒伝』は、当時江戸の名物講釈師であった深井志道軒の伝記を仮構した作品で、志道軒の講釈が、日本および世界の国々の風俗を見尽くしたうえでなされている、という設定。しばしば

「日本のガリバー旅行記」と呼ばれ、異国めぐりの印象が強いが、実際には異国めぐりが始まるのは全体の半ばを過ぎてからである。全五巻の内容を大まかにまとめれば以下の通り。

巻一は主人公・浅之進（志道軒）の誕生から仙人と出会い羽扇を授かるまで。巻二はその羽扇の力で世間の一年の風俗を僅かの時間に見聞する。巻三では吉原を皮切りに全国の遊所を遍歴し、その後羽扇に乗って海を渡り、大人国、そして小人国へ行く。巻四は長脚国、長擘《ひ》国で活劇を演じ、また穿胸国で姫君とロマンスがあるが、胸に穴がないと追放される。さらに「莫臥尔《もうる》・占城《ちゃんぱん》……天竺・阿蘭陀」といった国名のみ挙げて、「うてんつ国」「きやん島」「愚医国」「ぶざ国」「いかさま国」などを簡単な説明を加えて通過、やがて中国に着き、皇帝の命令で富士山のはりぬきを作るべく日本へ向かう。巻五で日本の神々は富士山のはりぬきを許さず、浅之進一行は船を覆され、女護が島に漂着し、そこで男遊廓を作る。最後に再び仙人と出会い、日本に戻った浅之進は、講釈師となって活躍する。「とんだ咄のはじまりはじまり……」。

といった話なのだが、先にも述べたように遍歴小説としての『志道軒伝』が画期的なのは、それ以前の地獄めぐりなどとは異なり、多様な「異国」を描き出したことによる。ここに描かれた「異国」は大きく三種類に分けられる。すなわち、

①不思議な国…大人国・小人国・長脚国・長擘国・穿胸国・夜国・女護が島
②実在の異国…モウル・チャンパン・ソモンダラ・ボルネラ……天竺・オランダ・朝鮮・中国

③風諭の国…うてんつ国（遊びにうつつをぬかす国）・きやん島（やくざ者の島）・愚医国（藪医者の国）・ぶざ国（田舎者の国）・いかさま国（いかさま博打の国）

①はすべて『和漢三才図会』などを典拠とするが、実在が信じられているわけではなく、寓話的に描かれており、これらの国々での物語が『志道軒伝』の中核をなす（それが『和荘兵衛』にも受け継がれる）。②は『増補華夷通商考』『紅毛雑話』などの書で紹介されている実在の異国だが、中国を除いては物語の舞台にはなっていない。中国については清朝乾隆帝の時代で北京の宮殿を舞台にしているが、内容的には豊かで栄えている大帝国という大まかな（お伽話的な）イメージで描かれている。③は当時の日本の風俗を誇張して「異国」としたもので、風刺が主眼であり、物語性はない（『和荘兵衛』はこうした「異国」でも物語を展開し、後の馬琴の『夢想兵衛胡蝶物語』はさらにそれを徹底する）。

さて、こうした「異国」遍歴の果てに、『志道軒伝』末尾には主人公に羽扇を与えた仙人の教訓が語られる。この仙人は「風来仙人」という名で、明らかに作者「風来山人」を重ねているので、この教訓はほぼ「作者」の言説と見なされる。その内容をこれも整理して示せば以下の三点に要約される。

⑴どの国も基本は同じで、儒教の教えが最上。

汝こそ世界中の国々島々をめぐりて能く見覚へつらん。何れの国に至りても、君臣・父子・

夫婦・兄弟・朋友の五の道にもるる事なし。……さればこそ、天地の間を引くるめて、聖人の教に上こすものなし。

⑵しかし、日本と中国では風俗が異なり、日本の方が優れている。

……唐の風俗は日本と違ふて、天子が渡り者も同然にて、気に入ねば取替て、天下は一人の天下にあらず、天下の天下なりと、へらず口をいひちらして、主の天下をひつたくる不埒千万なる国ゆゑ、聖人出て教給ふ。日本は自然に仁義を守る国故、聖人出ずしても太平をなす。……

⑶国々の風俗に合わせ、現実的に対応すべきであるが、愚かな学者（儒者）が多い。

……唐の法が皆あしきにはあらず、されども風俗に応じて教ざれば、又却て害あり、……只聖人のすみがねにて、普請は家内の人数によつて、長くも短くも大にも小にも、変に応じて作るべし。……然るに近世の先生達、畑で水練を習ふ様な経済の書を作て、俗人を驚かすことかたはら痛き事なり。……其外浮世の口過学者、管の孔から天をのぞき、火吹竹で釣鐘を鋳やうな偏見を説出し、……聖人の教でさへ其道にとらかせられし、屁ぴり儒者の手に渡れば、人をまよはす事多し。……

最後の⑶には硬直化した思考しかできない当時の儒学者への批判が縷々語られ、風来山人こと平賀源内その人の実学指向と、それが世に容れられない憤懣が見て取れる。『志道軒伝』の眼目はそこにあるわけで、市井の講釈師を主人公に設定して顕彰すること自体、世間の風俗や人情にうとい学者への批判に他ならない。

ただ、ここでむしろ注目したいのは(1)(2)で、異国遍歴の結論が、儒教倫理と日本の風俗の優秀性の確認になっていることである。(2)の内容は国学的ナショナリズムの論理だが、同時に(1)で儒教を肯定している。(3)とはうらはらに、ここには大いなる現状肯定がある。「異国」は日本を、あるいは現実を相対化するものではなく、むしろ絶対化するための媒介となっているのである。

四　『和荘兵衛』の異国遍歴(1)——漂流からユートピアへ

やや一方的に論断してしまったかもしれないが、とりあえず『志道軒伝』の遍歴について見たところで、『和荘兵衛』に移ろう。従来本格的に論じられていない作品なので、本文の引用をまじえながら、物語の内容を紹介しつつ論評していきたい。

主人公は長崎の商人で、四海屋和荘兵衛。

……代々唐物商ひ仕《し》にせよく、家内十人ばかりゆたかに暮しぬ。所がらといひ、小文才《こもんさい》もある男にて、常に唐人紅毛《おらんだ》のつき合、和漢をあへまぜ、ちんぷんかんにくらしけるが、……

『志道軒伝』の主人公と比べると、何の変哲もない平凡な人物である。『志道軒伝』の主人公はそもそも当時の有名人（人気講釈師）に仮託されていたし、物語の始まりも申し子としての出生から描かれていた。それに対して『和荘兵衛』の主人公の設定にはまったく別の趣向がたてられている。長崎、唐物商い、唐人紅毛とのつき合い、「和漢をあへまぜ、ちんぷんかん」。現実的に「異国」へつながる道筋が示されているのである。そしてそのこと以外には主人公に特別な聖性は付与されていない。それはこの作品の大きな特色である。

この和荘兵衛、四十八歳で隠居し、以後は釣りを趣味に悠々自適の暮らしをしていたが、ある日一人で沖へ釣りに出て暴風に遭い、数か月の漂流の後、とある島にたどり着く。こうまとめると型通りのようだが、先に述べたように、『志道軒伝』以前の遍歴小説はいずれも地獄・極楽・仙界といった、いわば内部の異界に出かけたのだし、『志道軒伝』にしたところで仙人の羽扇に乗っての航海で、いわば寓意的な異国巡りであることが明示されていた。それに対して『和荘兵衛』の異国巡りの発端は、実にリアルである。暴風に遭って漂流する場面を見てみよう。

……次第次第雨つよく、吹風帆を破り柱を折、船は飛がごとく、沖へ沖へと吹出され、命をかぎりと、櫓をおし立、右よ左よとうろたへる内、月も雲に引つつみ、めざすもしらぬまつくらやみ。……此上は天道まかせと船の中に膝を組、折々水をかへ出し、ただ行先は運次第風次第と、夜の明《あける》を待けるに、風いよいよはげしく、船は何国《いづく》ともなく漂よひ、吹ながさるゝこと何百里やら何千里やら、……かくのごとく三日三夜ばかりして、やうやう雨風おさまり、朝日ほ

『和荘兵衛』巻一挿絵。嵐に遭って漂流する和荘兵衛。

のぼのと立のぼりたれども、はや日本の地ははるかにはなれたりと覚へて、海のおもむきも空のさまもかわりたり。いづくを見渡しても島も山も見へず。風と潮とにまかせ、ながれただよひ、釣《つり》を下《さげ》て折々魚を取、俊寛僧都の境界、生魚を喰て、海上に日をおくる事、凡《およそ》三月ばかり。流れ行こと何万里といふ数もしらず、何日といふ日もしらず。……次第次第に気力もつかれ、船の中に打伏て、命の終りを待こと又十日ばかり、念仏の声もほそぼそと、玉の緒の切る事、今や後やと待ける……

やや長い引用になったが、漂流のプロセスをリアルに、理詰めに描いていることは特筆すべきことだろう。文章も平明で、「俊寛僧都」のくだり以外にはほとんど文飾がない（あたりまえのようだが、この時代の文章としてはむしろ異例である）。

実際にこのように漂流するケースは当時も、そして今日でもある。ちなみに二〇〇一年八月に漁師が一人で一か月間漂流して救助されるという「事件」があったが、台風に遭い、魚を釣って食いつなぐといったディテイルまで、報道された内容と『和荘兵衛』の叙述は酷似している。作者が何らかの体験談や漂流記などに基づいて書いているのかは不明。当時公刊されていたものとしては、享保二年（一七一七）『今和藤内唐土船《いまわとうないもろこしぶね》』（閑楽子）がリアルな漂流記・異国見聞記である。ともあれ和荘兵衛は、仙人に出会うことも、その力を借りることもなく、「日本の外」へ出たのである。

さて、漂流の果てに、ある島に漂着した和荘兵衛は渇きを癒すため、近くに湧いていた赤い泉の水を飲む。と、たちまち元気が回復する。これは『和漢三才図会』の「不死国」の項に「在赤泉、飲之不老」とある記事を踏まえていて、つまりそこは「不死国」だったのである（泉の水を飲んだ時点で和荘兵衛は不老不死になっている）。和荘兵衛は島の（国の）中心部へと歩いて行く。

……先爰《ここ》は唐土《もろこし》か日本か天竺かたづねて見んと、大なる堤を越、内に入て見渡せば、家居土地柄、目なれぬ草木の生ざま、日本とは事かはり、其上すぐれてよき国なり。何といふ国ぞと爰かしこと見めぐる内、家々より男女大勢出来り、和荘兵衛を取まはし、何やらん口々にいふて、ふしぎそふに守り居れば、和荘兵衛思ふやう「是は何さま日本の内ではなし。又は蝦夷琉球の人品でもなし。此結構さは南京か北京《ほくきん》の内ならん」と、かねて唐音《とういん》知り自慢にて、人品声 繕《こはつくろ》ひして、ちんぷんかんと問かくれども、一つも聞へぬ皃《かを》して、木兎《みみづく》を烏の取まいた様に、大勢が口々にいへども、唐人にも紅毛《おらんだ》にも終に聞ぬ音声、一向通ぜず。

ここで、長崎の異国に通じた商人という和荘兵衛のキャラクターが生かされている。日本、蝦夷、琉球、中国、オランダ……と既知の国を挙げていき、そのどれでもない、本当の「異国」というわけである。言葉が通じないという設定にも注目したい。『志道軒伝』にも「大人国」で言葉が通じないという設定はあるのだが、そこでは仙人からもらった羽扇が翻訳機（？）の機能も持っていてすぐに問題は解決した。『和荘兵衛』ではどうか。

……しばらく有て、年のころ四十ばかりの総髪、群集を押分押分、和荘兵衛が前に出、唐音にて言やう「其方は先《まづ》何《いづく》国の者、いかなる子細にて此所へ来りしぞ」とたづねけり。和荘兵衛も唐音にて「我は大日本長崎といふ所の者なり。……

というわけで、通訳が登場するのである。ここで和荘兵衛が唐音（中国語）に通じているという設定が生かされている。中国語は国際通用語的な、少なくとも日本語よりはグローバルな言語というイメージがあるらしい。

さて、この通訳として登場した「総髪」の人物が自己紹介するのだが、何と不老不死伝説で有名な徐福その人だということになって、話は急に仙界じみてくる。徐福の口からここが「不死国」であることも語られるが、不死国の案内に徐福とくれば、型どおりの仙界譚である。ここまで仙人的なものの登場がなかったことが画期的だったのだが、一度仙人が登場してしまえば、あとは何でもありということになる。たとえば、この後の異国遍歴では、もはや言葉の通・不通は問題にされなくなる。どの国へ行っても言葉は自然に通じてしまうのである。「異国」の外部性の象徴が言語だとすれば、それを問題にしないということは、そこは外部ではなく「内なる異国」なのである。その意味で、この時点で『和荘兵衛』は別の物語世界へと移行している。寓話世界へ。

徐福に世話になりながら和荘兵衛は不死国で暮らすことになる。この国では人々は鶴を自家用飛行機として飛び回っており、和荘兵衛も滞在するうち鶴にも乗りなれ（これで魔術的なアイテムを手に入れたことになる）、友達もできて楽しく暮らす。不死国の盛り場や遊廓の素晴らしさが描かれるが、要するに日本のそれを大げさに誇張・拡大して述べているだけで、まさに「内なる異国」である。

そうして和荘兵衛は不死国で二、三百年を過ごすのだが（不老不死なので）、やがてこの国の欠点が見えてくる。この国は不死国ゆえ、当然だが死ぬことができず、人々は実は死を切望しているのである。病気もないので、病気にもあこがれ、毒を飲んだり、とにかく健康に悪いことをするのが流行なのだが、病気にもなれず死ぬこともできない（いわゆる健康ブームのパロディになっている）。和荘兵衛も死にたくなって自殺を試みるが、どうしても死ねない。そこで思案し、どうせ死ねないのなら、ありとあらゆる国々を見てみようと決心し、鶴に乗って異国めぐりに出かけることにする。

というところで巻一が終わる。途中まではリアルな漂流記であり、徐福登場以後は寓話的な仙界譚という落差のある展開だが、その落差が面白いとも言えよう。

なお巻一の末尾には「養生」と見出しを付けて、教訓が述べられている。内容は、不老不死など願わず日々の養生を大切にせよ、といった平凡なもの。この「養生」と称する教訓は、この後もひとつ国をめぐるたびに付される（この形式は追随作の多くに踏襲されることになる）。

つづく巻二で和荘兵衛が訪れたのは「自在国」。衣食住のすべてが自然に、しかもありあまるほど生えているというか生《な》っていて、何も苦労がなく贅沢三昧の国である。女護が島が領地内にあって（もちろん美人揃い）、色事も自由自在に歓楽を尽くすことができる。

結末は「不死国」と同じで、自在すぎて退屈になり、人々は不自由や貧乏にあこがれている。欲しいものがなくては人間の楽しみがないと気づき、和荘兵衛いわく、
此やうな下国は又と世界に有まい……

ということになる。末尾の教訓では、ほどほどに苦労も必要だと述べ、
毎日少し汗出る程身を遣へば、人に病は多なきものとかや。

という健康談義（「養生」）となっている。

というわけで、「不死国」「自在国」は、不老不死、衣食に不自由がないという、人間の願望、あるいは理想が実現されたユートピアということになる。そしてユートピアでは人間の生に意味がな

くなり、退屈するしかないという結論は、月並みではあるが、ほどほどの諷諭とはなっている。

五　『和荘兵衛』の異国遍歴(2)――倫理なき「異国」へ

巻三で和荘兵衛が行くのは「矯飾国」と「好古国」である。前者は人々がみな見栄を張る（ことを生きがいとする）国、後者は中国古典趣味の国。先の『志道軒伝』の分類で言えば③にあたる、現実を誇張して滑稽に描いた国で、風刺の意図が明確である。『志道軒伝』ではほとんど物語的な展開はなかったのだが、『和荘兵衛』は一応エピソードを語っている。「矯飾国」では、内実は赤貧洗うがごときでも、人前では悠然と風雅な諸芸の話や贅沢三昧の話をする人物が描かれ、後者もほぼ同様でひたすら孔子、孟子や賢人の模倣・真似をする人物が面白おかしく描かれる。

現実離れした諸芸好みや学問・道楽を風刺しているわけだが、浮世草子の気質物のようなものとして読めばそれなりに面白く読める、といった程度で、『和荘兵衛』ならでは、異国めぐりならではの面白さがあるわけではない。というわけで紹介はこの程度にとどめるが、ただこの「好古国」の儒教好みの設定を逆転することで次の国が発想されていることには注意しておきたい。そこから『和荘兵衛』の本当の魅力が発揮されることになる。

巻四に進むと、「好古国」にうんざりした和荘兵衛が足をとめたのは「自暴国」である。ここは

『志道軒伝』にも「穿胸国」として登場した国で、すべての人の胸に穴があいている。「不死国」などと同様『和漢三才図会』に記載されていて、比較的知られた「不思議の国」である。『志道軒伝』では、胸に穴のない主人公が不具者として追放されるという話の展開で、いわば正常と異常の相対性を示す寓話として語られたのだが、『和荘兵衛』では別の寓意を与えている。すなわち、胸に穴＝心がからっぽというのである。「心」とはつまりモラル・倫理であり、当時で言えば儒教の教えである。胸に穴があいている国はモラルなき国、儒教倫理のない国ということになり、それを『和荘兵衛』は「自暴国」と呼ぶ。自暴自棄、ヤケクソ、デタラメの国である。

……此の自暴国に昔より定りたる法といふ事なく、仏法儒道もなく、古《いにしへ》を学ぶ事書籍《しよじやく》を見る事法度《はつと》にて、思ひ思ひ得手勝手、指当《さしあたり》道理をいふて畢竟の善悪を知らず。

と紹介され、「好古国」が孔子・孟子かぶれでその表面的な模倣に終始する国だったのに対し、そうしたたてまえとしてのモラルをいっさいかなぐり捨てて、本音のままに生きる国として設定される。このラディカルな発想はさらに徹底的に敷衍されてゆく。

……君につかへる者、君をうやまはず、「同じ人間なれども、養ふてくれるゆへ、奉公してやるのじや、外に何も恩はない」といへば、息子は父母を尊《たつとま》ず、「産で下され、育てて下されと誂《あつらへ》はせず、頼はせず。……」と、我儘《わがまま》八百。女房は夫にまけて居ず、兄と弟は同じ腹から出たものなれば、後の先のはないと、弟が力量兄にまされば、兄を追出し、女房が賢ければ男《おつと》に隙状《ひまでう》をやり、朋友《ともだち》は腕おしても、つよひ者が頭《かしら》に成、何から何までさし当る理《り》をいふて、後の害をしらず。……

ある意味痛快なのだが、念のためここで『志道軒伝』の風来仙人が、あらゆる国をめぐった主人公に語った言葉を思い出してみよう。

何れの国に至りても、君臣・父子・夫婦・兄弟・朋友の五の道にもるる事なし。

『和荘兵衛』が『志道軒伝』をどこまで意識していたかはわからないが、右の引用で明らかなように、「自暴国」は儒教の五道（五常）を完全に否定した国として設定されており、結果的にこの「自暴国」は『志道軒伝』の見なかった国ということになる。あるいは『志道軒伝』および平賀源内の世界観・世界像を超えた国。

ともあれ、君臣・親子・夫婦・兄弟・朋友のいわゆる五道を否定するというのは、戯作とはいえ大胆ではないか。右の引用文の後にはさらに、

士農工商とも、尊卑の礼儀もへだてなく、

とあって、いわば当時の日本社会の制度と倫理をすべて否定しているのである。これはもはや風刺とか諷諭といった次元を大きく逸脱している。

もちろんこれは反ユートピアとしての設定であり、作者がこの国のありようを肯定しているわけではない。ではこの国はどのように描かれるのだろうか。

ふたつのエピソードが語られる。ひとつめは親子・長幼に関するもの。この国では年老いて働けなくなると、捨てられてしまう。若者たちは「唐土日本とやらいふ国」の噂をして、

「……役に立《たつ》若ひ物がわるひものを喰《くらひ》、悪ひものを着て、役に立ぬ年寄に能《よき》ものを喰せ、能もの着せて、孝行とやら、道とやらいふはどふした事じや。昔の事が今の役に立ものか。道理の聞へぬ悪ひ国……」

と嘲笑する。ところがその若者もやがて年をとると捨てられてしまい、その時になって後悔する。いわく、

「……余所《よそ》の噺を聞ば、孝の道といふて、子を持者は老をたのしみ、隠居さまとて能もの喰て、能もの着て遊んでばかり居るといふ。夫《それ》こそ人の実《まこと》の道。若ひ内には何が不自由でも、手足が達者なゆへ、つらひ事はないものじや。此やうに年寄てこそ安楽をしたひもの、是はまた情ない。山へ捨るとはどうよくじや」

と、「自暴国」の不合理が語られる。

ただ、右のセリフでは、子が親を、若者が年寄りを大切にすることの意味が、いわばライフサイクル（もしくは社会システム）の合理性として語られている。日本近世における徳目としての「孝」とは、二十四孝の説話に代表されるように、子の親に対する盲目的な、時には自虐的な奉仕であり、そうした絶対的なモラルとしての「孝」は、この「自暴国」の叙述において相対化されている。こ

『和荘兵衛』巻四挿絵。右奥に妊婦と産婆、中央がつわりに苦しむ夫。この三人は胸に穴があいている。左が和荘兵衛。

れは一度儒教倫理の「外」へ出るという『和荘兵衛』の設定によって獲得された新たな視点ではないだろうか。

もうひとつのエピソードは奇妙奇天烈である。この「自暴国」では男女平等も実現しているわけで、それが身体のあり方にまで及んでいる。女性が妊娠すると、その夫がつわりに苦しみ、陣痛も一手に引き受けるのである。

本文を見よう。

「日本唐土《から》天竺には、女房が子を産時も男は悪阻《つはり》もせず、腹もこはらずとは、片よつた事なり。女は懐胎して十月が間、大な腹を抱て、さまざまの辛抱。産おとしても乳をのませ、夜の目も合さず抱かかえ、何もかも女ばかりに世話さすとは、聞へぬ道理。せめて産ときなりと、腹は男がこはる筈《はず》じや」

というのである。現在でも女性たちにとっては我が意を得たりであろう。

「いかさま是ばかりは其道理、いやと言れぬ」と、和荘兵衛も感心して居たりけり。

と、主人公も納得している。

そしてこのあとに、出産シーンが延々と描かれる。夫は陣痛で七転八倒して早く産んでくれと妻に言うが、妻は痛みもなくなかなか産まれず、夫婦喧嘩のあげくにようやく出産する。抱腹絶倒だが、本文は長くなるので残念ながら省略する。

和荘兵衛は産婆役をつとめて疲れ果て、

はじめて聞た時はもつとも道理と思ふたが、其場に成て見ては、女夫《ふうふ》づれで産にかかつて居ても、つまらぬもの。とかくお定まりの通、女がこわつて産で、男が外《ほか》を勤ねばならぬ理《ことはり》なり。

と感想をもらしてこの国を去る。この結論は平凡だが、先の敬老のモラルと同様、合理性に重点をおいての批評であり、ここから夫唱婦随のモラルの絶対性が帰納されることはない。

儒教道徳を徹底的に否定することで想像・創造された「自暴国」は、こうして不合理が指摘されはするが、しかしそこでも人々の生活が、それなりの論理によって営まれている様が描かれる。つまりここには真の意味での「異国」が寓意されていると言えるだろう。『和荘兵衛』が遍歴小説の系譜で最も際立つのはこの点である。しかし、その遍歴はまだ終わらない。

六 『和荘兵衛』の異国遍歴(3)——「世界の外」へ

日本の倫理の外部を経験した和荘兵衛は、さらに「外」を志向する。本稿冒頭に示したように「世界の外」を目指すのである。いま一度そこに掲げた本文を見ていただきたい。「釈迦も孔子もしらぬ所」を見てやろうと言っている。これは「自暴国」のアイデアをさらにつきつめようとしているのである。「自暴国」は反儒教の国であり、つまり反語的に儒教倫理、あるいはその論理に制約されていたわけだが、今度はそのような「反」すらない、「釈迦も孔子もしらぬ」、文字通り「世界の外」へ出ようというのである。思想の外部、と言ってもいい。そんなことが可能なのか。まして江戸時代の戯作がそんな哲学的・思想的な内容を持つはずがなかろう。誰もがそう思うだろうが、しかし和荘兵衛は鶴に乗って、果てしなく飛んでゆく。

これも冒頭に本文を掲げたので繰り返さないが、三か月ほど飛びつづけると日の光も届かぬようになり、五か月目には完全な暗黒の空間へ入り、さらに四か月飛びつづけて、ついに明るくなり、「一つの世界」に到着する。

この「世界の外」のイメージがどういうものなのかは、よくわからない。直線的に「外」を目指しており、いわば世界地図を広げて、その枠をはみだして行くような印象がある。『増補華夷通商考』などには極地近くに「夜国」が記されているので、そこを抜けて、地図の外部へ行くというイメージかもしれない。『志道軒伝』が『和漢三才図会』や『増補華夷通商考』などの文献上の異国を取り上げることで、地獄極楽、仙界や龍宮といった内なる異界遍歴からの転換を成し遂げ、『和荘兵衛』もここまではそれに倣ってきたのだが、どうやらさらにその先、つまり文献や知識の「外」へ行こうとしているらしい。

さて、そうして和荘兵衛がたどりついた「世界の外」の「世界」はというと、これが実に平凡で、「大人国」なのである。スケールは大きいが、竹藪があり麦畑があり、道端にタンポポが咲いている。「大人国」であるから、展開もお定まりで、和荘兵衛はペットとして観賞・愛玩の対象となる。全然「外」へ出ていないように思える。

ただ、この国の人々は体の大きさに見合って心も広い、とされる。問題はこの「心の広さ」である。先の「自暴国」(穿胸国)では「胸に穴＝心がない」ことで儒教倫理を否定していたが、「大人国」もまたそれを引き継いでいる。

……扨此国の風俗を見るに、……五穀よく実のり、民ゆたかにて、何一つ不足もなき上々国なり。然れども、人に道も法もなく、国政の沙汰もなく、儒仏神のをしへは勿論、仁義礼智の名もなく、何もしらぬ無芸国なり。

和荘兵衛の目から見ると、まったくの「後進国」である。そこで和荘兵衛は、

「此国は形大なるばかりにて、人に才智なく、独活《うど》の大木といふ安房国《あほうこく》と見へたり。我小兵《こひやう》なれ共、聖賢の法を以て此国民《くにたみ》を導き、政《まつりごと》を取て民をなづけ、国姓爺《こくせんや》が東寧《たかさご》を取たやうに、あつぱれ此国の大将と成るべし」

と一念発起し、人々の前で弁舌をふるう。

「……今此国を見るに、形大なるばかりにて、人間の道を知るものなし。……夫《それ》我世界には、人の道備はらずといふことなし。先唐土《から》には三皇五帝より道ひらけ、老子孔子荘子孟子などといふ聖人賢人普く人を導き、天竺には釈迦如来、因果のむくひ、地獄極楽を以て人を教へ、我日本には伊奘諾伊奘冊の尊、天照大神、あらゆる神達、正直をもつて人を導き給ふ。其おしへによつて国家よく調ひ、民安くゆたかにて業をたのしむ。先《まづ》仁義礼智をしらざれば人と生れし甲斐はなし。我今日より各々に其教を説《とき》聞すべし」

遍歴小説において、主人公がその国の風俗を批判し、教化を試みるというのはひとつのパターンと言えよう。後続作の『和荘兵衛後編』では「手長国」と「足長国」で両国民の婚姻を勧めて教化しているし、『東唐細見噺』も「放蕩国」の民に説教して更生させる。『志道軒伝』でも主人公が中国皇帝に富士山の素晴らしさを説き、そのはりぬきを作ることになるというのは、自国の優越を示すという点で通じるものがあろう。また右の和荘兵衛の演説は、儒仏神を折衷しながら儒教倫理を

基本に置く点で、先に見た『志道軒伝』の仙人の教訓とほぼ同趣である。『志道軒伝』では、それがそのまま作者・風来山人の言葉であり、物語の結論でもあった。『和荘兵衛』はどうか。

あらゆる国々を見聞してきたことで自信満々の和荘兵衛だったが、彼の教化はうまくゆかない。必死で弁舌をふるっても、なしのつぶてである。「大人国」の人々は、

……一人も合点の行そふな臭《かを》もなく、皆にこにこと笑ふて、「扨々珍らしひ物、矮狗《ちん》より芸もよふする。教ぬことでもいふて、鸚鵡より面白い物でござる。……」

といった調子。和荘兵衛は、どうしてこの国の人々はこれほど才智なく愚鈍なのかとあきれるばかり。そして飼い主（小さな和荘兵衛はペットなので）の宏智先生という人物に何度も愚痴をこぼす。その様子を気の毒に思い、ようやく宏智先生が口を開く。

先生にこにこ笑ひ笑ひ、和荘兵衛が天窓《あたま》を撫て言けるは、「小人に誠の噺するは、おとなげなく安房らしけれども、汝は呑込のよさそふな者なるゆへ、語り聞すべし。……

こうして話しはじめた宏智先生は「大人国」について説明をする。この国の人間は和荘兵衛の言うこと、考えることなどはすべてわかっている。身体のスケールと同様に智恵のスケールも違っていて、ものごとの始めと終わりを見通すことができるので、迷いも悪も存在しないのだと。

……されば教は小人に益有のみ。法は小人を入る筥《はこ》なり。小人は箱の内に遊んで外をしらず。大人は筥の内を知て箱の外に遊ぶ。汝纔《わづか》三千世界の筥の内に遊で外をしらず。此間さまざま

口をたたけども、此国の者は子供のわんぱくいふやうに、おかしく聞流たり。汝が世界は才智小く悪をする故に、教の法のといふむつかしき事あり。我世界は智大く悪をせぬ故に、仁も義も礼も法も用る所なければ、教もいらず。……

つまりここは、空間的に「世界の外」であるばかりか、いわば哲学的・思想的に「世界の外」であって、地球上（と仮に言っておく）の論理や倫理はいっさい通用しない、というか超越されているのである。

宏智先生の説くところは、ある意味では老荘思想に近いし、『和荘兵衛』というタイトル（和の荘子）や「養生」と称する教訓など、本作の基本的な立場はそこにあるようにも思える。しかし宏智先生の説明のなかでは、

……老子荘子は空《くう》にたとへて、生《うまれ》たままで有体《ありてい》の能所《よき》を教へ、仲尼は仁の義の礼のといふ大綱を引まはして、人に我儘をさせず、……釈迦は世間の人気の欲深《ふかい》事を能《よく》のみ込、さまざまのうまい事やこわひ事いふて、欺しすかして善道へ引込、……

と、老荘も儒仏とひとしなみに「小人」を導く「世話やき」として括られている。つまりこれは、特定の思想や世界観に基づいた「風刺」ではない。すべての思想と世界観を無化しようとするいわば「発想」である。

さて、最後に宏智先生は和荘兵衛の背中をさすって、こう諭す。

「和荘兵衛、かならずかならず汝らも此ちつぽけな形《すがた》で、ゑもしれぬ鼻のさきの小ひ智恵じまんして、悪あがき悪工《わるだくみ》せずとも、釈迦や孔子のいふ通、おとなしう守て居て、一生心よく、安楽にくらせよ」

結局のところ「釈迦や孔子のいふ通」りに生きろ、というのは『志道軒伝』同様、現状肯定の結論であるが、そこへ至るプロセスは正反対である。『志道軒伝』では世界中どこへ行っても儒教倫理の普遍性はゆるがなかったのだが、『和荘兵衛』では、儒教も仏教も超越した世界があって（あるいは、その前にそうした倫理を無視した「自暴国」もあって）、しかし我々は儒仏の枠のなかで生きるしかないというのである。

ここでは「異国」はまさに「異」なる世界であり、日本も中国も、知識も思考も言論も、すべてが相対化され、あるいは虚構化されている。「自暴国」「大人国」は寓話的な国であるが、それは逆に言えば、日本やこの世界の倫理や論理もまた寓話にすぎない、ということである。

こうした設定を子供だましの一趣向にすぎないと見るか、真剣に対峙すべき言説ととるかは、人によってわかれよう。大半は前者かもしれない。しかし私はそうは思わない。少なくともこの物語自体は、決して気楽な一趣向という語り方をしていない。宏智先生に諭され、背中をさすられた和荘兵衛は、

大口明て、恥かしひやら、こわひやら、大も小も果《はて》のなきものじやと、自得して、鶴に打乗り、

久しぶりで、目出度日本へ飛かへりぬ。

ということになり、そしてこのまま唐突に『和荘兵衛』は終わってしまうのである。反論も落ちもない。日本に帰ってからの話も何もない。各国末尾にあった「養生」という教訓もない。この唐突さは、作者が自らの想像・創造した「世界の外」に、自ら言葉を失ったことを示しているように思える。「世界の外」が本当に我々の理解の届かない「外部」であるというのは、恐ろしいことである。それは「世界」そのものの存立を危うくする。その恐怖を知った和荘兵衛は、一目散に日本へ帰る以外に道はなかったし、日本に帰れたことは本当に「目出度」いことだった。もはや何も語る余地はない。だから物語は沈黙する。

ちなみに不老不死で既に数百年生きている和荘兵衛が帰ったのは、未来の日本のはずなのだが、ともかく「日本」であればよかったのである。そこは「小人」が「安楽」に暮らせる世界だから。『和荘兵衛』は「世界の外」という想像の及ばぬ世界を想像した、稀有の遍歴小説である。江戸中期のきわめて通俗的な教訓小説が、いつのまにかそれを遥かに超えた場所にたどりついてしまったのである。

第二章　『和荘兵衛』の後で　追随作、関連作、そして反論者たち

一　『和荘兵衛』はどう受け継がれたか

『和荘兵衛』が、いわゆる「遍歴小説」の流行のなかで『風流志道軒伝』とともに重要な位置を占めることについては前章で述べた。実際『和荘兵衛』は多くの追随作を生んでおり、その追随の様相をたどることで、『和荘兵衛』が当時どのように受け止められていたのかを見ることができ、またあらためて『和荘兵衛』がどのような作品だったのかが見えてくるはずである。

ちなみに、「遍歴小説」についての時代を追っての紹介と評価は、既に野田寿雄「近世後期の遍歴小説」（『国語国文研究』第三一号　一九六五）が行っている。詳細かつ的確な論考で、本稿（および前章）はそれと重複する部分も少なからずあるが、前章で示した通り、私は『和荘兵衛』を「風刺」というレベルを遥かに超えて、ほとんど空前絶後の想像力を示し、その結果ある種の思想性を

持つに至った小説だと考えており、その想像力と思想性を基準として見ていくことで、それらがどう受け継がれたのか、あるいは受け継がれなかったのかを検討していきたい。

二　「和荘兵衛」を名乗るもの

『和荘兵衛』の追随作として、まず第一に挙げられるのは、五年後の安永八年（一七七九）に同書肆（京都・銭屋利兵衛）から出版され、同じ書名を冠した『和荘兵衛後編』である。角書に「異国再見」とあり（『和荘兵衛』は「異国奇談」）、四巻という構成や見返しの体裁なども『和荘兵衛』を踏襲している（次頁図参照）。しかし、島観水と署名のある序には、

　爰に和荘衛《ママ》といふて、楽を寓言にし、人を悦しむる書、先にあり。今是にもれしを、沢井何某のかい集て、一部の書となる。　（引用は叢書江戸文庫『滑稽本集［一］』による）

とあって、「沢井何某」という別人の作だと言う。『割印帳』（『享保以後江戸出版書目』）には「鳥《ママ》観水作」とある。ともあれ、「後編」と銘打ってはいるが、『和荘兵衛』の評判を受けて書肆が二匹目の泥鰌を狙ったもの、追随作として読まれるべきだろう。

　さてその内容だが、「後編」を名乗るだけに、まず『和荘兵衛』本編（以下「本編」）のあらすじを簡略に語るところから始まる。ところが、このあらすじが大分「本編」とは違っているのである。

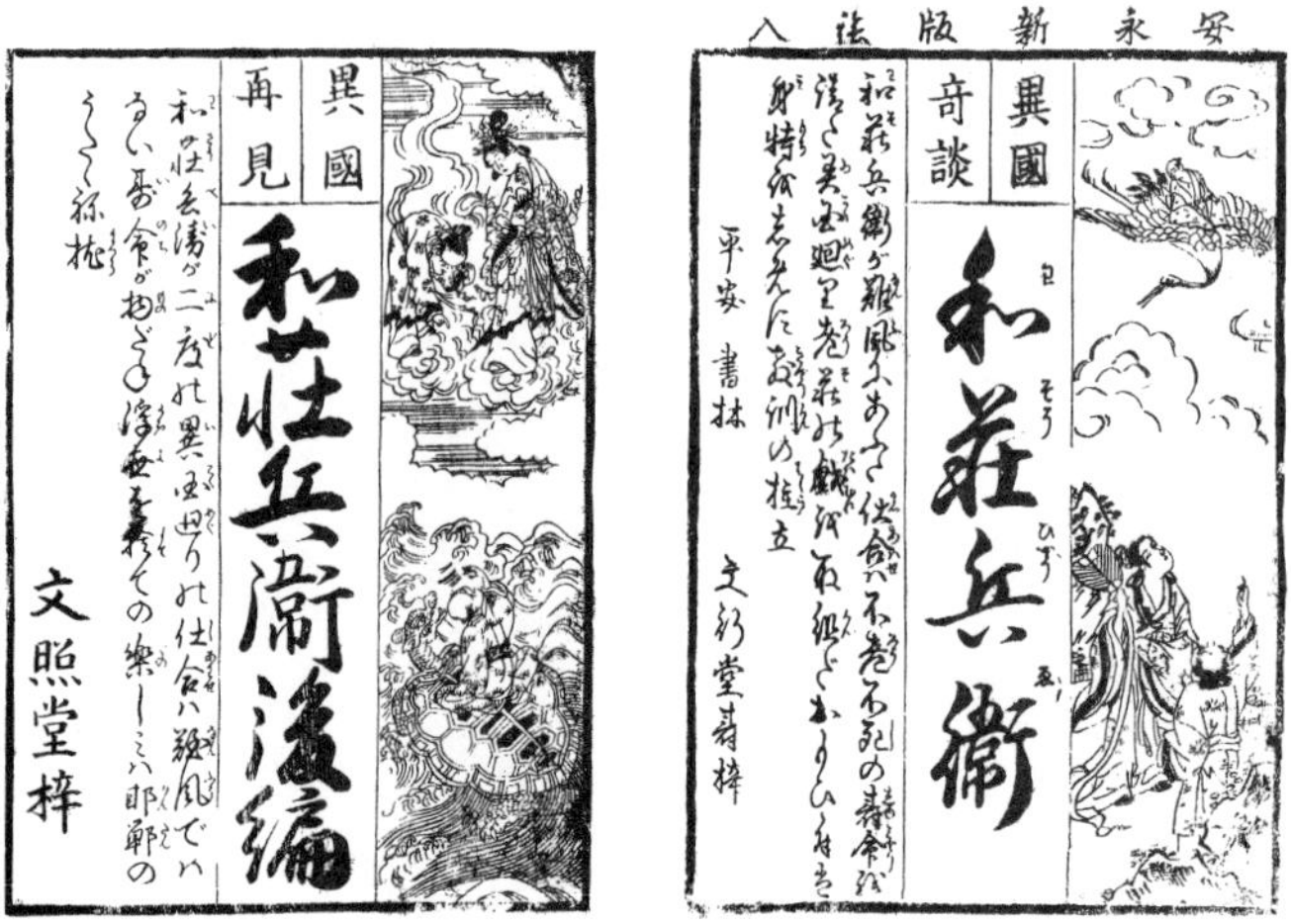

『和荘兵衛』と『和荘兵衛後編』の見返し。

まず主人公の設定が、「本編」では唐物商いをして多少の文才はあるが平凡な人物として設定されていたのが、

> 天性生得律義にして文学を好み、聖賢の道を能《よく》貴び、市中に有て仙家の楽みをなし、……

という、かなり立派な人物になっている。

そして釣りの最中に嵐に遭って漂流するのだが、この部分、「本編」は前章で見た通りきわめてリアルに描かれ、四か月以上の漂流の末にある島にたどり着き、そこで赤い泉の水を飲んで元気になり（『和漢三才図会』による）、島の中心部へ向かい島の人々に囲まれるが、言葉が通じず困っているところへ徐福が登場して、……という展開だった。しかし、『後編』のあらすじ紹介では、漂流は「一月余りも吹ながされ」と縮小され、島に着くとすぐに不思議な老翁が現れ、

「……我は此国に久しく住居する鶴の精也。汝が正直なるを感じ、爰に不老不死の秘薬、他の人服する事不能《あたはざれ》ども、汝に千歳の楽しみをなさしめんがために、名薬を与ふる也。……」

ということになっている。「本編」の趣向をほとんど無視し、むしろぶち壊している、と言えば言い過ぎだろうか。少なくともこの『後編』作者は、「本編」作者の苦心や工夫をまったく理解できなかったらしい。「不死国」では死ねないことが苦労の種で、人々は皆、死や病に憧れており、和荘兵衛も死にたくても死ねないので、それならばと異国めぐりを思い立つ、といった「本編」の記述も当然無視し、「不死国」は素晴らしい国だが、故郷が恋しくなり、ついでに他の国も見たくなったというだけで、先の「老翁（鶴の精）」の弟だという「鶴之助」に乗って飛んでゆき、異国めぐりをして故郷へ帰ったというあらすじ紹介である。「自暴国」や「大人国」の（というか世界の外へ出た）ことは何も触れられていない。

ともあれ、ここから『後編』の異国めぐりが始まる。日本に帰った和荘兵衛だったが、既に不老不死になり八百年が経っていて、知り合いは誰もいない。仕方なく異国の講釈で日を送っていたが、また異国めぐりに出たくなり、ある日岩の上で釣りをしていると、うたた寝をして岩から落ちる。落ちたところが亀の背中で、この亀は先の「鶴之助」の叔父（？）だと名乗り、和荘兵衛は亀に乗って再度の異国めぐりに出る。亀は「亀朴」という名で、すべての国々を知り尽くしており、案内役となる。めぐる国は、まず「清浄国」。仏の国であり、自由自在で理想的だが酒肉禁止なので早々に退散する。次に「長足国」と標題にはあるが、実際は足が長く手が短い「背高島」と、足が短く手が長い「手長島」からなる。どちらも猿のような野蛮人の島である。和荘兵衛は、

「此国至つて蛮国なれば、人倫五常の道もなし。去ながら、よくもなく罪もなし。我此土に来つて逗留する事なれば、何とぞ聖賢の道をひろめ、……人倫の道をおしゆべし」

と考え、手長と足長を婚姻させ、生まれた「自由自在満足なからだ」の子供には、

幼少の時より聖賢の道をおしへ、唐韻を習はせけるにより、今出来のものは皆唐土日本にもおとらぬ人と成にける。

ということになる。聖賢の教えや人倫五常を相対化していた「本編」とはまったく正反対の内容である。

以下「吝奸《りんかん》国」（ケチ・吝嗇の国で、ここも早々に退散）、大膽《たいき》国（諸芸・博打などで身を持ち崩した者が逃げ込む国らしい）、「金銀宝玉国」（ただただ素晴らしい）をめぐるが、物語らしい展開は見られない。そして「金銀宝玉国」で王様から餞別の品々をもらい、和荘兵衛いわく、

「扨々けつかういわん方もなし。是までに諸方異国廻りいたしたれど、かかるゆふふく、人倫の違はざる国なし。殊に長の旅路の欝を忘れ申たり。もはや是より又々参る国々島々御座候《ござさうらう》哉《や》」

と亀に問いかける。亀は、

「なるほど三千世界の其外にも、国の五百や六百やはあれど、さしてかわりたる事もなし。皆下国《げこく》にて、立よらしやる事は無用なり。……」

と答え、これで和荘兵衛の異国めぐりは実質的に終わりとなる。「金銀宝玉国」が理想の国だという何ともわかりやすい、そしてある意味悲しい結末である。

さてしかし、この後もまだ異国の話はつづく。亀が様々な国について和荘兵衛に語って聞かせるのである。ちなみに名の挙がる国は、「交蛮国」（人食い人種の国）、「雷鳴国」「大食国」「猛火国」「猿似《えんじ》国」「長毛国」「長耳国」「土糧国」「三珍国」「霊亀国」。

そして最後に「女人国」（女護が島、女人島とも）。ここは和荘兵衛が是非立ち寄りたいと願い、亀は制止するが、とりあえず浜辺まで来る。亀が昼寝する間に、和荘兵衛は女たちにまとわりつかれ、閉口するうちにはっと夢から覚め、気づけば長崎で釣りをしていた……。つまり夢落ちである。

というわけで、この『後編』には「本編」の持っていた、儒教倫理や当代の価値観を相対化する視点はまったく存在しない。むしろそれらの倫理や価値観に徹底的に寄り添う「異国めぐり」である。『後編』の作者がそれを意図したというわけではなく、ただ「本編」の意図がまったく理解できなかったということなのだろう。なお、手長・足長および最後が女護が島というところは、『風流志道軒伝』の影響を感じさせる。

ちなみに、『和荘兵衛』本編から八十年後の嘉永七年（一八五四）に、「昇天奇話」と角書した

『和荘兵衛続編』が刊行されている。もちろん書肆も作者も異なり、作者は「高薫園胡蝶散人」と名乗る。これも冒頭に『和荘兵衛』のあらすじを記し、和荘兵衛について詳しく語った後、その魂が天外に昇って異界をめぐることになる。ただし、そのめぐる先は地獄や極楽で、羅漢の説教が延々と続く。儒教仏教神道の教え（中心は仏教）が縷々語られ、和荘兵衛はそれを感動して聞くだけ。つまり内容的には『和荘兵衛』とはむしろ正反対。最後はやはり夢落ちで終わる。

というわけで、『後編』『続編』ともに、「本編」とはまったく別の、あるいはむしろアンチテーゼのごとき『和荘兵衛』ということになる。

なお、「和荘兵衛」の名を襲ったものとしては、黄表紙に『和荘兵衛一代物語』（作者未詳）というものがあり、刊年不明だが、一七八〇年頃と推定されている（『黄表紙総覧』による）。内容は『和荘兵衛』の完全なダイジェストで、絵柄もほぼ同書の挿絵を踏襲している。

また山東京伝の黄表紙に『和荘兵衛後日話』（寛政九年〔一七九七〕）がある。和荘兵衛が再び鶴に乗って異国めぐりをするもので、「愚直国」「暗迷国」「歌舞伎国」「堪忍国」「不見上国《うへみず》」「夢中国」をめぐって帰国する。寛政改革の影響で教訓性が強いが、京伝の作だけあって面白く読ませる。特に最後の「夢中国」は、すべてが夢のなかなので、切られても傷つかない、高いところから落ちても痛みがない、季節も昼夜も分かちがない……。この国の人は、金持ちかと思えば貧乏になり、若いと思えば老人、男と思えば女になる……。まさに融通無碍の「世界」が描かれ、いわゆる

「胡蝶の夢」、つまり世界を相対化する趣向になっている。その意味で『和荘兵衛』の特色をよくとらえており、続編と呼ぶに最もふさわしいのはこの作品だろう。他にも黄表紙に『和荘兵衛』の影響を受けた作、あるいは異国めぐりの趣向の作は数多くはあるだろうが（京伝、馬琴に和荘兵衛の息子を主人公としたものもある）、直接「和荘兵衛」を名乗るものは以上の二作である。

三　『和荘兵衛』成立前後と作者について

さて、その他の追随作を見ていく前に、「追随」ではない『和荘兵衛』前後の作品について見ておきたい。前章で掲げた「遍歴小説」の一覧の一部を再掲する。

風流志道軒伝　風来山人　宝暦十三年（一七六三）
三千世界色修行　自陀洛南無散人（其鳳）　安永二年（一七七三）
和荘兵衛　遊谷子　安永三年（一七七四）
珍術《ちんじゅつ》瞿《け》粟《し》散国《さんごく》　其鳳　安永四年（一七七五）
和荘兵衛後編　沢井何某　安永八年（一七七九）

ここで注目したいのは『三千世界色修行』と『珍術瞿粟散国』である。前者は『風流志道軒伝』と『和荘兵衛』の間にあり、後者は『和荘兵衛』と『後編』の間にあるわけだが、それ以上に『和荘兵衛』を前後に挟み前年と翌年に刊行されていることに注意したい。両者とも吉文字屋の浮世草子である（刊記は大坂・吉文字屋市兵衛／江戸・吉文字屋次郎兵衛）。作者も『三千世界』序には「自陀洛南無散人」、『罌粟散国』序は「其鳳」とあるが、同一人物で、吉文字屋を中心にこの時期多くの作をなした通称「大雅舎《たいがしや》其鳳（佐川了仙、荻坊奥路とも）」であることが、浜田啓介「吉文字屋の作者に関する研究」（『国語国文』一九六七年十一月）で明らかにされている。

『三千世界』は、前半は日本の色里めぐり、後半は主人公が死んで地獄や極楽へ行き、閻魔や釈迦が登場する内容で、ちょうど風来山人の『風流志道軒伝』と『根無草』を合わせたような趣き。その意味では『志道軒伝』と『和荘兵衛』をつなぐ存在である。

『罌粟散国』は高慢で放言癖のある主人公・大山志荘太《しそうた》が、突然現れた寿老人によって芥子粒のように小さくされ、蚊や蚤の世界をはじめ、鳥の世界、花の世界などを見物し、後半は七福神や地蔵、弘法大師などの由来や、それとかけ離れた俗信についての話題となる。『和荘兵衛』の異国遍歴とは異なるが、「世界」を描くところが似ていなくもない。たとえば、主人公が様々な「世界」を見た後で、

……われ有情非情のさかいに入り、めづらしきことをも見、あやうきめにもあひたり。これからは此世界をはなれ、冥途にいたりて六道をめぐらば、一つの快事ならん。……ただし入唐渡天し、もろもろのゑびす国をへめぐり、所々の風俗を見ばやなど、思案一決せず……

（引用は徳川文芸類聚によるが、読みやすく表記を改める）

といった述懐をするあたり、『和荘兵衛』が「世界の外」へ出ようとしたところと通じるものがある。そもそも主人公が芥子粒の大きさになるのも、『荘子』の「胡蝶の夢」や「蝸牛の角の国」の寓話を批判することがきっかけであり、全体が『荘子』的寓言であることも共通する。

ただ実際には、ここで描かれる虫や鳥や花の世界は、遊里遊びや軍談などいかにも浮世草子的な内容（いわゆる異類もの）で、人間社会の価値観を相対化するようなものではない。しかも主人公はただそれを傍観し、後半は神仏の談義を傍聴するのみで、「異なる世界」を経験するわけではなく、最後は夢落ちと、型通りである。ただ、最終的に主人公に対して与えられる教訓が、

「慢心をいましめんため、汝がかたちをみぢんとなし、有情非情、神仙仏界をもあらまし見聞させしぞや。以後出るままの高率《かうそつ》をもつて、他をそしることをやめ、我身分をかへりみて、不義の邪路に落ち入ることなかれ」と、のたまふ声も雲霧にまぎれ、志荘太はありし机のまへに呆然として、……

というものなのだが、前章で見た『和荘兵衛』の末尾、

「……かならずかならず汝らも此ちつぽけな形で、ゑもしれぬ鼻のさきの小ひ智恵じまんして、悪あがき悪工せずとも、釈迦や孔子のいふ通、おとなしう守て居て、一生心よく、安楽にくらせよ」と、背中さすつて語ければ、和荘兵衛は大口明て、恥かしひやら、こわひやら、大も小

も果のなきものじやと、自得して、……

といった部分と、全体の雰囲気というか調子が似ているよう思う。身体の大小、様々な「世界」というテーマにも共通性はある。『瞿粟散国』は『和荘兵衛』の翌年に刊行されているので、『和荘兵衛』の影響を受けて（刊行されたものを読んで）『瞿粟散国』が執筆されたとは考えにくい。だとすれば、これは偶然の一致なのだろうか。

というわけで、とりあえずここで『三千世界』『和荘兵衛』『瞿粟散国』は同一の作者の作品ではないか、別の言い方をすれば『和荘兵衛』もまた其鳳の作品ではないかという仮説を提起したい。『和荘兵衛』の作者については、序に「南阿　遊谷子」とある以外何も手掛かりがなく、従来特に探求もされてこなかったのである。

『三千世界』『瞿粟散国』の作者である其鳳については先述の浜田論文に詳しいが、そのまとめを引用すると、

……享保年中の生れで、阿州徳島附近にて少年期を過し、青年期・寛延の頃には大阪にあり、多分は講釈師にでもなって明和安永期を過ごした。……この間明和七年頃から書林吉文字屋に関係を結びそのお抱え作者となって安永五年に至り、又安永九年にも吉文字屋の為に作品を作った。小説外の実用書の造本にも関与したであろう。天明以後の消息は不明である。

ということである。また同論文によれば、其鳳は明和八年（一七七一）刊から天明二年（一七八二）

刊まで、十九作の吉文字屋浮世草子を執筆しており、特に明和八年三作、同九年七作、翌安永二年は一作（『三千世界色修行』）、安永三年二作、安永四年一作（『珍術罌粟散国』）、安永五年二作と、毎年とぎれることがない。ここに安永三年刊『和荘兵衛』が加わることに、さほどの無理はないように思われる。「遊谷子」は『和荘兵衛』のためだけ（同時に吉文字屋とは別書肆のため）の名乗りと考えても、『三千世界』が「自堕落散人」と名乗っていることを踏まえると不自然ではない。また序の「南阿　遊谷子」の「南阿」が其鳳が少年期を過ごしたという「阿波徳島」を指す可能性も考えてよいのではないか。

具体的な証拠を示すことはできないのだが、これだけの読み物を書ける作者で、他に作品がないのが不自然とすれば、『和荘兵衛』の作者について当面最も可能性の高い推測だと考える。『和荘兵衛』と其鳳の作品とを読み比べての徴証としては、先の『罌粟散国』との類似程度しか挙げられないが、先述の通り刊行年次を考えれば、この類似は同一人の手になるか、あるいはまったく偶然の一致ということになる。そうなると同一人の可能性の方が高いのではないだろうか。この推測に基づけば、其鳳は『風流志道軒伝』など風来山人の影響を受け、この時期に、地獄もの、異国遍歴ものや異界ものを集中して執筆したということになる。そして吉文字屋の浮世草子として執筆された『三千世界』『罌粟散国』とは異なる枠組みで、談義本風の仕立てとなったのが『和荘兵衛』であり、結果的に浮世草子の趣向や笑いとは別のところへたどり着いたのだと考えておく。

なお、もしこの仮説が間違っているとしても、『珍術罌粟散国』が『和荘兵衛』とほぼ同時期に世に出た、不思議な「世界」を扱うという意味での類似作であることに変わりはない。

四　その他の追随作

さて、ここから『和荘兵衛』の影響を明らかに受けている追随作・影響作について見ていこう。ここでも前章の一覧を再掲する。『和荘兵衛』以降の部分である。

和荘兵衛	遊谷子	安永三年（一七七四）
珍術罌粟散国	其鳳	安永四年（一七七五）
和荘兵衛後編	沢井何某	安永八年（一七七九）
笑註烈子《しょうちゅうれつし》	笑止亭	天明二年（一七八二）
東唐細見噺《もろこしさいけんばなし》	未詳	天明三年（一七八三）
成仙玉一口玄談《じょうせんだまひとくちげんだん》	大江文坡	天明五年（一七八五）
見て来た咄	墨州山人鍋二丸	寛政十一年（一七九九）
濡手で粟	同右	同右
夢想兵衛胡蝶物語	曲亭馬琴	前編　文化六年（一八〇九）

後編　文化七年（一八一〇）

さて、先述の『後編』の後には『笑註烈子』以下六作品が並ぶが、これらはいずれも『和荘兵衛』の影響の色濃いものである。ただし『成仙玉一口玄談』と『夢想兵衛胡蝶物語』は、いささか様相が異なるので別に扱うこととし、それ以外の四作（実質は三作）について見てゆく（なおこれらの作品の引用は徳川文芸類聚によるが、適宜版本を参照し、表記は読みやすく改める場合がある）。

①『笑註烈子』

まず天明二年（一七八二）刊の『笑註烈子』。角書に「異国風俗」とあるのが『和荘兵衛』風である。漢文序と仮名序があり（これも『和荘兵衛』と同じ）、漢文序に「予閲ルニ二烈士散人所ロノレ編ム之書ヲ一」とあるので、徳川文芸類聚では一応「烈士散人」が作者ということになっているが、「烈子散人」は主人公名で、作者とするのは適切ではない。また、仮名序には、

……一日学友大酒公訪ひ来りて、……懐より自《みづから》評せしところの、烈子散人が編る書一本を出して……此書を一覧すべしと書案の上に置て去りぬ。……

とあり、実際各巻末に「大酒公が評にいはく……」というコメントがある。これは『和荘兵衛』が各巻末に「養生」という教訓的なまとめを置くのと似ているが、こちらの内容は文字通り作品に対する批評であり、作者とは別人の手になるもののようである。仮名序の署名は「笑止亭」で、『割

印帳』(『享保以後江戸出版書目』)にも「笑止亭艸」とあって、この人物が作者らしいが、どのような人物かは不明。

内容を見てみよう。まずこの作品の簡単なあらすじを掲げ、その後に、描かれる国の詳細や注意される点についてコメントする。

昔々、蝦夷の商人烈子散人、両親の死後没落し、風来神の手引きと鶴と亀の案内で諸国をめぐることになる。「大自由国」「大婬奢国」「総変化国」「大勇力国」「大上品国」を経て帰国。夢から覚める。

主人公を諸国めぐりに導く「風来神」は、やはり「風来山人」を重ねていよう(最初に連れてゆかれる場所も「風来山」)。そして実際に諸国を案内するのが鶴と亀(空は鶴、海は亀)なのは、『和荘兵衛』と『和荘兵衛後編』を合わせたもの。『志道軒伝』や『和荘兵衛』に直接言及はしていないが、影響を隠そうとはしていない。「烈子」はもちろん「列子」に通じ、「荘子」と並ぶいわゆる老荘思想の代表的思想書であり、人物である。

描かれる国としては、「大自由国」は『和荘兵衛』の「自在国」に似るが、人々が首から下げている「自由箱」から、何でも取り出せるという「ドラえもん」的な設定で、主人公は理想の美女を出してもらい楽しむが、やがて飽きてしまいこの国を出る。「大婬奢国」は豊かで遊び放題の国で主人公も大満足し、これほど素晴らしい国はないと言うのだが、案内の亀が、この国は皆数十人の妻妾を持つため、騒動が絶えず、身を滅ぼす者が多いのだと諫める。主人公は渋々納得している。「総変化国」は、別に特別な国ではなく、すべての物事は変化するという議論が延々とつづく（特に「燕雀、蛤となる」をめぐる講釈が大きな分量を占める）。また世の中すべてが変化するというのなら、善悪の基準はどこにあるのか、という道徳的な議論も展開する。この作品は、全体がペダンチックな議論というか戯れ言の羅列で、ここではもはや「国」の実体もなくなっている。もっとも、「大勇力国」は一転して具体的で、古今の勇者たちが皆集まっているという、実にわかりやすい国である。朝比奈、弁慶、坂田金時、景清、常陸坊海尊、義経、楠正成、樊噲、項羽、張良、韓信……と和漢何でもあり。巴御前が九十一歳で日本から渡ってきて女帝となり国を治めたという。人物をめぐる蘊蓄や歴史書についての議論が延々と述べられるだけで、特に物語はない。最後の「大上品国」は、国の門の脇に高札があり、そこに長々と教訓（儒教倫理）が掲げられている。人々はその教訓の通り礼儀正しく生きている理想の国である。主人公は感動し、諸国遍歴の目的が達せられたと語って故郷へ戻る。そこで夢から覚めるが、この夢は勧善懲悪の鑑だとしっかりとこの夢を書き留め、人々に教授し尊敬を集めたという終わり方で、『和荘兵衛』を意識しているとすれば、明らかにアンチテーゼである。

先にも述べたが、戯れ言交じりの議論が中心の書で、『志道軒伝』や『和荘兵衛』のような物語性はほとんどなく、「異国めぐり」の枠組みを利用して作者が自らの知識とギャグをひたすら披瀝しているという印象である。ただ、ペダンチズムの水準は決して低くなく、それなりの知識人の作だと感じさせる。教訓性や思想性については、いまもコメントしてきた通り、きわめて保守的というか常識的で、そういう意味も含めて「それなりの知識人」の戯作である。なお、最後が儒教的理想郷というのは、後で述べる馬琴の『夢想兵衛胡蝶物語』と共通する。全体の勧善懲悪的色彩も含めて、天明年間の作ではあるが、馬琴読本とそう遠くないところまで来ているのかもしれない。

②『東唐細見噺』

次は天明三年（一七八三）刊『東唐細見噺』である。外題角書に「教訓奇談」。これも作者は不明。というか、この作品は序跋もなく作者名を記さない。ただ出版書肆が「江戸　山崎金兵衛／大坂　河内屋八兵衛／京　銭屋長兵衛」で、これは『和荘兵衛』の「江戸　山崎金兵衛／大坂　大野木市兵衛／京　銭屋利兵衛」と近く、二匹目の泥鰌を狙った（『後編』に続く三匹目か）企画ではないかという推測が成り立つ。全四巻であること、各巻末（巻四を除く）に「たしなみ」と称する教訓的なまとめを置くのも、『和荘兵衛』を踏襲している。また『割印帳』（『享保以後江戸出版書目』）には小書きで「和荘兵衛残篇」と記されている。

　ここでもまず簡略なあらすじを記す。

筑後久留米の異国屋芭蕉平《ばしょへい》、天狗に羽衣を授かり諸国をめぐる。「太陽国」「太陰国」「放蕩国」

「無真国《せいむ》」を経て帰国。

主人公「筑後久留米の異国屋芭蕉平」は、明らかに「肥前長崎の四海屋和荘兵衛」を踏まえた命名だが、しかもこの芭蕉平は、

三百年いぜん九月十三日の夜、難風にあひ、咬𠺕陀交趾国《じやがたらこうち》よりあらゆる異国を巡遊《はいくわい》し、……再び古郷へ戻りたれど、三百年の春秋をへて、我住なれし家居の跡もなく、草ぼうぼうと生しげり、……

と説明され、既に一度異国めぐりをして、三百年以上生きているのである。これは明らかに『和荘兵衛』を踏まえた設定である。また少しあとの部分に、以前異国めぐりをした時は鶴に乗って行ったという記述もある。故郷に帰った場面は『後編』冒頭にも似たような記述があり、再び異国めぐりに出ることになる点も同じである。つまり、この『東唐細見噺』はどうやら『和荘兵衛後編』の別バージョンと考えた方がいい。主人公を和荘兵衛にしなかったのは既に『後編』があるから、ということだろう。

主人公は風に飛ばされ、狗集山で十四、五人の天狗に囲まれ、羽衣を授かる。特定の人物ではなく、天狗の集団というところが特色と言えば特色である。さて、めぐる国は最初が「大陽国（大陽府とも）」次が「大陰国」だが、これは国名通り対照的、というか対称的な国。前者は陽気で明るく、毎日大騒ぎの国で、後者は陰気で寂しく、音曲は禁止、婚礼も葬式のようといった調子。どちらも

極端で、その面白さのみ。陰気な「大陰国」にうんざりした主人公が、もっと気楽な国はないかと言って着いたのが「放蕩国」。本文では「真率《きさんじ》」な国と紹介されている。「真率＝気散じ」、つまり気楽・気ままということらしい。ところがこれは「真率」すぎて、礼儀とか義理とかがまったくない。

……人に上下の位なく、礼儀は元より猶しらず、おのれおのれが器量しだいに身をおさめ、……どうみても此国は昔より仁義礼智信の五常をしらぬ国と見ゆる。……

ということで、『和荘兵衛』の「自暴国」「大人国」を思い出させる。そして主人公は、この国の人々を教化するために「庭訓」を講釈する。難しい理屈ではなく、日常の暮らしの仕方を教えれば自然と仁義礼智信も忠孝も身につくだろうというのである。この講釈、初日は不評だったが、徐々に人気となり、冊子も作って配付し、三十日ほどで国の様子が一変し、誰もが礼儀や忠孝をわきまえるようになり、主人公は尊敬される。実におめでたい展開である。最後の「無真国」は、へつらいと追従ばかりの国で、人々は薄情で、愛情も恩義もない。主人公はしょせん人はこんなものと達観して、これ以上の異国めぐりは必要ない、仙人にでもなろうかと故郷へ戻る。ちなみに夢落ちではない。

『和荘兵衛後編』よりは、いくらか『和荘兵衛』的だが、「五常をしらぬ国」を主人公があっさり教化してしまうあたりは、やはりアンチテーゼか。

③『見て来た咄』『濡手で粟』

この二作は前・後編の続きもので、前編『見て来た咄』が寛政十一年（一七九九）春、後編『濡手で粟』が同年秋という刊記である。角書は、前編が外題・内題とも「三千世界《あらゆるせかい》」、後編は外題には「自由自在《じゆうじざい》」、内題には「見て来た咄し後偏《（ママ）》」とある。作者は「墨州山人鍋二丸」と名乗る。この人物は、前年の寛政十年に咄本『軽口新玉箒』という著作がある。ちなみに物語中、安倍仲麻呂が登場し、

作者の鍋二丸めがにくひやつ、先《まづ》わしが名に似寄た狂名を付おつて……

と言っているので、「鍋二丸」は「安倍仲麻呂」のもじりで「なべのふたまる」と読むらしい。狂歌師だろうと当たりをつけて『江戸狂歌本選集』（東京堂出版）の人名索引を見ると、「鍋福多丸」が寛政七年刊『四方の巴流』に、「那倍蓋丸」が寛政九年刊『柳の糸』に、各一首入集している。「鍋二丸」とおそらく同一人と考えてよいと思うが、それ以上は不明である。

あらすじは次の通り。

胡蝶屋荘右衛門、日本の遊女町を遊び尽くし、異国へ色道修行に出ようと、三羽の駝鳥を孵化させ、それに乗って異国へ赴く。「大造国」（巨人の国）の他、天界・龍宮・極楽・地獄をめぐる。

（『見て来た咄』）

一度日本へ戻った荘右衛門は、地獄・極楽もつまらぬゆえ、長生する仙人になろうとし、仙人は皆貧乏だと貧乏を目指すが、商売が順調でどんどん金がたまってしまう。桃源郷を目指して中国へ渡り安倍仲麻呂と出会う。桃源郷にたどり着き、列子の弟子となり空を飛ぶ修行をする。西王母の桃を盗み食いして追放され、世界の外へ出る。そこは昼も薄暗く、人も底意地の悪い国で、早々に逃げ出す。最後は女護が島で男傾城屋を開く。（『濡手で粟』）

「胡蝶屋荘右衛門」という名は「和荘兵衛」に近すぎる感じもするが、この主人公は大金持ちで、金にあかせて遊女遊び（色道修行）という浮世草子的な設定。先に触れた『三千世界色修行』と同趣である。最初に行く「大造国」は『和荘兵衛』の「大人国」と同じだが、こちらはただ身体の大きさだけが面白おかしく語られ、あまりに巨大な遊女では楽しめないという落ち。その後は天界（雷神や雨の神などの世界）、龍宮、極楽、地獄とお定まりのパターンになる。ちなみに、いまの世の中は善人ばかりで、極楽が繁盛して人手不足、地獄はすっかりさびれている、という展開で、これでは「風刺」にもなっていない気がする。なお、駝鳥に乗って異国へ行くのは『和荘兵衛』的だが、ひとつの国へ行くたびに一度日本に戻っており、「遍歴」にもなっていない。

地獄・極楽に失望した主人公は、死にたくなくなり、不老不死の仙人を目指すというのが後編で、道教系の人物が次々出てくる仙界物語となり、ますます「遍歴」性は薄まっている。ただ、最後に仙界を追放された主人公が、師匠の列子にこれからどこへ行くのかと聞かれて、

「イヤわたくしはかねて望にぞんじまする世界の外わ（ママ）が見たふござります。……」

と言うところで、急に『和荘兵衛』的になる。こう言われた列子は、

「……世界の外がわといふは、此天地を出はづれての先なれば、中々駝鳥ぐらゐの羽ではとどくまい……」

と、仲間の荘子に頼んで大鵬を借りてやり、主人公はこれに乗って飛んで行く。そして三年飛びつづけ、ついに世界の外へ到達する。……と、これはまさに『和荘兵衛』の再現なのだが、そこは、
何もかも此世界とはうらはらにて、先日月も裏なれば昼もうそぐらく、夜るは猶しも真くらやみ。人気も所につれて底意地わるく、寒《さむい》時分に客が来て「けふは寒ふござる」といへば、亭主の挨拶は「イヤわしはそふはぞんじませぬ。けふは寒中にないあたたかな日じやと思ひます」と、わちわちふるへながらのうらはら口上、……

といった国で、子どもが生れても喜ばないとか、要するにすべて我々の世界とは裏腹（逆）というだけで、主人公は早々に立ち去り、元の世界へ帰ってくる。そこで当初の目的だった色道修行を思い出し、女護が島へ行って男遊廓を開くが、体力が持たず病気になり、薬師如来のいる東方浄瑠璃世界へ行って治療し六千歳の長寿を保ったという結末である。「世界の外」はほとんど一瞬で、女護が島の話の方がはるかに長い。

というわけで、結末は『和荘兵衛』と『風流志道軒伝』を合わせたような話だが、全体としては

異国めぐりの「遍歴小説」としての性格は稀薄になっていると言わざるをえない。『志道軒伝』（一七六三年）から数えれば約三十五年、『和荘兵衛』からだと約二十五年で、「遍歴小説」の流行もほぼ終息したということになる。そして、『和荘兵衛』のような、この（我々の、あるいは江戸の）世界を相対化するような「異国」は、どこにもなかったことを確認しておく。

五　反論書としての『成仙玉一口玄談』

このように『和荘兵衛』の影響作が次々と世に出るなか、天明五年（一七八五）に刊行された大江文坡の『成仙玉一口玄談』は異色の作である。この作には登場人物として「和荘兵衛」その人が登場し、その意味では紛れもない影響作だが、内容は『和荘兵衛』に対する反論書になっている。『成仙玉一口玄談』は徳川文芸類聚に収録されるが、近年、新日本古典文学大系（岩波書店）に収められ、注釈・解説つきで読むことができる（中野三敏注・解説、以下の引用は同書による）。作者・大江文坡は、『勧善桜姫伝』などの勧化本（仏教系長編読み物）作者として知られるが、後年独自の神仙教を唱え、その布教に専心した。『成仙玉一口玄談』も布教書と言うべき性格を持ち、そこでの論敵として『和荘兵衛』が選ばれたのである。

この作品、冒頭は羽衣伝説を下敷きに、駿河の三保の松原に住む主人公・箒良《はくりょう》が天女と出会う。

しかし天女は、天上でも全盛の太夫で連れ戻されてしまう。箒良は悲嘆にくれて羽衣をまとって空を飛び、風に吹かれて異国へと飛んで行く、という、まずは「遍歴小説」のパターン通りの設定である。そして「南亜墨利加伯西児（南アメリカ・ハラジリヤ）」まで飛んで行くのだが、そこに和荘兵衛が登場する。

「……私も貴様と同じ日本国肥前の長崎のものにて、四海屋和荘兵衛といふ者なるが、十二三年も前、長崎の沖から南風に吹流され、唐土《から》天竺阿蘭陀国は云に及ばず、不死国自在国矯飾国好古国自暴国大人国なんどいふ諸国を見巡り、遂に日本へ帰らんと、鶴に乗て長の雲路をしのぎて、早長崎近くなりし折から、俄かに西風大《おほき》に吹来りて、鶴諸共に一ト まくりに此国へ吹飛され、今此国に仮住居、……」

ということである。『和荘兵衛』のめぐった国をすべてきちんと挙げていること、『後編』は無視していることに注意したい。「十二三年も前」というのは、和荘兵衛は不老不死で何百年も生きているので矛盾するが、むしろ『和荘兵衛』の刊行がこの『成仙玉』の十一年前であることと対応すると思われる。また『和荘兵衛』ではめでたく日本へ帰れたのだが、その部分は変えている。

この後、和荘兵衛は箒良を自宅へ誘い、翌日からこのハラジリヤを案内する。この国の名所は銀が流れる河で、莫大な銀がいくらでも手に入るスケールの大きさ。その話から和荘兵衛が箒良に「大人国」の話をする。『和荘兵衛』に出てきた「世界の外」、地上の論理や倫理を超越した世界の話である。かなり長文にわたって『和荘兵衛』本文を引用し、部分的には『和荘兵衛』本文をより面白くふくらませてリライトしている。まるで『和荘兵衛』の宣伝かと思うほど。

ところがそこへ突然、守一《しゆいつ》仙人なる人物が雲に乗って登場し、「大人国」批判（つまりは『和荘兵衛』批判）を述べはじめる。そして以下巻五まで、延々とこの仙人の説教弁舌がつづくことになる。つまりこの作品は遍歴小説ではなく、『和荘兵衛』批判と神仙教宣伝の書なのである。そして『和荘兵衛』批判の眼目は「大人国」の宏智先生の言説に置かれている。これについては、あらすじでは紹介できないので本文を見よう。

……我此山に住むこと凡《およそ》三千余年、我名を守一仙人といふなり。然るに今、和荘兵衛と箒良が此処に在て、大人国の宏智先生めが広言噺《こうげんはなし》を聞て片腹いたく、草庵の中に胎息して居るに居られず、思はず此処に来りし。……扨々口賢くも宏智めがぬかしたり。汝等は宏智先生が云事を聞て、さぞ彼宏智めはすさまじき者と思ふべし。……噫不便《ああふびん》なるかな大人国の者ども。噫《いひ》また世間にも是《かく》のごとき見識の者多し。誠に憐むべし。世人皆己れより下《した》を見て上《かみ》を知らず、我を広大なりとして、他の広大なる事を知らず。……

この後、仏説のスケールの大きさを例にして「大人国」など芥子粒のようなものだと述べる。「大人国」の大きさもしょせん相対的なものにすぎず、より大きな世界があると言うのである。つまり宏智先生が和荘兵衛（と我々の世界）の智を「小智」と呼ぶのも相対的なもので、宏智先生の智も、より大きな智から見れば「小智」にすぎない、と。
これは論理的には確かにその通りで、身体の大きな「大人国」は智恵も大きいという『和荘兵衛』の寓意はいささか幼稚ではある。では、宏智先生が述べていた儒仏の論理・倫理の超越ということに対しては、どう反論するのだろう。

彼宏智先生が、我大人国は智が広大《おほき》くして悪をせぬゆへ、仁義も法も教もいらぬといふは、誠に彼は法も教も仁義といふものは如何様なる物といふ事を知らぬ無眼子《むがんす》なり。其法も教も仁義もいらぬといふ大人国の風俗を察し見るに、一国の諸人がことごとく法と教と仁義五常の中に在りて、其中に在ることを知らざるなり。……夫天地の間に住む一切の者は、法と教と仁義五常とを離れて、片時《へんし》も立ものにあらず。

つまり「大人国」も結局法や教えや仁義の内部にあって、ただそれを認識していないだけだと言うのである。認識しなくても倫理・道徳は存在する。すなわち、それがより大きな智だということになる。
この議論はほとんど水掛け論になってしまうので、その当否とか説得力を問題にしても仕方がないだろう。ともあれ「世界の外」であった「大人国」を、「法と教と仁義五常」のこの世界の内側に取り込もうとしていることが重要である。そしてこの論は「大人国」あるいは宏智先生への批判というかたちをとっているが、倫理・道徳の外部を想像し創造した『和荘兵衛』の試みへの批判なのである。

この批判の後、『成仙玉一口玄談』はひたすら神仙教の宣伝・布教となり、和荘兵衛や籌良のことなど忘れられてしまう。最後には和荘兵衛も神仙の世界へ入って、めでたしめでたしとなるが。

ともあれ『成仙玉一口玄談』が、というより大江文坡が、非常に真剣に『和荘兵衛』を、そしてその「世界の外」の構想を批判していることは注目していいだろう。守一仙人の弁舌のなかで『和荘兵衛』について次のように述べている。


汝和荘兵衛、其方しばらく諸人に和荘兵衛和荘兵衛ともてはやされたるは、彼諸国を見巡り、不死国から大人国まで行て、彼宏智先生が弁舌少新《ちと》らしく、荘子の糟粕をねぶりしやうな所あるを以てなり。然ふして其極意とする所は、大人国の宏智先生が見識なり。


この指摘、というか『和荘兵衛』に対する理解は、私の観点からすれば実によくその眼目をとらえている。もっとも、先に見た『後編』をはじめとする他の追随作を見る限り、宏智先生の「見識」によって『和荘兵衛』が「もてはやされ」たわけではないように思える。むしろ『成仙玉一口玄談』あるいは大江文坡は、『和荘兵衛』の最上の読者であり、理解者なのだろう。

おそらく大江文坡自身の唱えた神仙教が道教的な性格を持つことから、『和荘兵衛』の、老荘的でありながら老荘思想まで「小智」として相対化してしまう論理に、特に敏感に反応したこともあろう。しかし、そもそも『和荘兵衛』の、倫理・道徳がない世界も存在しうる（想像しうる）という発想が、すべての思想にとって打破すべき危険思想なのではあるまいか。そのことに気づいたのが、どうやら大江文坡（一人）だったのである。

六　『夢想兵衛胡蝶物語』における「異国遍歴」

さて、『和荘兵衛』や遍歴小説、あるいは談義本の流行もとうに過ぎ去ったかと思われた文化六年（一八〇九）、江戸の読本作家としての地位を確固たるものにしつつあった曲亭馬琴が『夢想兵衛胡蝶物語』（以下『胡蝶物語』）を刊行する（後編は翌年刊）。寛政の改革を経て、文化五・六年は多種多様な読本作品が世に出た時期である。馬琴の読本と言えば『南総里見八犬伝』に代表される史伝物や『三七全伝南柯夢』のような巷説物が著名だが、この時期は馬琴も様々なタイプの作品を模索しており、この『胡蝶物語』は異色作ではあるが、内容は馬琴らしさのよく出た力作である。『胡蝶物語』は馬琴のネームバリューもあってよく読まれ、明治には『第二世夢想兵衛胡蝶物語』なる作品が出るなど、本家『和荘兵衛』よりもむしろ知られる存在となってゆく。

ともあれこの『胡蝶物語』が『和荘兵衛』の影響下に生まれたことは紛れもなく、物語は、主人公・夢想兵衛が、「遊谷子が著したる『和荘兵衛』といふ冊子を見て」、自分も人の見たことのない国を見たいものだと思うところから始まる。そこへ浦島仙人なる人物が現れ、不思議な凧を与えて、夢想兵衛はそれに乗って諸国遍歴をすることになる。まさに『和荘兵衛』の系譜の定番的な発端と言えよう。

しかし、実はこの発端部で浦島仙人が主人公に語る内容は、『和荘兵衛』に対するいわばアンチテーゼになっている。仙人のセリフを見よう。

広い浮世に五尺の軀《からだ》をおきかねて、大千世界を見極めたいとは、石亀のじだんだ。鷹が飛べば糞蠅も飛たがるやうなもの。縦《たとひ》天地を極めたりとも、自《み》の為他《ひと》の為にはならず。君子は父母の国を去らず、歌人は居ながら名所をしる。手長足長小人島、胸に穴のある国でも、欲にかはつた事はなし。人の見ぬものが見たいといふは、奇を好む誤とし給へ。……

（引用は岩波文庫『胡蝶物語』〈和田万吉校訂〉による）

ここでは、「人の見ぬものが見たいといふは、奇を好む誤」とされ、そもそも異国めぐりの願望そのものが否定されている（本家の和荘兵衛は「釈迦も孔子もしらぬ所を見て」やろうと思って、世界の外へ出たのだが……）。では、遍歴小説の系譜上にあるはずの『胡蝶物語』はどうなってしまうのか。仙人は続けて語る。

そなたその紙鳶《たこ》に乗らんに、東風《こち》ふくときは少年国を直下《みおろ》し、南風には色欲国を直下し、西風には強飲《ごういん》国を直下し、北風には貪婪《どんらん》国を直下すべし。……亦彼四ッの国の間に、四ッの郷《さと》あり、哀傷郷といひ、煩悩郷といひ、食言郷といひ、歓楽郷といふ。おのおの風に随て、到らんこと自在也。

実際に『胡蝶物語』はこの仙人のセリフ通りに、前編で四つの国、後編で四つの郷をめぐることになる。あらかじめ行き先の明示された遍歴では、興味も半減だが、先に見たようにそもそも未知の国を見たいという欲望を否定するところからこの物語は始まっており、したがってこれらの国々は、実は我々がよく知っている国ばかりなのである。いま一度仙人が周遊指定した国名を挙げると、「少年国」（子供の国）、「色欲国」（説明不要）、「強飲国」（酒飲みの国）、「貪婪国」（説明不要）、「哀傷郷」（泣いてばかり）、「煩悩郷」（絶望と後悔）、「食言郷」（嘘つき）、「歓楽郷」（ユートピア）である。最後の「歓楽郷」を除くすべてが、人間の悪徳を誇張して描いた国で、いわゆるうがち・風刺ということになる。

「少年国」がなぜ悪徳なのかは不思議なのだが、馬琴の考えでは少年（子供）の存在自体が悪なのである（道徳を身につけていないので）。その後の「色欲国」「強飲国」「貪婪国」については説明不要だろう。欲望を制御できないことは悪である。

それでは最後の「歓楽郷」はどのような世界、どのような「歓楽」の郷なのだろうか。通常の遍歴小説ならば（先に見た『後編』の「金銀宝玉国」のように）、物が豊かで楽しく過ごせる夢の国になるのだろうが、馬琴の場合はそうではない。

人の親としては慈《いつくしみ》深く、人の子としては孝をつくし、兄弟は莫逆にて、妻子は和合し、親族は睦しく、朋友は信あり。……

という、中国聖代の堯舜の治が行き渡った国で、人々は質素な生活をしているのである。およそ退屈きわまりないのだが、作者はそうした反応を見越して、「歓楽郷」の見出しを掲げた後に、割書であらかじめ以下のコメントを付けている。

この段殊に老実《まじめ》にして、全部の大要を述ぶ。閲《けみ》するものは欠《あくび》をせん歟、そのとき作者は嚏《くさみ》をすべし。

読者が退屈することはわかっているが、作者としては正しい世界像を示しているのだと言いたいのだろう。儒教倫理こそ世界の要であり、そこでいわゆる勧善懲悪も成り立つ。馬琴は読本作家であり、『胡蝶物語』も読本である以上、勧善懲悪の論理・倫理を肯定し補強することで成り立つ作品なのである。これが馬琴とその時代の「小説」の論理・倫理ということになる。したがって、そうした論理・倫理を疑わせるような想像をめぐらせた『和荘兵衛』の遍歴はそもそも「誤」なのである。

もっとも、『胡蝶物語』の諸国の描写はユニークなものも多く、また本文の大半は登場人物の弁舌・議論なのだが、夢想兵衛が諸国の風俗を批判すると、その国の者がそれに反論するという展開で、そのやりとりも面白い。さらに歌川豊広の口絵・挿絵が傑作で、絵を見ているだけで楽しい。したがって読み物としては充分に楽しめるもので、そのことを否定するつもりはない。

ただ、遍歴小説の流れのなかで見ると、『和荘兵衛』を筆頭に強く見られた「異国」、すなわち現実世界とは異なる世界への期待やその模索、またこの「世界の外」へ出たらどこにたどり着くのかといった想像力は否定され、それとは別の読み物になっているのである。そしてそれは馬琴の「小説家」としての自意識のあり方を示すものであり、同時に近世小説の基本的なあり方を示唆してもいるのだろう。

七　あらためて『和荘兵衛』について

『和荘兵衛』は、一般的には遍歴小説の流行現象のひとコマとしてとらえられてきた作品だが、こうして追随作や影響作を見てくると、むしろそれは遍歴小説のなかでも異端であり、類例のないもののように思える。さらに言えば、それは近世小説のなかでもまったくの異端であり、突然変異だったように見える。そこでは、真の意味での「異国」が想像され、世界の外部という想像力の限界が試されていた。そうした想像自体が近世の日本においては、通常は忌避さえ批判され、もしくは無視されるものだったのである。したがって、『和荘兵衛』には批判者はいても継承者はいなかった、というのがとりあえずの結論となる。もちろん、近世小説の読者の末席にいる私は、少なくとも『和荘兵衛』という作品があることを忘れないでいたいし、この作品を面白がる人が私以外にもいることを期待しているのだが……。

第三章　稗史としての『板東忠義伝』知られざる戦国大活劇

一　『板東忠義伝』とは何か

『板東忠義伝』（十巻）は安永年間（一七七五年前後）に出版された、ジャンルで言えば、とりあえず読本である。とりあえず、というのは、この作品の成立や出版の経緯に不明な点が多いためで、成立年代について本文末尾には、

天正十八年庚寅十一月　筑波山下之隠士三木成久記

とある。また本文の後に、

元禄十三年庚辰九月　三木成為跋

と記された跋文があり、そこでは「先人」（祖先の意）の草稿を清書・整理して「僅に文章を増删」したと述べている。

天正十八年は一五九〇年、元禄十三年は一七〇〇年であり、これを信じれば、とうてい近世中期以後の小説ジャンルである読本とは呼べず、むしろ通俗軍記の類と呼んだ方がよいことになる。

また出版に関しては、ほぼ同じ内容のものが、同時期に『日本水滸伝』の書名で別書肆から刊行されており、その間の経緯について様々な推測がなされている。さらに写本も数種類存在し、それらには『関東忠義伝』『関東勇士伝』といったタイトルが付されている。タイトルについて付言すれば、『板東忠義伝』の後刷本に『関東古戦録』と改題したものもあり、つまり『板東忠義伝』というタイトル自体が安定したものではない。

作者についても、一応先の跋文の「三木成為」が作者とされているが、前記の諸写本・刊本に種々の異同があり、それらが誰の手によるものなのかは不明である。ちなみに『板東忠義伝』は諸本のなかで最も分量が多い、いわば増補本・広本である。なお、こうした書誌的な事項については、既に板坂則子「『日本水滸伝』と『板東忠義伝』」(『国語と国文学』一九八五年二月)に詳細な研究がある(次章を参照)。

さて、以上のような事情があるにもかかわらず、『板東忠義伝』が「とりあえず」読本と位置づけられるのは、その内容の特色による。本作は戦国時代を舞台として、北斗七星の化生とされる七人の英雄の活躍を描いており、また発端部には箱に封じられていた星(北斗七星の気)が飛び散るという設定が見られる。つまり『水滸伝』の影響があるらしい、ということで、これは近世文学史における読本成立要件の重要な一項を満たしているのである。本書が刊行されたほぼ同時期に、建部綾足『本朝水滸伝』（安永二年）や伊丹椿園『女水滸伝』（天明三年）といった、いわゆる『水滸伝』ものが新しい小説スタイル（すなわち読本）として世に出ており、本書はそれらとともに文学史上の位置を与えられている（ちなみに明和五年刊『湘中八雄伝』も北斗七星の化身の英雄が活躍する『水滸伝』もののはしりであるが、これは内容・文体に浮世草子色が強く、読本とは呼び難い）。

したがって、従来この作品についての研究は、もっぱら『水滸伝』との関係如何に集中して行われてきた。そしてその点については、浜田啓介「水滸伝様式の作品について――「板東忠義伝」「絵本更科草紙」」（『読本研究』第六輯上套　一九九二）に委細が尽くされている。『水滸伝』と『板東忠義伝』の関係を、浜田論文およびその他の指摘によって大まかにまとめると、次のようになろう。

発端部や北斗七星の化生が英雄として活躍する（そして滅びてゆく）という大きな枠組みに『水滸伝』の影響があると考えられる他、『板東忠義伝』の、特に他の諸本に比して増補された七人の英雄の銘々伝的な部分に『水滸伝』を連想させるエピソードがかなり多く見られる。ただし、表現の類似や人物の具体的な対応など、明確な典拠関係が指摘できる箇所はない。また『水滸伝』自体への言及はない（『日本水滸伝』の序に、『水滸伝』を「髣髴」させると述べるのみ）。

つまり、実のところ『水滸伝』との関係は必ずしも明らかではないのである。『本朝水滸伝』や

『女水滸伝』は序文などで『水滸伝』との関係が表明されており、後の山東京伝『忠臣水滸伝』（寛政十一年）をはじめとする江戸読本においては『水滸伝』の影響は自明であるが、この『板東忠義伝』（そして『日本水滸伝』）については、本当に『水滸伝』ものとして括るのが適切かどうか、つまり『水滸伝』に触発されて成ったものなのかどうか疑問の余地がある。

というわけで、『板東忠義伝』という作品を考えるうえでは、一度『水滸伝』との関係という枠組みをはずして、作品自体の読み直しと、『水滸伝』とは別の補助線を探ることが必要であるように思う。補助線としては、この作品は戦国時代の関東を舞台とした英雄譚であり、だとすれば関東の戦乱を描いた通俗軍記を含む史書との関係を考えることが、まずは必須であろう。従来の研究ではそうした読み方をしてこなかったのだが、私の考えでは『板東忠義伝』はそれ自体で充分に読みごたえがあり、そして史書との関わりを通して、その歴史意識や虚構意識を問うことのできる高いレベルの作品である。ただし未翻刻の作品であるため、とりあえず内容紹介かたがた、そのことを論じてゆきたい。

二　概要と特色

では『板東忠義伝』とは、どのような物語なのか。その概要を紹介する。まずは大まかなストーリーから。

時代設定は主に天文年間（一五三〇〜一五五〇年代）。舞台は関東（一度京へ行くが）。主人公は足利氏の庶流である足利太郎、のち足利義連《よしつら》と名乗る。彼のもとに軍師・長尾為明《ためあきら》、そして超人的な武芸者である山形八郎、小楯半七郎、一色太郎、城戸《きど》次郎太郎、鹿島悪太郎が集結し（足利太郎を含む七名が北斗七星の化生で七英傑と呼ばれる）、盗賊らを従えて戦乱の関東に一勢力を築き天下を窺う。近隣の領主や北条氏との戦いに次々と勝利するが、足利太郎は病で命を落とし、一味もたちまち滅びて歴史に名を残すことはなかった。

次に主人公・足利太郎について。その誕生の経緯は次の通り。

古河公方・足利成氏《しげうじ》に妾腹の子があったが、讒言にあって母子ともに追放され、上州妙義山の麓に住んだ。後に成氏から嫡子として認められ太刀と旗を授かるが、病弱で世に出ることができなかった。その妻が懐妊した際、北斗星を呑む夢を見る。男子を出産し、白光が家に満ちた。村人は神仏の化身であろうと、権化《ごんげ》太郎と呼んだ。父（足利九郎）は太郎が三歳の時に死んだ。

というわけで、足利成氏の孫という設定で、架空の人物である。関東の足利氏は周知の通り、成氏の父・持氏が京都の将軍家と対立し、もともと執事であった上杉に鎌倉を追われ、成氏は古河に居を構えて古河公方と呼ばれたが、関東の武権を管領・上杉氏に奪われ衰微していった。『板東忠義伝』はこの関東足利氏の再興を虚構しているわけである。ちなみに、史実では成氏の庶流の孫に足利義明《よしあき》がおり、これは一時関東に威を奮い小弓《おゆみ》御所と呼ばれたが、北条氏との戦い（第一次国府台合戦）に敗れ滅びた。本書の主人公・足利太郎はこの義明をモデルにしている、というか、少なくともその存在から想を得ていると考えられる。

ただし、義明は『板東忠義伝』のなかに登場し、史実通り滅びている。物語のなかで、足利太郎はこの義明とは接点がない。七英傑の一人、山形八郎がその家臣筋にあたるという設定で、山形は国府台合戦の話を聞いて駆けつけるが、既に戦は終わっていた（この時点で山形はまだ足利太郎と出会っていない）。その後に足利太郎の活躍が始まる。

実はこのあたり、諸本の、かなり本質的な問題と関わってややこしい。本稿は諸本の問題には関わらないことを原則とするが、ここは簡単に触れておかざるをえない。『板東忠義伝』では足利義明は巻一―二、物語の実質的な始まりにその名が記されるのだが、この部分は『日本水滸伝』や写本『関東勇士伝』にはなく、増補部分と考えられる（同様の増補を有する写本もある）。つまり、増補前（仮に「原本」）の「物語」には義明は登場しない。一方、『日本水滸伝』では、末尾に足利太郎の子孫は生き延びて姓を吉瀬河《きつせがわ》としたと注記するが、これは明らかに足利義明の子孫が後に喜連《きつれ》川《がわ》氏を名乗ったという史実を踏まえている。つまり、こちらでは足利太郎と足利義明が重ね合わされているのである。ただし、この子孫に関する記事は『日本水滸伝』独自のもので（他の諸本ではすべて足利太郎とその一族・眷属は滅びて後なしとする）、『日本水滸伝』刊行時に加筆された増補と考えられる。ややこしくて恐縮だが、『板東忠義伝』（および同様の増補を有する写本）も、『日本水滸伝』も、どちらも「原本」から足利太郎と足利義明との関係を連想しつつ、前者はあくまでも義明とは別の足利再興の物語として、冒頭に義明を登場させてその滅亡を描き、後者は末尾に太郎と義明を重ねる叙述をなしたのである。

さて、「権化太郎」として登場した主人公は、先述の通り、生まれてくる時から光を発していたわけだが、以後の物語のなかでも、何かあると身体から白光を出して周囲を威圧する。まさに神のごとき設定である。また、彼のもとに集まる六名の「英傑」も、軍師の長尾為明は、鉄砲や種々の新兵器を駆使し、また軍略はもちろん天文・地理などすべてに通じており、『水滸伝』というよりも『三国志演義』の諸葛孔明を連想させ、他の五人は、弓の名手や槍・剣の達人、また大力無双の豪傑であるが、そのレベルもまったく超人的で、物語中しばしば「彼らは人間ではない」と語られる。『板東忠義伝』の物語としての魅力は、まず彼らの活劇にあると言ってよかろう。なお付言すれば、ラブロマンスも各所にあり、女性（七英傑の妻たち）の活躍も見られるなど、楽しさ満載である。

いま紹介した足利太郎をはじめとする七英傑は架空の人物であるが、一方、彼らと戦ったり関係を持つ関東の諸領主はほぼ実在の者で、概ね史実（というか史書）通りに設定されている。当時の関東での大きな合戦としては、先述の国府台合戦や川越夜討ちなどが知られるが、それらは史実通りに物語中に配されており、虚構の人物である主人公たちはそれらに関与しない。『板東忠義伝』は、そうした史実のいわば狭間に、知られざる英雄たちの知られざる合戦での（超人的な）活躍があったと語るのであるが、それもすべて「史実」であり、語り伝える者がいないため埋もれてしまっていたので、それを伝えるために書いたという、いわば史書・軍記の姿勢に徹している。そうした姿勢を支えている、この作品の歴史意識のありようを見てゆくことにしたい。それはまた、『板東忠義伝』が、『水滸伝』でないとすれば、何を媒介に成立しているのかを探ることになる。

三　関東戦国史への視座

『板東忠義伝』は全十巻だが、実は権化太郎こと足利太郎が登場するのは巻五で、そこまでは主に他の豪傑（山形、小楯、城戸、一色）の活躍を描く。しかしこれは諸本を比較すると、後の増補によることが明らかで、物語の本筋は、巻五の足利太郎登場以後ということになる。

太郎のもとに先述の軍師や豪傑が集まってきて勢力をなしてゆくが、そこで大きな役割を果たすのが軍師・長尾為明である。長尾は太郎の氏姓と人徳に魅かれて君臣の約をなし、太郎に天下取りを勧めるのだが、その際次のように述べる（巻五―二）。

「抑《そもそも》天下を定んこと諸国の利害を知るにあり。先東国を平夷してこれを根本とせんこと専要なり。早《はやく》天下に旗を上るは海道にしくことなし。然ども諸侯並立て、一所の領地なくんば草創なす事あたはじ。東国は事情疎《をろそか》にして一領地を得るに早し。これ当時の権道なり。思ふに、管領の運すでに傾き、北条氏康、登天の勢を以て関左を呑み、久しからずして憲政を亡すべし。然ども北に長尾景虎あり、西に武田晴信あつて、氏康全く東国を平治なす事あたはじ。三雄争《あらそふ》時、これ吾功を立るの時なり。安房の里見は一价の使を以て一和して後援となし、北条既に晴氏公と縁家となつて人情を取る。これと争時は功すくなし。不《し》レ如《かず》、常陸へ手を伸して根本を固ふし、越後に牒合して義兵を伝へば、景虎元より義勇の将なり、必応諾せん。是に於て晴氏公を奪て君を嗣となし、氏康と手切して、京洛を景虎に手を伸させ、東国を切靡て海道より押上らば、大功必立べし」と、一紙図面の上にして、後来を慮ること神の如し。

（引用は国会図書館蔵本によるが、振り仮名を一部省略し、句読点・カギ括弧を施した）

ここに述べられた状況分析は、まさに当時の関東の状況を的確にとらえている。この時期の関東は足利氏および管領・上杉氏が北条氏康に圧倒され、しかし北条も長尾景虎と武田晴信との戦いに一進一退を繰り返していた。虚構の武将である足利太郎がそこに割って入ることになるわけだが、その戦略は、北条と直接敵対せず、その勢力の及ばない常陸方面に地盤を固め、北の長尾景虎と同盟し、南は安房の里見と親しくして、そのうえで景虎が京へ進軍する隙に関東を支配して、東海道から京を目指すというのである。きわめて現実的な戦略・軍略と言ってよかろう。足利太郎をはじめとする主人公たちの設定は先述の通り荒唐無稽なのだが、彼らの行動は決してそうではない。
さらに話の展開を見よう。太郎は京へのぼり将軍から足利左京亮義連の名を授かり帰東、熊谷に館を構える。熊谷は当時成田氏の勢力圏であり、その拠点である忍《おし》城とは目と鼻の先である。さてそこで、また軍略談義となる。忍城を攻め落とそうという意見と、成田は手ごわいのでひとまず東北の諸国を攻めようという意見が出て、それを長尾為明がとりまとめる（巻八―一二）。

「……ともに理ありと云ども、忍の城を攻るときは、西田の談の如く却て難に及べし。亦奥筋平治のこと、諸軍不案内の地、手配《てくばり》自由ならず、功をなすとも遅怠せん。願くは日暮里の城を乗取時は、天下 掌 中《たなごころのうち》にあること両士の見る処あたれり。然れども時、利あらず。後を固くして常陸へ手を伸すこと当時の勢也。北条非常の功を立て東国震動す。みだりに敵すべからず。武勇を示さずして和を請ば、あなづりて披官とせん。おもふに我君爰に屯《たむろ》する事、必 訴《うつたへ》あつて成田我を討べし。一揆盗賊の思をなして人数を差向ば、一ト当《あて》あてて武威を示し、其上に利害を説て和熟をなし、義を励して再手指《てざし》をなさしめず、心易く此処を根本として、常陸下総に手を伸し、安房上総にちなみ、長尾景虎を後援として、義兵を以て旗を進ば、武上の諸将軍門に降んこと疑なし」

ここでも、先の軍略はしっかりと踏まえられている。関東最強の北条とは敵対せず、うまく和議する必要がある。そのために成田が攻めてくるのを撃退して和睦し、この熊谷の拠点を固めようというのである。なお右の引用文中「日暮里の城を乗取時は、天下掌中にあること……」の「日暮里の城」とは江戸城のこと。写本では江戸城とあるが、出版に際して憚ったらしい。

さて、長尾為明の計略通り、成田氏の当主である成田下総守は、自分の領地に館を構える勢力があると聞いて攻め寄せる。太郎らはこれを難なく撃退するのだが、その後、捕らえた敵将を懇ろに送り返す。それに対して成田は次のような対応をする（巻八―四）。

　成田感心あつて、「誠に信義を以て立人なり。不意に夜軍をかけしこと是我が誤なり。両将を慇懃に返し与ふること、心中甚恥入たり」

と語り、さらに戦いでの太郎軍（とりわけ七英傑）の活躍（先述の通り人間ばなれしている）を聞いて、

　成田はなはだ歎息し、「誠に天の縦《ゆるせ》る英傑、時を待てひそまるのみ。館氏康をさすの武勇を以てもみだりに退治かなふべからず」と、幣物《へいぶつ》を厚ふして一勇士を撰でこれを贈、領地の内、堤東《つつみひがし》百五十貫の地を割《さい》て諸士の俸禄に贈由《をくるよし》念頃に述させければ……

ということになる。

和議が結ばれるとともに、ここで初めて足利太郎は正式に領地を持つ、いわば小大名になったのである。軍師・長尾の最初の軍略談義に、「一所の領地なくんば草創なす事あたはじ。東国は事情疎にして一領地を得るに早し」とあったことが、実現したことになる。

足利太郎に所領を分け与えた好人物（？）として描かれる成田下総守は、以後も重要な役割を果

たすことになる。巻九では、太郎は成田の依頼を受けて常陸・下総の諸将と戦い勝利する。巻十ではいよいよ北条氏康が登場するのだが、勢力を伸ばしつつある足利太郎を攻めようとする氏康に対し、成田は太郎と敵対することの不利益を説く。しかし血気にはやる北条の家臣は、氏康の命を待たずに進軍する。そして成田はそのことを太郎に密かに伝えるのである。成田の知らせで北条軍を迎え撃った太郎軍はここでも勝利し、その後、成田を仲介に氏康と和議を結ぶことになる（物語はここが太郎の絶頂期で、以後、太郎はじめ豪傑たちが次々と病気や事故で死んでしまい、あっという間に跡形もなく消え失せてしまう）。

さて、それでは成田下総守とはどのような武将なのだろうか。よほどの歴史通というか、専門家でなければ、この名は聞いたことがないだろう。戦国ブームあるいは戦国武将ブームとやらで、多くの戦国武将が人気キャラとなっている昨今だが、成田下総守がそこに登場することはまずない（もっとも、北条氏の武将すらほとんど無視されているので当然か）。しかし、成田氏、そして当主の下総守（長泰）は当時の関東ではきわめて重要な位置を占める武将である。もっとも、私も『板東忠義伝』で初めて知って調べたわけで、二次資料を紹介することしかできない。成田氏の概要として『埼玉県史』の記述を引用する（『新編埼玉県史　通史編2』〔一九七八年〕第四章第四節より）。

……後北条領国を見わたしてみると、同じ武蔵国においても……〝大名〟的領主が存在する。それは武蔵北部で隠然たる勢力を振う忍城主成田氏である。成田氏は十五世紀後半以降、しだいに台頭して来た武蔵国はえ抜きの有力領主であり、後北条氏と上杉謙信とが関東支配をめぐって激しい攻防戦を繰り返していた時にも巧みに勢力を伸ばし、上杉軍の後退が目立つ元亀～天正期になると一貫して後北条氏に属した。その間、武蔵を代表する有力領主のほとんどが、後北条氏に滅ぼされるか乗取られるかして、今や武蔵武士の威勢を内外に誇示しえていたのはわずかにこの成田氏のみとなっていた。しかも成田氏は、後北条氏に徹底的にたたかれることもなければ、養嗣子を無理矢理に送り込まれることもなく、ほとんど無傷のままで独自の領域支配を展開し、忍城を中心とした忍領のほかに、本庄氏の本庄領（本庄市）や小田氏の旧領騎西領（騎西町一帯）をも併合して、一大勢力を築きあげていた……そしてさらに注目されることは、成田氏の支配する成田領（忍領・本庄領・騎西領・羽生領）が、小田原本城主からもほとんど介入を受けない〝独立領国〟的性格を強く有していた、という事実であり、……それゆえ成田氏は、単純に後北条氏配下の支城城主として処理できるような存在ではなく、独自の領域支配体制を維持したまま後北条氏の配下に入った「与力大名」である、といった方が実態に即していよう。……その意味で成田氏は、武蔵の戦国社会が生み出した唯一の大名権力であったということができる。

長い引用になったが、ここに書かれていることはまさに『板東忠義伝』の成田氏にぴったりあてはまるのである（さらに言えば、足利太郎の戦略のモデル的な要素すらある）。北条氏と強いつながりを持ちながら、基本的には自立した領主。だから北条氏康が足利太郎を攻める際にはそれを止めることができ、また北条の家臣が進軍すればそれを太郎に伝えることができる。そして太郎と氏康の和睦の仲介となる。足利太郎が熊谷に館を構えて、成田氏と戦をし、和睦し、その関係を足場に関東に勢力を広げていくという設定は、これ以外に考えられないほどリアルな設定なのである。つまり『板東忠義伝』は、いわば現代の歴史学の理解とほぼ同じ理解を持って当時の関東の歴史をとらえていたことになる。続群書類従などに収録される「成田家分限帳」という文書には、ちょうどこの時期の成田氏の家臣団が記されており、それによれば、千数百人の家臣がおり、数十万石の大名に匹敵する規模だという（『国史大辞典』による）。

ちなみに、二〇〇七年に刊行されたベストセラー小説（マンガ化・映画化もされた）、和田竜『のぼうの城』はこの成田氏の武将・成田長親を主人公とし、豊臣氏（石田三成）の忍城攻めを描く。『板東忠義伝』より一世代後の物語である。

なお、成田氏以外にも、『板東忠義伝』には通常あまり聞かない武将が大勢登場する。たとえば巻七では、下野烏山城主の那須壱岐守政資なる武将が登場し、近隣の宇都宮俊綱と確執のあることが語られ、一族の伊王野、大田原、千本らと合議するエピソードがある。物語の本筋とはあまり関わらない話であるが、那須氏と宇都宮氏の確執も、那須の有力者の名も、史実を踏まえている。『関八州古戦録』に記事がある他、那須氏の歴史を詳細に述べた『那須記』という軍記もあり、『板東忠義伝』はそれらをおそらく典拠とするのだが、印象的なのはそれがきわめてさりげなく、些細なエピソードの背景とされていることで、『板東忠義伝』の作者が関東のそうした史書・軍記に精通していたことを窺わせる。

また、巻九の常陸・下総の合戦では、最終的に足利太郎と和睦するのが小田氏治という武将であるが、これも『関八州古戦録』に登場する他、『小田天庵記』(天庵は氏治のこと)という書があり、また『板東忠義伝』の著者とされる三木成為に『小田続記』という著があるらしい(『国書総目録』によるが未見)。このあたり今後の研究の余地が多いように思われる。

四　『板東忠義伝』の構想と『北条記』

このように、『板東忠義伝』は(『水滸伝』よりも)基本的に関東の史書・軍記類をベースにして構想されている。いまも触れた通りかなりマイナーなものにまで精通している可能性があるが、最も関係が深い、いわば基本資料は、後北条氏に関する史書ではないかと思われる。

後北条氏に関する史書は『北条五代記』が著名で史籍集覧や帝国文庫に翻刻されているが、他に『北条五代実記』などの刊本や『北条記』という写本(続群書類従所収)などがある。

『板東忠義伝』は先に簡単に紹介したが、物語冒頭(巻一―一)に、北斗七星が箱から飛び散るという発端部が置かれ、それが七人の英雄として生まれて活躍するという（『水滸伝』的）枠組みを持つ（これは現存するすべての諸本に共通で、「増補」ではないらしい）。その発端部は、足利太郎らの活躍から約百五十年さかのぼる文明年間に設定されている。概要は以下の通り。

当時既に足利公方は弱体化し、一方管領・上杉氏も山内《やまのうち》と扇谷《おうぎがやつ》の二家に分かれて対立していた。扇谷は劣勢だったが、家臣・青田道資の活躍で勢いを得つつあった。その青田道資がある時、池の側で酒宴を開いていると、池から白気が立ち上るのを見る。家来を水中に潜らせると、池底に石箱を見つける。一人の童子が現れ、「その箱は神が北斗を封じ、王気を貯えたものだ。これを開ける者は一年のうちに災難に遭う」と語る。家来は箱を持ち帰り、童子の言葉を道資に伝える。道資が箱を開けると一団の白光が飛び出し、七つに分かれて東北へ飛び去った。道資は、その年のうちに讒言によって主君・扇谷定正に殺された。

ここに登場する青田道資とは、太田道灌のこと（写本では実名だが、刊本では実名を憚ったと思われる）。扇谷定正の忠臣・賢臣であったが讒言によって滅びている。さて、なぜ太田道灌なのか。足利太郎と太田道灌の間には特につながりはないし、物語のなかで太田道灌（青田道資）が登場するのはこの発端部だけである。ひとつ考えられるのは、道灌が江戸城を築いたという周知の事実である。前節でも触れたように、『板東忠義伝』では何度か江戸城（「日暮里の城」）に言及があり、そこを制すれば天下を取れるという（明らかに徳川氏の天下支配を踏まえた）セリフもある。関東制覇のシンボルを築いた太田道灌を、関東騒乱の物語『板東忠義伝』の発端に配したと考えることはできる。

しかしそれ以上に、太田道灌を介して注目されるのが『北条記』なのである。『北条記』は、北条早雲に始まり秀吉の小田原攻めに敗れて滅亡するまでの後北条氏の事績を記した史書・軍記である（ここでは続群書類従〔第二十一輯上〕所収本による）。

この『北条記』であるが、早雲が登場するのは巻二からで、巻一はその前史に当てられている。すなわち、足利公方と管領家との不和、足利持氏の敗北と死、結城合戦……といった、いわば関東騒乱の発端が記述される。そしてその最後に「太田道灌事」という一章が置かれる。太田道灌が扇谷定正を支える忠臣・賢臣であったこと、歌人としての活躍、そして讒言によって滅びてゆく経緯が、巻二冒頭の「太田道灌最後の事」と二章にわたって叙述されている。一家臣にすぎない道灌が、破格の扱いでクローズアップされているのである。そして道灌の死によって、扇谷上杉と山内上杉の抗争は激化し、関東は混乱し、そこへ北条早雲が登場する。早雲は管領・上杉氏を追いやって小田原城を制し、関東に覇を唱えることになる。つまり、『北条記』において、太田道灌の死は、後北条氏が登場し活躍するための舞台をしつらえる重要な役割を果したという位置づけになる。

そこで再び『板東忠義伝』に戻ろう。まず印象的なことは、冒頭に太田道灌を配し、そこから足利太郎らの活躍へ、という構成が、『北条記』と似ているということ。そして道灌という忠臣・賢臣が讒言によって死ぬということが、有能な支配者の不在とそれによる関東の混乱を象徴する役割を果たしている点で共通するのである。『板東忠義伝』が発端部に太田道灌をいわば主役として用いたのは、この『北条記』を下敷きにしたのではないか。ちなみに、エピソードの末尾に道灌の辞世の歌を掲げるという叙述のスタイルも共通している。

さらに『北条記』を見てゆく。早雲が登場するわけだが、その冒頭に次のエピソードが記される（「早雲蜂起之事」）。

其比、伊勢に荒木・山中・多目・荒井・佐竹・大道寺・早雲、以上七人何れも劣らぬ人々也。此勇士共、常に近づき遊けるが、或時七人一同に関東へ弓箭修行に下りける時、七人、神水を呑て誓けるは、「此七人如何成事ありとも不和の事有べからずと、互に助を成して軍功を励まし高名を極べし。若又一人も勝れて大名ともならば、残る人々家人と成て、其一人を取立て、国を数多可治」とて、各東国へ下りて……（句読点・カギ括弧を施した）

『三国志演義』の桃園の誓いの拡大版のような趣だが、ここで七人の盟友が誓いをなしていることは注目に値するだろう。『板東忠義伝』は北斗七星の化生である七人が集結して活躍する物語だからである。もちろん星の化身という発想は『水滸伝』から得た可能性が高いし、七は北斗七星からということではあるが、逆に言えばこの『北条記』の七人の盟友から北斗七星を連想した可能性もあるのではないか。特に七人のなかに大将（早雲であり足利太郎）を含んでいて、身分の上下がありながら、あくまでも盟友という設定が共通することも注目したい（『三国志演義』も同じだが）。関東の史書・軍記に精通していたと考えられる『板東忠義伝』の作者が『北条記』を読んでいたことはほとんど確実で、だとすれば、この部分がヒントを与えた可能性は高い。

この他にも、先に述べた足利義明の記事が『北条記』には詳細で、そこで指摘したように、足利太郎のモデル的な存在となっている。『北条記』では北条との戦いに敗れて義明が戦死した後、家臣たちは皆討ち死にし、自害してゆくが、最後に数人が御所に戻り、館に火をかけて若君を連れて安房へ落ちてゆくという話になっていて、これは『板東忠義伝』の足利太郎死後の話の流れと共通している。ただし、義明を扱う史書・軍記は他に『国府台戦記』などもあり、なお精査する必要があろう。

五　盗賊たちと『北条五代記』

さて、もう一点、ここまであまり触れなかった『板東忠義伝』の特色に触れておきたい。それは、この物語において盗賊が大きな役割を果たしているということである。主人公の七英傑は皆それなりの出自を持つ武士なのだが、彼らとともに足利太郎軍の中核をなすのは、関東の諸所に根城を有する盗賊の頭なのである。具体的には、最初に登場するのが、熊谷辺に根城を持つ鷲塚熊太郎。七英傑の一人、一色太郎の武芸・力量に感服して義を結ぶ。さらに鷲塚の知り合いで本庄を拠点とする霧浪逸平という盗賊の頭も登場し、ともに足利太郎の家臣となる。彼らは太郎の軍の中核として合戦で働くばかりではなく、太郎の拠点となる熊谷の館も、この二人が準備している。七英傑に次ぐ、主人公級の存在であり、足利太郎の勢力拡大の基礎は彼ら盗賊団を従えたことにある。

物語の展開も、熊谷に館を築いた太郎に対し、まず反応したのが秩父権藤太というやはり盗賊で、「鷲塚熊太郎、此度、権化太郎を取立、屋形を造営して旗を上ると聞て、手下の盗賊を集め」、攻めてくる。太郎よりも鷲塚を主体ととらえているのである。また先に紹介した成田下総守は、当初は太郎のことを「盗賊の張本、一時の驕奢に威を張のみ」と見て静観していたのである。

もちろん足利太郎は神のごとき武威と人徳を備えた名将として描かれているので、盗賊行為を行うことはなく、鷲塚、霧浪らにも盗賊から足を洗うことを条件に家臣としている。しかし、彼らは太郎のもとに集うまでの過程では盗みや殺人を平然と行っており、そのことの道義性は問われていない。かなり自由奔放である。

こうした設定は何に由来するのか。もちろん『水滸伝』を想定することはできる（前掲浜田論文が論じている）。言うまでもなく『水滸伝』は盗賊たちが大活躍をする物語である。一方『北条記』をはじめとした史書・軍記で盗賊の活躍を詳細に描くようなものは、管見の限りでは思い浮かばない。ただし『北条五代記』巻九には「関東の乱破知略の事」という章があり、次のように記す（引用は改訂史籍集覧によるが、句読点を施す）。

見しは昔、関東諸国みだれ、弓箭を取てやむ事なし。然ば其比らっぱと云くせ者おほく有し。是らの者盗人にて、又盗人にもあらざる。心かしこくけなげにて横道なる者共なり。或文に乱波と記せり。……此者を国大名衆扶持し給ひぬ。是はいかなる子細ぞといへば、此乱波、我国に有益、人をよく穿鑿し尋出して首を切。をのれは他国へ忍び入、山賊・海賊・夜討・強盗して物取事が上手なり。才智ありて謀計調略をめぐらす事凡慮に及ばず。……乱波と号す、道の品こそかはれ、武士の智謀計策をめぐらし他国を切て取も又おなじ。……

この後、北条氏直が「乱波二百人」を扶持していたこと、そのなかの「一の悪者」が「風摩」と呼ばれていたことを記し、武田勝頼との戦での活躍を描いている。

この「風摩」が『板東忠義伝』の盗賊たちの典拠、とまでは言えないが、引用した叙述は、まさに『板東忠義伝』が盗賊を家臣とする設定の、いわば注釈的な説明となっているように思われる。ちなみに『板東忠義伝』では、盗賊たちは「透波《すつぱ》の棟梁」と自らを称している。「透波」は「乱破《らつぱ》」と同様の忍者的な意味合いがあろう。実際、太郎は各所へ「透波」を送り込み、情報戦でも優位に立っていることが描かれている。そのあたりも含めて、『北条五代記』の「関東の乱破知略の事」は、『板東忠義伝』における関東の戦乱の描き方と関わりがあるように思われる。

あるいは、より『板東忠義伝』に近い史書・軍記があるのかもしれないが、以上とりあえず『北条記』や『北条五代記』をいわば典拠として提示してみた。論証は充分とは言えないが、後考を待ちたい。

六　稗史的時空の創造

最後に、典拠を離れて、いま一度『板東忠義伝』そのものに立ち返ってみたい。既に見てきたように『板東忠義伝』は、関東戦国史をかなり精緻に踏まえつつ、虚構空間を創造しているわけだが、そこには物語としての一貫した論理と倫理がある。

ここで倫理というのは、つまり虚構が歴史を変えないという意味である。『板東忠義伝』は足利太郎をはじめ超人的な武将たちが関東を席巻する物語ではあるが、彼らは跡形もなく滅びてゆき、歴史に名を留めない。それをしっかり描ききっていることが本作の大きな特色でもある。

先に紹介した発端部、太田道灌（青田道資）のエピソードにおいて、池の底から石箱が出てきて七英傑誕生の契機となったわけだが、そこに実は次のような設定が施されている。箱を渡した不思議な童子いわく、

「此石箱は神人北斗を封じ、王気を貯ふ。時節到来して開時は王者起り、豪傑国功を立。時不ㇾ至《いたら》してこれを開けば王気徒《いたづら》に散じて年期をまつ。……豪傑起るといへども其功を全せず、

英名湮没して後世に知るる事なし。……」

期が熟していないうちに箱を開ければ、豪傑が一時活躍はするが、すぐに滅びて名を残さないという予言で、そして道灌がすぐに箱を開けたために、その予言通りとなってゆくのである。英雄たちの活躍が一時の徒花であることは、物語当初に予告されている。そしてそれに呼応して物語末尾は次のように結ばれる。

爰に於て七星感化の君臣、三年の間にして悉く早世しぬ。天徴あやまらず。此豪傑を下して、英名天下に伝る迄に及ず。苗にして槁れぬ。年数僅の間にして、諸家士民、暫は称嘆なしけれ共、東国多事にして興亡日々に替り、兵火に記録を焼亡し、既に天正の末に至てこれを知る者亦稀なり。後世、其英名、不測《ふしぎ》の信義、湮滅せんことを惜て、道人の伝し口伝を草す。諸豪傑の伝記、神変の事跡多しと云共、遺忘既に多く、僅に十が一を録して子孫に伝るのみ。

さらに跋文でも同様のことが、より詳細に述べられているが、そこでは足利太郎以下七英傑の活躍を語り伝えた筑波山に住む「道人」が、次のように名乗ったと記す。

「我は、文明十八年讒死に世を早ふなせし青田道資の近臣、伊沢某といへる者なり。……

発端部で青田道資（太田道灌）の命を受けて池底に潜り、石箱を童子から授かったのがこの「伊沢某」である。この人物が足利太郎らの事績を見聞して語ったとすれば、彼は優に二百歳を超えていることになる。すなわち跋文とは言いながら、ここまでがフィクションとして構想され、叙述されている。まさに読本的な趣向である。

つまり本作は、精密・細緻な歴史知識に基づきつつ、かなり高度な創作意識によって書かれているわけで、それを支えているのは、関東戦国史の狭間にもうひとつの「歴史」を創造するという、いわば「稗史《はいし》」への意志のように思われる。

さて、本作から連想されるのは何と言っても『南総里見八犬伝』である。関東を舞台とし英雄が集結して活躍するというストーリーにおいて。そしてそれ以上に、精緻な歴史考証に基づきながらその狭間に物語を想像し創造してゆくという馬琴流「稗史（よみほん）」の方法において、『板東忠義伝』はその魁をなしている。ただしこの作品を「読本」と呼ぶべきかどうかは別の問題で、馬琴読本のような道義性（勧善懲悪）はここには存在しない。むしろ「読本」よりもはるかに自由奔放に物語は展開し、登場人物は躍動している。この作品を「読本」史にはめ込むのは、むしろその魅力を削ぐことになるだろう。こんな凄い作品が江戸にはあり、それはやはりこの時代ならではの倫理と論理で創造されていた、と言っておくしかない。そこには「歴史」をめぐる知的な想像力が生み出す魅力的な世界がある。

第四章　『板東忠義伝』の諸本とその成立　『関東勇士伝』を中心に

一　諸本の概要

『板東忠義伝』は、前章で述べた通り諸本の問題が錯綜しており、成立について不明な点が多いが、とりあえず現在わかっている情報を整理して、その範囲での考察を行いたい。

『板東忠義伝』の諸本については、板坂則子「『日本水滸伝』と『板東忠義伝』」（『国語と国文学』一九八五年二月）が、祐徳稲荷文庫蔵写本『関東忠義伝』、刊本『板東忠義伝』、同『日本水滸伝』を詳細に比較検討し、その成立の経緯について仮説を示し、三者のなかでは『関東忠義伝』が古態を有し、刊本『板東忠義伝』の成立に大きく関与しているという見通しを述べている。また、二種の刊本の成立、出版事情についても論じている。その後、浜田啓介「水滸伝様式の作品について」（『読本研究』第六輯上套　一九九二）が、『板東忠義伝』と『水滸伝』との関係を論じつつ、諸本の

問題にも言及し、刈谷図書館蔵写本『関東勇士伝』にも触れて、

「日本水滸伝」「関東勇士伝」の如き寡少章段の本の方が、最も古態ではなかったかとの疑いも否定できないところである。

と指摘している。基本的にこの浜田の見解に私も同意見で、以下、『関東勇士伝』を視野に入れて諸本の関係を整理し、その成立について検討する。

まず、簡単に諸本の概要についてまとめておく。

Ⓐ『板東忠義伝』

刊本十巻十五冊。見返しに「三木先生著／板東忠義伝／篤志堂・青藜閣・宣揚堂合刻」。またその左上部に小字で序文のごときもの（正式な序文の要約的な文章）があり、「安永四年　東嶼源之済識」。巻頭に「板東忠義伝序」があり、「元文庚申季秋東都　高泰識」。続いて「七英傑画賛三木成為述」の題字半丁、そして七英傑を賛とともに描いた口絵三丁（各半丁に一人ずつだが、小楯半七郎と鹿島悪次郎は二人セットで描く）。また挿絵半丁があり、その後に「親兵略伝」として七英傑以外の登場人物（主人公の仲間）二十八人、および森島権三郎の略歴を記す。次に全巻の「総目録」が付され、それから巻一の目録、本文ということになる。巻十本文の最後に「天正十八年庚寅十一月　筑波山下之隠士三木成久記」と記すが、さらに跋文があり、「元禄十三年庚辰九月　三木成為跋」。刊記「安永四年　江戸書林　合梓　須原屋伊八　大坂屋平三郎」。安永七年

の刊記を持つ十冊本もある。改題本に『関東古戦録』あり。

Ⓑ『関東忠義伝』（祐徳稲荷中川文庫蔵）

写本七巻七冊。巻頭に序、Ⓐと同じで「元文庚申季秋　東都　高泰識」。続いて「七英傑画賛三木成為述」の題字半丁、そして七英傑を賛とともに描いた口絵三丁があることもⒶと同じ。本文の最後に「天正十八年庚寅十一月筑波山下隠士三木成久記」とあるのも同様。ただしその後に「附録　源義連近臣廿八騎略伝」が付くが、これはⒶで口絵（画賛）の後に置かれた「親兵略伝」に当たる。その後にⒶと同様の跋文がある。ただし、この跋文は本文と別筆で、本文が漢字片仮名表記である（「読本」よりも「軍記」的な表記で、古態であることの徴証と考えられる）のに、この跋のみ漢字平仮名表記。つまりこの部分はⒶからの写しの可能性もある。以上板坂論文によってまとめたが、なお板坂によれば、本文中に十か所「森嶋雑記」によったという頭書があり、その内容がⒶの本文に対応している（つまり取り入れられたと考えられる）場合が多いと言う。「森嶋」は物語の登場人物・森島権三郎で、軍師・長尾為明の郎党であり、為明から後事を託されたという設定になっている（したがって「森嶋雑記」もフィクションのはず）。板坂はこの頭書をもとにⒶ『板東忠義伝』の増補が行われた可能性を指摘し、「直接の親子関係」かもしれないと述べている。

Ⓑ′『関東忠義伝』（黒川公民館蔵）

写本十三巻十六冊。序跋なし。口絵も「親兵略伝」もなし。巻十三下の末尾がⒶの巻十―三に当たり、以下の章段を欠いているが、これは巻十四以下が何らかの事情で失われたものと思われる。それ以外の章段の数はⒷと一致し、タイトルが同じであることを含め、Ⓑの異本と判断して、Ⓑ'とした。ただし、表記は漢字平仮名で、Ⓑにあるという頭書はない。また、頭書について板垣論文では、山形季照（ⒷⒸでは秋田季照）の出生についての頭書がⒶの本文に取り入れられていると述べるが、その部分はこのⒷ'でもⒶと同様の本文になっている。また同じく、「（里見）義堯」を「義弘」に訂正、また「（北条）正則」とあるのを「綱成」に訂正する頭書があり、Ⓐ『板東』本文は「義堯」「綱成」と後者のみ頭書の指摘を反映しているとするが、このⒷ'は「義弘」「正則」と逆に前者が修正（？）されている。したがってⒷとⒷ'、Ⓐの関係は錯綜している。完本でないこともあり、Ⓑとの関係を含めてどう位置づけるべきか判断しづらいが、この写本の存在は、板坂論文の、Ⓑの頭書がⒶの本文のもとになったという推定に対して一定の留保を求めることになろう。

Ⓒ『関東勇士伝』（刈谷市立図書館村上文庫蔵）

写本十巻五冊。巻頭に序があり、文章はⒶⒷと同じだが、「正徳三年癸巳九月　平安　三宅緝明識」とあって、年記も序者も異なる（後述）。その後に七英傑の画賛。一人一丁なのだが、各丁表に人物名と肖像、裏に賛という形式のため、見開きで見ると人物と賛がずれてしまう。小楯半七郎と鹿島悪次郎をセットにするのはⒶⒷに同じ、賛も同様。本文は漢字片仮名表記。全編の末尾は「天正十八年庚寅冬十一月筑波山下之隠士　三木成久記」とあり、「関東勇士伝巻之十大尾」。Ⓐ Ⓑにあった跋文はない。最後に「文化五戊辰年孟夏初旬再写之」との識語。

Ⓓ『日本水滸伝』

刊本十一巻十冊。見返しに「佐々木天元源高吉著／日本水滸伝／皇雛書肆　汲古軒梓」。巻頭に「自序」があるがⒶ～Ⓒとは別文で、「于時安永六龍集丁酉孟春操毫于京兆寓舎　淡海州隠士仇鼎散人彙纂」。「化星七英将図像」として七人の図と賛があるが、七人すべて独立して描かれている点がⒶ～Ⓒとは異なり、賛も一部異同がある。Ⓐの「親兵略伝」にあたるものはないが、総目録があるのはⒶに同じ。総目録の最後に「第二十七篇／足利龍丸十囲を逃れて家名を永久に延事」とあるが、本文では独立した章段ではなく、末尾に簡単な注記のようなかたちで、主人公の子孫が生き延びて繁栄するという後日譚が付される（前章で述べた）。跋文はない。刊記「安永五年丙申六月御免上梓　享和元年辛酉八月上旬発兌　平安書肆　著屋宗八　松坂屋儀兵衛」。一部改刻の後刷本あり。

二　諸本の成立過程

刊本の後刷本を別にすると、以上五本が現在知られている『板東忠義伝』諸本である。Ⓑは実物未見で板坂論文によった。

まず、章段の異同についての一覧表を左に掲げる。最も章段が多い『板東忠義伝』を基本とし、その目録題（総目録によるが、振り仮名・返り点は省略した）を掲げて、諸本におけるその章段の有無を示したものである。なお、Ⓑは末尾の欠落以外はⒷと同じなので省く。

表の通り、Ⓐ『板東忠義伝』に近い章段数を持つのがⒷ『関東忠義伝』で、Ⓓ『日本水滸伝』が最も章段が少ないのだが、それに近いのがⒸ『関東勇士伝』ということになる。まずはこのⒶⒷとⒸⒹの異同について検討する。

ⒶⒷとⒸⒹの大きな違いが、Ⓐの巻一―二から巻四―二にあたる部分までがⒸⒹに欠けていることにあるのは表で一目瞭然である。そしてこの部分は、いわゆる七英傑（前章を参照）の銘々伝的な内容であり、物語の主筋ではない。物語の主筋は、Ⓐ巻五の足利太郎が登場して以後にある。この部分がⒸⒹで削除されたと考えるより、ⒶⒷで増補された（浜田論文が、いずれも『水滸伝』を踏まえての創作であると指摘している）と考えるのが自然だろう。傍証として、本文からそのことを示唆する表現を一例のみ挙げておく。

Ⓐ巻四―五の冒頭、七英傑の一人・城戸持広が登場する。ⒸⒹでは初めての登場だが、ⒶⒷでは章段タイトル（巻二―三、四や巻三―一、二）からわかる通り、既に生立ちや仇討ちなど様々な活躍が描かれてお馴染みの人物となっている。しかし、巻四―五の本文をⒶによって掲げると、

巻	章	Ⓐ板東忠義伝	Ⓑ関東忠義伝	Ⓒ関東勇士伝	Ⓓ日本水滸伝
巻一	一	青田道資見気　附讒死事	○	○	○
	二	山形八郎出身　附富永兵庫横死事	○	×	×
	三	小楯半七郎出身　附姉逢危難事	○	×	×
	四	山形季照仇討　附根本猪之八事	○	×	×
巻二	一	小楯半七郎為者　附原十太夫事	○	×	×
	二	一色太郎左衛門生立　附西田伊豆事	○	×	×
	三	城戸次郎太郎生立　附盲父逢切害事	○	×	×
	四	城戸持広仇討　附石黒弾右衛門事	○	×	×
	五	長尾監物生立　附山中逢異人事	○	×	×
巻三	一	城戸持広安房国退去　附志賀彦惣事	○	×	×
	二	城戸持広与山形季照結義　附石部九左衛門事	×	×	×
	三	渋河六郎義孝為屯　附西田計策　並岩筑勢敗軍事	○	×	×
	四	一色時範霊夢　附宇津磯之助事	×	×	×
巻四	一	一色時範岩淵遁去事	×	×	×
	二	渋河義孝迷女色　附戦死事	○	×	×
	三	一色時範与小楯半七郎結義事（1）	○	○	○
	四	一色時範勇力　附婚礼事　並鷲塚熊太郎事	○	○	○

巻	章	題目			
	五	一色時範与城戸持広結義事　並陶山上総仕会事	○	○	○
巻五	一	足利太郎生立　附不思議事　並竹沢平治泉崎主悦事	○	○	○
	二	長尾為明山形季照為太郎之臣事　附為明智謀事	○	○	○
	三	城戸持広為足利太郎之臣事　附霧浪逸平事	○	○	○
	四	鹿島悪次郎出身　附与小楯仕会　並長尾与三英士集会事	○	○(2)	○
巻六	一	長尾為明苦平井勢事	×	×	×
	二	足利太郎入吾妻山事	×	×	×
	三	鹿島悪次郎旅途武勇　附百百九十九水上忠蔵事	×	×	×
	四	足利太郎東国遍歴　附所々得勇士事	×	×	×
巻七	一	足利太郎畿内周遊　附受領　並浜田五郎事	○	○	○
	二	山形季照出羽国にて騎射　附逢危難事	○	○	○(3)
	三	長尾為明計略那須勢敗軍事	○	○	○
巻八	一	秩父権藤太逆寄足利義連防戦　附英士武芸勇力事	△	△(4)	×
	二	七星英傑集会　附廿八勇士事　並軍評定事	○	○	○
	三	新館夜討　附忍勢敗軍事	○	○	○
	四	足利義連与成田下総守和睦　附山形季照使節事	○	○	○
	五	義連奥方出産男子出生　附母公逝去　並婦人等働事	○	○	○
	一	常陸国小張城夜討　附落城事	○	○	○

巻九	二	柏宿軍之事 附浜田五郎討死事	○	○	○
	三	下総国小金原合戦　附為明奇計　並近邑人民帰服之事	○	○	○
	四	武州角田川水陸軍之事　附西田謀略事	×	×	×
巻十	一	小楯半七郎横死　附西田伊豆病死事	○	○	△(5)
	二	武蔵国鴻巣合戦　附霧浪逸平討死事	○	○	○
	三	義連与北条氏康和睦　附為明使節事　並富永問答之事(6)	○	○	×
	四	一色太郎左衛門時範水死　附妻女貞烈事	○	○	○
	五	足利義連逝去　附長尾為明死去　並奥方自害竹沢泉崎殉死事(7)	○	○	○
	六	鹿島悪次郎討死　附小張落城事	○	○	○
	七	足利龍丸城戸持広入水　附鷲塚熊太郎以下義士死亡事	○	○	○
	八	新館焼亡　附山形八郎季照夫婦義死事	○	○	○

(1)この章題は総目録には欠いており、本文章題で補った。
(2)二章段に分けている（Ⓐの目録の「並」以下が独立した章段となる）。
(3)二章段に分けている（Ⓐの目録の「附」以下が独立）。そこで巻も変わる。
(4)末尾、Ⓐの目録の「附」の部分がない。Ⓑは原本未見だが、Ⓑが©と同じなので同様と推定し△とした。
(5)後半部（Ⓐの目録の「附」の部分）がない。
(6)「並」以下は総目録になく、本文章題で補った。
(7)章題が長いため一部省略した。

其頃、同国忍の城下へ、城戸次郎太郎持広と云る浪人来り、槍術の妙を得て、近国の郷士皆服従して、是を師となす。

というものである（Ⓑも基本的に同じ）。「城戸次郎太郎持広と云る浪人」という紹介の仕方は、既にその活躍を詳細に描いているⒶⒷにおいては明らかに不自然である。つまり、元来ここで初めて登場した城戸持広について、その前にエピソードを増補したが、この部分は元の表現を残してしまったために不自然な表現になったと考えられる。

全体の構成からも、こうした表現の些細な齟齬からも、ⒸⒹに「欠けている」前半部分は、もともとなかったもので、ⒶⒷにおいて後補されたことはまず間違いないだろう。

では、Ⓒ『関東勇士伝』とⒹ『日本水滸伝』との関係はどう考えられるだろうか。表で見る通り、章段構成はきわめて近いが、数でいえばなおⒹの方が少ない。

ⒸにあってⒹにない章段を見てゆくと、Ⓐ巻八―一、巻十―一の後半というのは、いずれも「西田伊豆」という軍師のエピソードを含む。巻八―一はこの人物がほとんど主役となって活躍し、巻十―一後半はこの人物の最期が描かれる。ちなみに「西田」というのは実はⒶのみの姓で、ⒷⒸでは「金田伊豆」である。したがって本来は「金田」だと考えられる。この人物は七英傑ではないが、それに準じた位置の重要人物である。ⒶⒷでは前半（巻二―二）から登場して活躍し、Ⓒでは先述のⒶ巻八―一（Ⓒの巻立てでは巻七―一）で初めて登場して軍師としての活躍が描かれる。しかし、

Ⓓではこの人物は一切登場しない。いま見た通りその章段、もしくはその部分がないのである。Ⓐが「金田」を「西田」に変えていることと併せて考えると、この「金田」という人物名に、出版に際して忌避すべき点があったのではないかという想像が成り立つ。Ⓐは名字を変えることで対応し、Ⓓはその人物自体を削除したということになる。

もうひとつ、Ⓓが欠くのはⒶ巻十―三にあたる部分。これは主人公・足利太郎が北条氏康と和議を結ぶというきわめて重要な場面である。にもかかわらず、Ⓓがこの部分を（おそらく）削除した理由はよくわからない。このあたり、北条氏康や綱成など正史に登場する人物との接点の多いところだが、特に当時の江戸城主だった遠山氏が敵役となっている。Ⓐは「富永」と氏を変えているが、Ⓓでは「遠山」のまま、既に物語中に登場している。ただこの章段は、ⒶⒷⒸともに、章題に「富永（遠山）問答の事」とあり、大きく取り上げられているのである。この北条家臣筋の遠山氏と幕臣の遠山氏とは直接のつながりはないようだが、憚るところがあったのかもしれない。また、この章段の末尾に、軍師・長尾為明が死期を悟り従者の森島権三郎にそれを告げる場面があるが、Ⓓにはこの「森島権三郎」もほとんど登場しない。「ほとんど」というのは、一度登場はするのだが、「権三郎」とのみ記され、「森島」の姓が記されないのである。「森島」を憚ったのかとも思うが、それならその末尾の部分だけカットすればよいように思うので、「遠山」の方が要因となった可能性が高い（「遠山」をはずすとこの章段はまったく成り立たない）。

なお、前章および先の諸本概要で述べた通り、足利太郎滅亡後の子孫の生死について、Ⓓは他の諸本と全く異なる内容の付記を有しているが、この部分は本文の異同というよりも独自の創作による付加と考えられるので、表には加えていない。

以上のことからⒸとⒹの関係については、Ⓒ『関東勇士伝』をいわば祖本としてⒹ『日本水滸伝』が出版されたが、その際いくつかの章段やその一部を削除し、末尾の付記を加えたのだろう、ということになる。

あらためて諸本の成立について整理すると、現存諸本で最も古態を有するのがⒸ『関東勇士伝』で、この形態を祖本として出版に際し多少の手が加えられたのがⒹ『日本水滸伝』。Ⓑ『関東忠義伝』はⒸの形態に前半部の銘々伝が増補されたもので、それにさらに『水滸伝』的な要素を増補したのがⒶ『板東忠義伝』と考えられる。この想定は、先述の浜田論文の指摘と一致するとともに、早くに『板東忠義伝』と『日本水滸伝』という二種の刊本を親子関係ではなく、兄弟関係であろうと推定した中村幸彦「読本発生に関する諸問題」(『中村幸彦著述集』第五巻、初出は一九四八)の指摘とも一致することになる。

三　序文をめぐって

以上のように、現存する諸本の範囲では写本『関東勇士伝』がいわば原型と考えられるのだが、ここに別の謎が浮上する。序文の問題である。

先に示したようにこの刈谷図書館蔵『関東勇士伝』は、文化五年の書写という識語があるが、序は正徳三年、「平安　三宅緝明識」とある。Ⓐ『板東忠義伝』とⒷ『関東忠義伝』は元文庚申（五年）「東都　高泰識」の序を有する。そして、なぜかこのⒶⒷの序文とⒸ『関東勇士伝』の序文は、文章自体はほぼ同じなのである。

となると、なぜのⒶⒷの序が「元文庚申（五年）」で、Ⓒが「正徳三年」なのか。そして「東都高泰」と「平安　三宅緝明」との関係はどうなるのか。ちなみに元文五年は一七四〇年、正徳三年は一七一三年である。

ⒶⒷの序者「高泰」については未詳。一方、Ⓒの三宅緝明は高名な儒者・三宅観瀾である。兄は懐徳堂の初代学主として知られる三宅石庵。観瀾その人は水戸藩の『大日本史』編纂に携わったことで知られ、また当時有数の詩文家でもあった（詩集・文集が残る）。つまり稗史である『関東勇士伝』の序者としては、（ふさわしいかどうかは別にして）最も格が高い人物と言えよう。延宝二年（一六七四）生まれ、享保三年（一七一八）四十五歳で没しているが、元禄十一年（一六九九）に水戸藩儒となり以後『大日本史』編纂に関わり、正徳元年（一七一一）に幕府の儒官となっている。以後江戸にあって、没したのも江戸だが、続々群書類従所収の「観瀾集」に収録された文章には、正

徳年間の年記で「平安　三宅緝明」と記すものもある（後述する『保健大記』序もそのひとつ）ので、正徳三年の『関東勇士伝』の署名は不自然ではない。

とりあえず、その序文を掲げる。原文には句読点はないが、私に施し、『板東忠義伝』の序と対校して、『勇士伝』の誤脱と思われる部分を〔　〕で補訂し、両者の異同について後に注記する。なお〔　〕で注記のないのは、脱字（と思われるもの）を『板東忠義伝』序で補ったものである

関東勇士伝序(1)

夫中国有史官、記於国事弁於邪正。以故、豪傑名賢之伝記、瞭然乎数百千歳後矣。然、巌穴之賢、海辺之英、往々其行事湮滅、識者傷之。本朝史籍至少、偶免於兵火書幾存。況及乱世、人々耳聞金鼓、目見旗旌而已。何暇史之。為、賢(2)主英臣之行事、不伝于後世宜也。余嘗読三木氏所録関東勇士伝、考其事跡、自古不載正史野史、巷説之所漏也。豈〔得〕(3)不有好事者附会之説邪偽記、可悪抛書廃之。竊惟、戦国之間侵掠暴伐関左(4)劇、人〔性〕剛麁不用記臆、世所称之名将事跡、伝其虚〔失〕(5)其実、亦唯不寡。勇士伝何妨真贋渾々不昧者其心乎。再把其書読之、若義連之慈仁寛大神威不測有義(6)、人君之度、実漢高明祖之風也。若為明之出処計略智術忠信大志、不譲留侯武侯。時範以下五英之武勇忠儀、樊灌関張之徒也。義党数百人可斉鑣於田〔横〕義士。婦人貞烈勇操亦一時之称也。天造地功真所謂風雲之集会也。悲哉、天不借之年地不得其所、数年而皆早世、其大図遠謀善行美事泯没不伝。抱志者観之、未嘗不潜然揮涙也。豈問其書

真贋哉。当其乱離之間、不失大倫、臣能死節、〔婦〕能守貞、士卒踏義之〔不〕可加、則千載之美譚也。後世〔君〕上臣〔子〕之鑑戒何加之哉。(7)於是乎余党三木氏所録而叨為之序、告四海之同志矣。

正徳三年癸巳九月

平安三宅緝明識

（1）『板東忠義伝』はこの部分、また文中「関東勇士伝」「勇士伝」とあるところ「板東忠義伝」「忠義伝」とする。
（2）『板東忠義伝』は「賢主」を「明王」とする。
（3）原文「伝」とあるを『板東忠義伝』で訂正。
（4）原文「関東左」とあるが、『板東忠義伝』によって「東」を削除。
（5）原文「矣」とあるを『板東忠義伝』で訂正。
（6）『板東忠義伝』は「義」なし。
（7）『板東忠義伝』は「何加之哉」を繰り返す。

私の漢文リテラシーでは正確な訓読ができないが、とりあえず大意は次のようになろう。
中国には史官の職があり、国事を記しその邪正を弁じており、豪傑や賢人の伝記は数百年数千年の後にも明らかである。しかし山奥や海辺の賢人・英雄の事績はしばしば伝わらずに失われ、識者はこれを残念に思う。わが国では史籍が非常に少なく、たまたま戦火を免れた書もわずかなものである。まして乱世には、人々は戦闘に明け暮れ、これを記録する暇もなかった。賢主・英雄の事績が後世に伝わらないのもやむをえない。私はかつて三木氏が書いた「関東勇士伝」を読み、そこに書かれた事績を考えたが、古来よりの正史にも野史にも載っておらず、巷説にも漏れている。好事の者が附会した説であり偽りであろう。憎むべきものとその書を投げ捨て廃した。しかし密かに思うに、戦国の時代、関東では侵略や戦闘が激しく、人の性も強く荒く、記憶もとどめていない。世に名将と称される者の事績も、嘘が伝わり真実が失われることも少なくない。「勇士伝」の真贋が渾沌としているからといって、その明らかな意図を妨げる必要があろうか。再びその書を手に取って読むと、足利義連の慈仁寛大、神威、義の有ること、人君の度量として漢の高祖の風がある。長尾為明の計略智術、その忠信や大志は留侯武侯にも劣らない。一色時範以下五人の英傑の武勇と忠義は、樊噲や灌嬰、関羽や張飛の類である。義連の一党数百人は田横の義士と等しい。婦人たちの貞烈にして勇壮なこともまた称えられる。天地が成したまさに風雲の集会である。悲しいことに、天地は時と所を与えず、数年にして皆早世し、その大望も善行も美事も失われて伝わらない。志を抱く者はこれを見て涙を流さずにはいない。その書の真贋を問う必要はない。まさに乱世において大倫を失わず、臣は節に死し、婦人は貞を守り、士卒は義を通した、永遠の美談である。後世の君臣の鑑としてこれ以上のものはない。ここにおいて、我が党の三木氏が記したところに勝手に序をなし、四海の同志に告げるのである。

文章の善し悪しも私には判断できないが、少なくとも『関東勇士伝』の紹介、顕彰としては充分なものだと思う。『関東勇士伝』に記されたところが史実ではなく、つまり偽書であることを指摘しつつ、そもそも戦乱の時代には史書が正確に歴史を伝えていないのだから、真偽が明らかでなくともその趣意を汲むべきだとし、義連、為明そして五英傑の人物像を中国の史書に記された人物たちと照らし合わせて評価している。さらに七英傑以外の一党の忠義や女性の活躍まで言及するのは、この作品の特色を実によくとらえている。そして最後は、英雄たちが亡びてゆく結末に涙し、もはやこの書の真贋は問題ではなく、ここに描かれた忠義や守操は後世の鑑であると顕彰する。

ちなみに三宅観瀾は前述の通り、水戸藩の国史編纂に深く関わっていた。そして『大日本史』の特色はいわゆる正統論を反映し、歴史上の人物に倫理的・道義的観点から論賛を加えることにあった。『関東勇士伝』序（その年記を信じれば）の前年に、観瀾は同僚だった栗山潜鋒の著『保健大記』に序を書いているが、そこでは「勧善懲悪」の語を用いて、我が国の史書がそうした点で役に立たないことを述べ、栗山の著が「敬畏を君心に致し、礼分を臣道に謹み、忠邪遁れず……」であると評価している（日本思想大系『近世史論集』）。つまり観瀾の史書に対する姿勢と『関東勇士伝』

序の内容には、共通するものがあるように思う。

以上の点から、とりあえず正徳三年、三宅観瀾の序であることに信を置くとすれば、注目されるのは、末尾でこの作品を「余が党三木氏の録する所」と述べていることである。「余が党」とは何を指すか明確ではないが、ともかく仲間だということになる。『板東忠義伝』跋文には「元禄十三年　三木成為」とあり、これが「三木氏の録」した時期についての唯一の指標になるわけだが、その時期の観瀾は水戸彰考館で『大日本史』を編纂していたのである。彰考館内あるいはその周辺でこうした偽史、稗史が創られていたというのは、楽しすぎる想像だろうか。しかし、前章で述べた通り、『板東忠義伝』は関東の史書や史料に精通している人物にしか書きえない内容が含まれており、考えてみれば当時そうした史書を見ることができる者は、かなり限定されるはずである。また、これも前章で述べたが、『板東忠義伝』はいわゆる正史との齟齬がないように周到に構成されており、歴史に対する倫理性も際立っている。だとすれば、少なくとも歴史研究・歴史叙述の専門家による遊戯的著作という想定は的外れではないように思う。ただ「三木氏」つまり「三木成為」については、この『板東忠義伝』の他に『小田続記』という著があるという情報（『国書総目録』）しかないようで、どこの誰なのか不明である。

さて、これを三宅観瀾の序と信じてよいのだろうか。しかし、もしそうなら、なぜⒶⒷで別人の名になっている（年記も異なる）のかが疑問となる。江戸での、しかも正徳年間から半世紀以上経っている安永年間の出版のため、勝手に三宅観瀾の名を出すことを憚ったのかとも思うが、それならば序文を削除するなり、別の序を付せばよさそうなものである。同時期に出版された『日本水滸伝』は、別の序文を付しているのだから。また、序の文章を生かすにしても、なぜ年記を変えたのか、そしてそれがなぜ「元文五年」なのかも謎である。

また、正徳三年の序を信じれば、それは跋文（『関東勇士伝』にはないが）の年記「元禄十三年」（一七〇〇年）ともそう離れておらず、この頃に『関東勇士伝』が成立していたということになる。そしてそこには、物語冒頭で七星が飛び散り、七人の英雄が生まれるという『水滸伝』的な枠組みが既にある。これは宝暦七年（一七五七）の岡島冠山『通俗忠義水滸伝』刊行をエポックとする従来の『水滸伝』受容についての常識と少なからず齟齬をきたしている。そうした点も含めて後考を待ちたい。

Ⅳ 近世小説と批評の可能性

第一章　近世小説を批評する　馬琴と『本朝水滸伝』を読む

一　近世文学研究と批評

近世文学研究が、そしてその分野ごとの特殊な術語が閉鎖的である最大の要因は、そこに批評性が稀薄なためだ、というのが私の考えである。批評性というのは別の言い方をすれば主体性ということで、研究者が自分の体験（主に文学体験）のなかに研究対象を位置づける姿勢である。そこでは、表面的な知識ではなく、自分の研究のいわば奥行きが問われるわけで、勇気あるいは暴虎馮河の蛮勇が必要である。とはいえ、蛮勇を奮ったところで、人は文学研究で死んだりはしない。そういえば、上田秋成は『春雨物語』に「筆、人を刺す、又人にささるれども相共に血を見ず」（「海賊」）と記し、『春雨物語』は「物語」を名乗りながら、きわめて批評的な著作だった。そうしたテキストに対して、たとえば「読本」だとか「国学」だとか、レッテルを貼ってもその本質にはとどかない。ただ「人を刺す」覚悟を持ってテキストに向き合う他はないし、そのような研究だけが、分野や術語の壁を超えてゆく可能性を持つのだろう。

さて、そうした批評性が近世文学研究から失われたのには、いくつかの理由がある。最も大きな理由は、かつてそうした批評性ゆえに近世文学が否定され、葬られようとしてきたことである。『八犬伝』が坪内逍遥の批評によって、旧時代の文学とレッテルを貼られたことはよく知られているよう（実際は逍遥はそんな単純なレッテル貼りはしていないのだが）。あるいは西鶴研究が戦時中抑圧されたという話も聞かされる。戦後、その反動として西鶴や『八犬伝』に対する肯定的な批評はなされたが、またそれに対する反動もあって、結果的に近世文学の研究領域を守るため（？）に批評性は封印される傾向が強い。古典領域としては膨大な作品のある近世文学においては、データベース作成と情報処理が研究の主流になったこともあり、批評はむしろ時代後れで非科学的なものとして退けられてきた。現在の近世文学研究の「常識」は、近世の文学は近世の価値観に即して読むべきで、現代人の感覚で読むべきではない、というものである。この「常識」に立脚する限り、批評性は生まれるべくもない。そもそも「近世文学」を我々とは別世界のもの、閉ざされたものとして見ているわけで、開かれた研究になるはずがないのである。

もちろん、現代の視点から近世文学を読み直す、という研究がないわけではない。たとえば近年では西鶴研究にその傾向は顕著である。ただし、そこでやはり密かに封印されているのが、西鶴小説への批判のように感じる。何とか西鶴の現代的な面白さを見つけ出したいという意図はわかるのだが、批判的視点がないと、批評は成立しないように思う。そして、なぜそのようないわば批判的批評が行われないかというと、近世小説に不満を感じるのは、我々が現代人の感覚で読んでいるからで、近世の人々はきっとそこに面白さを感じていたはずだ、それがわからないのは我々の勉強・研究不足なのだから、批判するのは不遜である、という思考パターンがあるからで、結局それは先の「常識」に縛られているのである。

そもそも文学研究の対象となるテキストは、価値においても意味内容においても決して閉じられたもの、完結・完了したものではなく、いまなお語りかけてくるものではないか。そして文学研究はそれを読むこと以外の何ものでもないのではないか。『源氏物語』の価値はいまなお決して定まっていないし、いわんや近世のテキストたちは、まだまだ読まれていない。読めば批評したくなる。あるいは、くだけた言い方をするならば、ツッコミを入れたくなる。とりわけ近世の小説はツッコミどころ満載の世界なのだから。

二　近世の批評――馬琴と『本朝水滸伝』

先に触れた『春雨物語』は、近世後期に成立したテキストだが、そこでは創作活動と批評性とがもはや不可分のものとなっていた。その経緯は、いわゆる「読本」の成立についての研究や「国学」の研究が充分に明らかにしてきたことである。ただ当時、批評が同時代の読み物・小説類へ向けられることはそれほど多くはなかった。『春雨』や秋成の批評も、古典やその研究（いわゆる国学）、そして自己に向けられたのである。同時代の読み物が批評に値するものとは考えられていなかったためだろうが、それでも近世末期になると、今日のいわゆる「文芸批評」的なものが出てくるようになる。「近世小説を批評する」試みとして、そうした「批評」を俎上にのせてみたい。それは、批評が「文学（研究）」に何をもたらすのかを考えるのにふさわしいように思われるからである。

さて、近世の読み物・小説に対する本格的な批評としては、馬琴が『本朝水滸伝』に対して行ったものがよく知られている。

『本朝水滸伝』（『吉野物語』とも）は、建部綾足が明和末年から安永初年にかけて（一七七二～七三年）執筆・刊行した未完の長編小説。前編十巻が刊行され、後編十巻が写本で伝わり、なおストーリーは道半ばのまま作者が没した。綾足は片歌唱導で知られる独特の国学者＝古典復興主義者で、『本朝水滸伝』もまた、そうした活動の一環として、雅文（擬古文）で書かれた、古代を舞台にした物語である。道鏡政権期に、それに反対する勢力が全国的なゲリラ戦を展開するという、スケール的にも画期的な作品で、そのスケールを支えたのが『水滸伝』の発想というか枠組みだった。(1)

その『本朝水滸伝』を馬琴が「批評」したのは天保四年（一八三三）、馬琴六十七歳、『南総里見八犬伝』をはじめ、『近世説美少年録』『開巻驚奇俠客伝』といった大長編小説を執筆中の、バリバリの現役作家である。その馬琴が記した批評が、その名も「本朝水滸伝を読む並に批評」という(2)。

馬琴は『本朝水滸伝』をどう批評しているか。端的に言えば「批判」のオンパレードである(たまに褒めるが、批判が五に賞賛が一くらいの割合か)。まず文体が雅文体であることを延々と批判。先述の通り、綾足にとってはその文学活動における必然的な文体だったわけで、「研究」してそのことを知っている我々から見ると、的はずれに思えるが、同時代人・近世人としての馬琴は、読み物は俗語文体でなければいけないと縷々述べ、

……綾足をしてなほ世にあらしめば、まのあたりに此ことわりを、しかじかと解示して、蒙霧を啓かせまほしく思ふかし。……

と、「上から目線」で語る。

さらに物語の内容についても、その構成の緊密でないこと、趣向の浅さを指摘するとともに、「勧懲」が正しくないことを批判する。構成・趣向のレベルで頻出するのは、「こころ得がたし」という批評用語(?)であり、「勧懲」については、「『水滸伝』をわろく見たり」「『水滸伝』の皮肉は見たれど、彼骨髄を知らざる」「『水滸伝』を何と見たるにや」と、『水滸伝』理解が不充分であると繰り返し述べる。

馬琴にとっては『水滸伝』を読み批評することと、読本創作とは不可分の関係にあり、しばしば

『水滸伝』を評し論じている。特に馬琴が自らの発見として誇るのは、『水滸伝』の主人公たちには「初善中悪後忠」の三段階があって、一見悪漢たちの傍若無人な行動を描いているようだが、最終的には「勧善懲悪」の論理で一貫しているということである。このことは、『本朝水滸伝』を評する前々年の天保二年に書かれた『半閒窓談』(『水滸伝』続編にあたる『水滸後伝』を評したもの)にはっきりと述べられており、馬琴得意の説だった。馬琴に言わせると、『本朝水滸伝』はそうした勧善懲悪の本質を学ばずに、表面的な悪の活躍を『水滸伝』から摂取しているというのである。(3)

しかし綾足が『水滸伝』をどの程度読みこんでいたのかは、実のところ不明で、交流のあった書肆を介してあらすじ的なものを知っていた程度、という可能性もある。また序文でタイトルについて、『吉野物語』がもともとのタイトルだったのだが、書肆の勧めで『本朝水滸伝』として刊行したと述べており、『水滸伝』をそれほど強く意識したものではないようにも思われ、少なくとも『水滸伝』を批評するレベルで『本朝水滸伝』が書かれたとは考えられないので、このあたりも、馬琴の批判は的はずれな印象が強い。

というより、実は『本朝水滸伝』は、むしろ雅文小説『吉野物語』として読まれる傾向が馬琴が批評した当時でも主流だったのだが、馬琴はあえてそれを『本朝水滸伝』として、つまり『水滸伝』翻案もの、さらには江戸の長編読本の嚆矢として位置づけ、読もうとしているらしい。(4)

先に触れた文体への批判が、要するに読本・大衆小説の文体論になっているのも、そういう経緯があるわけで、現役読本作家である自分のテリトリーに強引に引き込んでいるのである。まさに蛮勇であるが、しかし結果的にこの蛮勇批評が『本朝水滸伝』のいわゆる文学史的な位置と価値とを決定づけたのである。『本朝水滸伝』にとって馬琴は大恩人と言うべきだが、それは馬琴が『本朝水滸伝』を褒めそやしたことによるのではなく、徹底的に批判し対決したことによって、である(5)。

三　『本朝水滸伝』の「忠臣」

馬琴の「本朝水滸伝を読む並に批評」は、『本朝水滸伝』前編を扱うが、写本で伝わる後編についても馬琴の批評は行われている。これは馬琴の友人で馬琴小説の読者・批評者としても知られる木村黙老の評に、馬琴がさらにコメントを加えるかたちとなっている（黙老が馬琴から後編写本を借りて、それを返却する際に逐条の評を書いて送り、それに馬琴が頭書を加えたもの(6)）。

この後編批評において際立っているのは、第四十一条から登場する秦金明《はたのかねあきら》という人物についての言説である。黙老の評に対して、ほとんどの箇所で馬琴は同意し賛意を示しているのだが、この部分は黙老の評に対し「愚評はこれと異也」と述べ、末尾にまとまった形での論評を加えているのである。この部分以外は馬琴のコメントは頭書なので簡略なものがほとんどなのだが、ここだけは本格的な文章になっている。そしてそれは、徹底的な批判なのである。

馬琴の批評を見るまえに、まずは『本朝水滸伝』の秦金明という登場人物について見ておこう。道鏡を推挙した阿曾丸は、自身も出世して太宰府の司となり、私欲を恣にして悪政を施していた。家人・秦金明は、主君・阿曾丸を諫めるが聞き入れられない。さらに諫言をつづけると、目前で妻子を殺されてしまう。（第四十一条）

秦金明はそれでも主君の改心を願って香椎宮に籠って断食して祈願をする。瀕死のところへ、やってきた妻の母親にいったん救われるが、なお断食をつづけて死に、妻の母も同様に死ぬ。（第四十五条）

というのが、簡単なあらすじである。いわば究極の「忠臣」といった役どころだが、しかし、結局のところストーリーの進行にはほとんど関与していない。金明がいわば憤死した後も阿曾丸は相変わらず悪政をつづけ、一方阿曾丸を倒そうとする者たちの活躍も描かれるのだが、それは秦金明とは関わらない。『本朝水滸伝』は未完なので断言はできないが、どうも秦金明の死は、まったく意味を持たないらしいのである。

この「忠臣」について木村默老は、

此段の趣向、最勧懲によろしく、能出来されたり。（第四十一条）

忠臣の有様と老婆の哀傷を説尽してよし。（第四十五条）

と、いわば絶賛する。死んで主君を諫める忠臣というのは、いかにも近世的なキャラクターで、演劇でも読本でもよく出てくるので、この評はその意味ではわからなくはない。しかし、先に見たように、この「忠臣の死」はあまりにも無意味で、私たち現代の読者には何とも理解しがたいものである。黙老も、右のように述べたあとに、

但しここにて金明の助けかたは無けれども、遺腹の子といふか、弟といふかの後あらせなば、遺憾なかるべきか。是は作者の手ぬかりとも思ふはいかが。

と記していて、やはり違和感は感じているらしい。

馬琴は、先に述べたように黙老の批評に同意していない。それどころか、金明について「その愚極れり」「狗死をせし金明は今古無双の愚人ならずや」と酷評する。これは私たちの印象ときわめて近いものである。「今古無双の愚人」とは言いえて妙で、古来主君を諫める忠臣の話は枚挙にいとまがないが、ここまで無意味な諫死はまず例がない。なぜそのような描き方になったのか。黙老は先に見た通り「作者の手ぬかり」ととらえていた。馬琴の批評はそれとはまったく水準が異なっていて、金明についての批評の末尾には、

抑この本朝水滸伝は、をさをさ浄瑠璃本の趣向に肖せんとて作り設けたる事多かれば、理義も勧懲も正しからず。

と述べて、作品のいわば本質的なあり方を問うている。忠臣の諫死は浄瑠璃の趣向を外形的に取り込んだもので、物語全体の「理義」「勧懲」が間違っているために、このような人物が登場するこ

とになるのだ、と批判し批評しているわけだ。

四　秦金明の物語

さて、馬琴の批評の詳細を見る前に、もう少し『本朝水滸伝』の秦金明の物語を読んでみよう。先に見たように、ストーリー全体の進行には関与しないし、いかにもパターン化された「忠臣」の物語ではあるが、まったく面白くないかといえば、実は私たち現代の読者の眼からは、なかなか面白い要素を含んでいるように思われるのである。

金明が物語に登場するや、ただちに阿曾丸への諫言となる。彼の諫言ぶり、それに対する阿曾丸の対応という対話（ダイアローグ）に着目したい。本文を掲げる。

「しろしめすごとく、天皇は民の父母にてませり。又、勅《みこと》もちの司は其父母のみことのりをうけもちて、民をめぐみ給ふ御役也。さればこそ此太宰府は、正に是遠《とほ》の御門《みかど》にて侍るなれ。かかる御司におはしながら、神をないがしろにし、下を邪《よこしま》にくるしめ給ふ。……（以下具体的に阿曾丸の悪政をあげつらう）……是まで横さまにふるまひ給ひつる心を、麻の直きがごとく、玉の丸きが如くに改め正し給ふべし」と席をうち、面を正し、涙をうかめて聞えたるに、

と、まず金明の諫言は型通りと言えよう。面白いのはこれに対する阿曾丸の応答である。続きを掲

げる。

阿曾丸ほほゑまひて、「汝ひとり清《す》めりといふ面《おも》もちなり。申せる事いとかしまし。……汝さきに天皇は民の父母なりと申さずや。太上天皇の御うへを見よ。奈良の都に大仏を作らせ、いくばくの人をくるしめ給ひ、あまつさへ我は仏の奴《やつこ》也とはのたまひし。是はた我色にふけるにもまさりて、神の御末とふ事をわすれ給へるに似たり。我また色にふけりて、葦城《あしき》が姫をたふとめども、終に葦城が奴也とはいはず。また、色にふける事をいましめば、何を以て道鏡には法王の位をゆるし給へる。汝が申せる其父母さへかくの如くにいませり。我は其臣《おみ》なれば、直にこれ御子なり。子として其父母の御学びを仕ふまつらざるや。下をくるしめ、民をしへたげ、宝をむさぼるもまた上にならへり。汝はまた我家人なれば、天皇より申せば孫《うまご》也。我よりいへば真子《まなこ》なり。さらば汝なんぞ父母の学びを致さざる。今よりさるさかしら事を止めて、父母にならひて色にふけり、酒をのみ、家を作りて、おごりをきはめよ。……」

この阿曾丸の応答というか反論は、なかなか凄い。金明の述べる「天皇は民の父母」という言葉を逆手に取って、天皇が色にふけって民を苦しめるのだから、その臣下もまたそれに従って贅を尽くし色にふけるのが正しいのだと言うのである。つまりは逆説的な天皇批判、政権批判になっている。

道鏡の出世が孝謙天皇の寵愛に基づくことは周知のことで、『本朝水滸伝』もその経緯を冒頭に記し、物語は孝謙天皇＝道鏡政権に対するレジスタンスとして展開する。ただ物語中で天皇を直截に批判することはほとんどなく、批判は道鏡に向けられる。しかし、問題の根源が天皇にあることは明らかで、それをこれほど直截に指摘するのは、この箇所のみ、というか悪人の憎まれ口だからこそそれが可能になっているのである。

また、この阿曾丸の言葉には、天皇が仏教に帰依して神の末としての天皇の価値を貶めたという、いわゆる国学的な思想が反映している。それはもちろん作者・綾足の立場であり、時代の潮流でもあった。

つまりこの部分の面白さというのは、忠臣・金明よりも佞臣・阿曾丸の言説の方に正当性が付与されているように思える点にある。阿曾丸は道教と結託して権力をふるう悪人で、ミニ道鏡あるいは道鏡の形代的な存在であり（物語の焦点のひとつが阿曾丸を倒すことに向けられている）、もちろんここでの言説も、自己正当化の強弁であり、その意味では「正しい」ものではないが、にもかかわらず、悪人の自己弁護がはからずも真実を言い当てている、という感がある。

さらに先を見よう。阿曾丸の開き直った反論にも金明はひるまない。

「たとへを引たまへる事はなはだたがへり。「君々たらずとも臣々たらざらんや」といふ事はいかにわすれたまへる。……おのれ御家人に侍らひて、朝《あさ》に夕《け》に物たうべて、こえふとりて候事は、正に是君の御恵みなり。亦我のみか、妻子も候が、皆あたたかに着、あくまでにくらひてさむらふ。是みな御光りにあらずして何にか侍らん。扨、人としては妻にまさるめぐきも侍らず。子は猶妻にまさりて侍る事は、空の鳥・地の毛ものだにしかり。まして人のうへに侍るをや。さるめぐきものも、君のためには、塵あくたのごとくおもひかへてつかふまつるは、是臣の道也。唐国はそれ孝の国也。我御国は忠の国也。されば君のために命もおしまじ、妻子をも思はじ。ひたすら御心を改めたまふまでは、いつまでも諌め奉るなり」

ここで金明は儒教倫理によって阿曾丸を諌めるとともに、主君に比すれば妻子も物の数ではないと、自らの覚悟を語っているわけだが、ここでも阿曾丸はみごとに言葉尻をとらえる。「君のために命もおしまじ、妻子をも思はじ」と言った金明に対し、妻と子供二人を連れて来させ、

「いよいよ、今いへるごとく、我ためには妻子をかへり見ずとな。金明が妻もそこに聞べし。汝が夫は「君の為には妻子はちりあくたのごとくなり」といへり。さらば金明が目の前にて、我汝をおかすべし。是則汝をほこりのごとくするなり」

と言って、金明の妻を犯そうとする。金明は平然としているが、驚いた妻が逃げようとすると、阿曾丸は一刀のもとに斬り殺してしまう。さらに二人の子供も刺し殺す。本文で示すと、

兄の子はたちをどろき、弟の子は泣出すを、ともにとられて一ツの太刀にさしつらぬき、太刀の手上《たなかみ》をひねるにつれて、いとくるしければ、やいばにとりすがるに、指はきれおち、手《た》なひらはきりさかれて、うめきわななくを、金明なを眼もやらず。

と、残虐な描写である。そしてその結末は、

阿曾丸、猶二人の子に苦しみを見せて、金明が面を見るに、事ともなければ、「只今汝が申たることばにたがはず、いつはりなきこころをしりぬるうへは、われ汝がいのちをばゆるし、妻子が屍は汝にあたふるなり」といひざま、太刀をぬきてふたりの子をきりはなち、さむらふものどもを召つれて入りぬ。

ということになる。

阿曾丸の行為は残虐なのだが、しかし残虐行為を楽しむ異常性格者として描かれているわけではない。あくまでも、妻子は「塵あくたのごとく」と言い切った金明の言葉を受けて、それを試しているのである。金明は自らの言葉通り平然としており、それを見た阿曾丸は金明の言葉に偽りはないと認めて退出する。意地の張り合いのようでもあり、両者が自らの言葉を自らの行動原理として貫くという点で、拮抗しているように見える。善も悪も、その意味では相対化されている。つまりは金明の妻子の死は、金明と阿曾丸の共同作業のように見えるのである。ちなみに金明が妻子の死を悲しむ描写はまったくない。

これはやはり、近世の物語としてもかなり特異ではなかろうか。馬琴が特にこの部分を取り上げて批評したのは偶然ではない。秦金明という人物を通して『本朝水滸伝』は何を語ろうとしているのか、私たちにとっても大きな謎である。

五　馬琴の阿曾丸評

さて、再び馬琴の批評を見ることにしよう。先に紹介したように、馬琴はこの秦金明について、他の条のような頭書ではなく、本格的な文章で論じている。金明の行動についてその愚かさを指摘していることは先に見たが、さらに馬琴は阿曾丸の人物造型についても批判している。本文を引用する。

阿曾丸が残忍は奸臣の情にあらず。譬ば妹背山といふ浄瑠璃本なる入鹿にひとしきもの也。小人時と勢を得れば驕恣なる事、和漢に疇多かれども、阿曾丸は道鏡に媚て登用されしものなれば、その法を枉て賢を損ひ人を殺すことはあるべし。刃をもて人を殺すは奸臣のせざる所也。況金明はその家臣也。阿曾丸その己が意に悖りて犯し諫るを憎しと思はば、先ヅ金明を手撃にして、その大不敬の罪をもて妻子を誅するべき事なるに、金明を誅せずしてその妻と稚児を殺せしは、金明に憂目を見せん為也といはばいふべけれども、さばかりしうねく祟るべき事にはあらず。……よりて思ふに、阿曾丸がこれらの挙動は奸臣の情にあらず。もしかくのごとく作らんには、阿曾丸はかねてより金明の妻に思ひをかけたれども、その妻貞にしてうけひかざりしことありて、扨金明が犯し諫るによりその妻と子を殺すよしに作らば、前後照応して、作者の拙を掩ふに足るべし……

馬琴は今日の私たちとほぼ同様に、このあまりに唐突で無意味な妻子の殺戮に違和感を表明している。なぜこのような物語展開となるのか、私たち同様に理解できないのである。しかし、同時代の物語作者としての馬琴の違和感の表明の仕方は興味深い。

ここで馬琴は、阿曽丸の行動が奸臣のそれではなく、いわば悪王のものだと言っている。「妹背山といふ浄瑠璃本なる入鹿」というのは『妹背山婦女庭訓《いもせやまおんなていきん》』の蘇我入鹿のことで、父を殺し天皇を追放して王位を簒奪した悪の帝王とでも言うべき存在である。『本朝水滸伝』で言えば道鏡にあたる。つまり、道教の家来にすぎない阿曽丸が、あたかも巨大な悪の帝王のようにふるまっていることを、馬琴は批判している、というか、納得できずにいる。また、金明の妻を殺すなら、あらかじめ思いをかけていた設定にすべきだと、これはまるで『仮名手本忠臣蔵』の高師直とかほよ御前の設定で、つまり人物造型や行動の規範が浄瑠璃に求められている。

先にも引用したが、馬琴はこの批評の結論として、「抑この本朝水滸伝は、をさをさ浄瑠璃本の趣向に肖せんとて作り設けたる事多かれば」と述べていた。金明が具体的に何の浄瑠璃の趣向に似せているのかは述べていないが（よく似た話があまりに多すぎて特定できなかったのかもしれない）、『本朝水滸伝』全体を通しては、具体的に多くの箇所で浄瑠璃の趣向を利用していることを欠点として指摘している。しかし、実のところ浄瑠璃に疎い私などが指摘された浄瑠璃を読んでみてもピンとこないことが多い。むしろ浄瑠璃の趣向や人物造型が、無意識のうちに規範化されているのは馬琴自身ではないかと感じるし、この阿曾丸についての批評はそのことをあからさまに示唆しているように思われる。ちなみに馬琴の読本、特に『八犬伝』が様々な箇所で浄瑠璃・歌舞伎の趣向や人物造型を利用していることは、古くから指摘がある(7)。

ともあれ、ここでも馬琴の批判は的をはずしているように思える。先に見たように阿曾丸の論理は、あくまでも家臣としてのそれで、自らの悪を主君の悪によって正当化しているところがユニークなわけだし、彼の残虐行為は、金明の「妻子をも思はじ」という言葉を試すことに意味があるので、金明の妻に惚れていたり、先に金明を殺しては、まったく意味をなさない。ここで金明と阿曾丸は、主君への忠実さについての自らの言葉・論理の正当性を賭けてまさに対決しており、そこに劇(ドラマ)がある。

そして馬琴がはしなくも明らかにしたように、そのドラマは、近世演劇や読本の論理とはまったく相いれないものなのである。馬琴には、したがってそのドラマ性がまったく読めていないように思われる。だからこそ、ここに『本朝水滸伝』を読む際の重要なポイントがあるのではないか。

六　馬琴の「忠臣」

さて、話を秦金明に戻す。先にも紹介したが、金明は妻子を殺された後も阿曾丸の改心を願い、香椎宮に籠って断食する。願満ちる七日目に、妻の母がやって来て、意識不明の金明の口に粥を注ぎ、蘇生させる。そして年老いた自分まで見捨てるのかと歎き訴える。ところが金明は、せっかく願が成就するところだったのに断食を邪魔したと悔しがり、神への契約を破ってしまったので、またあらためて苦行をせねばならないと語る。そしてまた断食に入り四日後に死ぬ。妻の母も、金明の言葉に従い同じく七日ほどで死ぬ。

これで金明の物語は終わりである。ここが第四十五条（前編から通算）で、『本朝水滸伝』は五十条で未完で終わり、ただし七十条までの目録（目次）が残されているが、本文にも目録にもこの後金明の名は見られない。壮絶な「無意味な死」としか言いようがない。こうした「無意味な死」に対して馬琴は、

犯し諫れども聴れず、剰罪もなき妻と稚児を殺されなば、速に退身して山林に隠れもせば賢良の人ともいふべし。然るをなほこりずまに、香椎の神に祈りて主の悪心を善心になさまくほりせしは、その愚極れり。

と述べるが、ここでは単に愚かさを指摘しているだけではなく、本来の忠臣のとるべき行動を指摘している。すなわち、諫言して容れられなければ、隠遁せよというのである。

この馬琴の言説から思い浮かぶのは、ひとつは『論語』の「天下に道あれば則ち見はれ、道無

ければ則ち隠る」（泰伯篇）とか、「所謂大臣とは、道を以て君に事へ、不可ならば則ち止む」（先進篇）といった言葉で、確かに儒教倫理が本来決して「無意味な諫死」を肯定していないことは、馬琴の言う通りである。

そして、もうひとつ連想されるのは、『南総里見八犬伝』の発端部に登場する金碗八郎である。金碗八郎は、安房の領主である神余光弘に仕える家臣だったが、主君の行状が悪いため何度も諫めるが聞き入れられず、神余のもとを去って身を隠す。その後、神余光弘は悪臣・山下定包の策略で殺され、定包は自ら領主となり、悪政を行う。そこへ落武者として里見義実が安房にやって来て、八郎は義実を輔佐して定包を倒す……。

この金碗八郎はまさに馬琴の言う「賢良の人」と言えよう。しかし馬琴は彼を単なる「賢良の人」あるいは理想の忠臣としたわけではない。山下定包の策略にはまって神余光弘を射殺してしまった杣木朴平らは、もともと金碗八郎の武芸の弟子だったのである。さらに、主君の仇である山下を倒したものの、結果的に神余の領地は里見義実のものとなる。義実は八郎の功を称え臣下として厚く遇しようとするが、「忠臣」である八郎は、神余へのいわば義理を通すため、切腹してしまう。

これもまたある意味では「無意味な死」である。彼がいまさら死んでも、どうなるというわけではない。しかし、『八犬伝』という物語においては、この金碗八郎の死は重要で、これが八郎の遺児・金碗大輔と義実の娘・伏姫の因縁を生み、八犬士誕生へ向けて大きな意味を持ってくる（木村黙老が秦金明の死について、「遺腹の子」でもいればよかったと述べていたのは、金碗八郎と遺児・大輔の存在を連想してのことかもしれない)。

ともあれ、馬琴は自らの描いた「忠臣」を意識しつつ『本朝水滸伝』を批評し、批判している。馬琴が金明の「愚」を執拗に語るのは、それが馬琴読本の本質と関わるからである。金碗八郎を例に挙げたが、そもそも馬琴の読本、とりわけ『椿説弓張月』以後のいわゆる史伝物とよばれる、歴史上の人物を主人公とした物語において中核をなすのは、「不遇の忠臣」とでも言うべき存在なのである。『弓張月』の為朝はもちろん、『八犬伝』においても金碗八郎以外にも不遇の忠臣は枚挙にいとまがない。そして、そうした不遇の忠臣に光を当てることが、馬琴のいわゆる「稗史(よみほん)」のメインモチーフであり、馬琴の言う「勧懲」の要をなすのである。したがって「不遇の忠臣」がただ「忠義」を貫いて「無意味な死」を遂げることは何としても認められなかった。

七　おわりに

批評は、結局のところ、自らを語ることになるのだろう。そしてそのような批評のみが、開かれた「文学研究」なのではあるまいか。もちろん、馬琴の批評は私にとって同意できるものではない。先にも見たように、馬琴の結論は、抑この本朝水滸伝は、をさをさ浄瑠璃本の趣向に肖せんとて作り設けたる事多かれば、理義も勧懲も正しからず。

というものだったが、私の理解では、『本朝水滸伝』の「理義」「勧懲」が正しくないのは、決して浄瑠璃の趣向を模したためではない。それはむしろ浄瑠璃や馬琴の読本における物語のルールや常識を逸脱しているということなのである。それでは、『本朝水滸伝』の理義や勧懲はどこにあるのだろうか。

私なりの批評として述べておくと、秦金明という「忠臣」は、作者が登場させたものの、結局意味を与えることができなかったために、「無意味な死」を遂げざるをえなかったのだと思う。なぜ意味を与えることができなかったかと言えば、それは『本朝水滸伝』における登場人物の行動原理が「忠義」ではないからである（その意味では馬琴の指摘は正しい）。『本朝水滸伝』において、道鏡政権に対抗する者がしばしば取る作戦は、色仕掛けである。関東での武器の調達、アイヌのリーダーの籠絡、東北の支配者の説得と、三回にわたって美女・美男を利用する。さらに阿曾丸を倒す戦略としても、中国から逃亡してきた楊貴妃の魅力を使って阿曾丸に近づく。道鏡が色仕掛けで天皇を籠絡して権力を手にしたのに対し、対抗勢力も同じ手段を取るのである。あえてキャッチフレーズ風に言えば、『本朝水滸伝』の基本原理（「理義」と言ってもいい）は「エロス」なのだ。注1に挙げた高田衛「亡命、そして蜂起へ向かう物語」は、……綾足が書く〈亡命〉は、倫理を至上とする体制秩序に対して、それに抑圧される人間私人の側の、内なる自然としての魂の――ここではエロスの――暴発と暴走という一面を持っているかに見える。

と指摘している。ただし、『本朝水滸伝』においては「体制秩序」も倫理ではなく反倫理としてのエロスによって成立している（道鏡―孝謙帝）わけで、そこに「抑圧される人間」といった近代的なモチーフは存在せず、むしろ徹底した「エロス」こそが正邪・善悪を超えた物語原理であり、そこに綾足の「古代」あるいは「国学」の特色があるのではないか。

そして、そこには秦金明のような硬直した忠義の入り込む余地はない。まして、妻が犯されようとしても殺されても平然としている人物は、『本朝水滸伝』においては「無意味」なのである。なぜ「無意味」な人物を登場させたのかと問われると、私にも名案はない。「忠義」の無意味をあえて強調した、というのは近代的にすぎるし、近世人と同じく「作者の手ぬかり」とでもしておくのがよいようにも思う。そもそも、「小説」の面白さとは、そうしたところにあるのではないだろうか。

注

（1）『本朝水滸伝』の全体像や基本構造を論じたものとしては、高田衛「亡命、そして蜂起へ向かう物語」（『新編江戸幻想文学誌』二〇〇〇　ちくま学芸文庫、初出は一九八七）や長島弘明「『本朝水滸伝』の構想」（『日本文学』一九八六年八月号）があるが、いまだに『本朝水滸伝』が何であるのかは謎である。つまり、まだまだ読まれていない。なお『本朝水滸伝』本文の引用は新日本古典文学大系によるが、振り仮名は一部省略する。

（2）静嘉堂文庫蔵。『本朝水滸伝後篇・由良物語』（静嘉堂文庫　一九五九）に翻刻されている。引用は同書による。

（3）馬琴の『水滸伝』批評については、中村幸彦「滝沢馬琴の小説観」（『中村幸彦著述集』第一巻所収、初出は一九六三）に概略がまとめられている。なお『半閒窓談』には、綾足に対するとほぼ同じ、「これらは水滸の皮肉を見て、いまだ骨髄を知らざるもの也」という表現が、清の蔡昊の『水滸伝』評に対して用いられている。

（4）紅林健志「『本朝水滸伝』改題考」（『近世文芸』第九五号　二〇一二）で詳細に論じられている。

（5）『本朝水滸伝』に対する馬琴の言及が「江戸読本史」において大きな意味を持つことは、たとえば宮嶋夏樹「京伝・馬琴——江戸読本の系譜に触れて」（『日本古典鑑賞講座第二五巻　馬琴』角川書店　一九五九）が論じている。

（6）静嘉堂文庫蔵。注2の『本朝水滸伝後篇・由良物語』に翻刻。引用は同書による。

（7）河合眞澄『近世文学の交流——演劇と小説』（清文堂　二〇〇〇）に集大成とも言うべき詳細な論述があ

る。また河合は、同書において、

作者自身が演劇に依存して人物を描き、読者の側も、演劇を介して『八犬伝』に登場する人物の像を形成する。それでは『八犬伝』の登場人物に、新しい性格が付与されるはずもなかった。演劇の影響の下、『八犬伝』に登場するのは類型的な人物であった。

と、かなり厳しい批評を行っている（坪内逍遥の批評を新たな視点から肯定しているようにも見える）。私は演劇の影響があることと、人物が類型的であるかどうかは、基本的には別の問題だと考えるが、より議論が深められるべき課題である。

第二章　近世小説の「文章」　人称・視点・映像・連句をめぐる四方山話

一　「白峰」の人称

久しぶりに『雨月物語』を読み返してふと気になった。巻頭「白峰」の冒頭部である。周知の文章だが掲げてみる。

あふ坂の関守にゆるされてより、秋こし山の黄葉《もみぢ》見過しがたく、浜千鳥の跡ふみつくる鳴海がた、不尽《ふじ》の高嶺の煙、浮島がはら、清見が関、……木曾の桟橋、心のとどまらぬかたぞなきに、猶西の国の歌枕見まほしとて、仁安三年の秋は、葭《あし》がちる難波を経て、須磨明石の浦ふく風を身にしめつも、行《ゆく》ゆく讃岐の真尾坂《みをざか》の林といふにしばらく筇《つえ》を植む。草枕はるけき旅路の労《いたはり》にもあらで、観念修行の便《たより》せし庵なりけり。

（引用は新編日本古典文学全集による）

この文章を、現在のいわゆる現代語訳は、一人称で訳すのが通例である。石川淳の『新釈雨月物語』をはじめ、現行の諸書、管見の限り例外はなかった。しかし、この文章は一人称の文章なのだろうか。実は私は、この文章を一人称として読んではこなかった。つまり主語の明示のない三人称で読んできた。そしていま頃になって、それが普通ではないらしいことに気づいたのである。

さて、あらためて考えてみた。途中までは一人称でも三人称でもどちらでも読める。

（私は）逢坂山の関守に通行を許されてから、秋の黄葉を見過ごせず……

でも、

（西行は）逢坂山の関守に通行を許されてから、秋の黄葉を見過ごせず……

でも同じ現代語訳になる。しかし地名の羅列の後、「心のとどまらぬかたぞなきに、猶西の国の歌枕見まほしとて」というあたりからは、三人称的な視点、つまり語り手による文と考えるべきだろう。「見まほしとて」の「とて」は、「見まほし」という心情を外から説明している語で、一人称の表現ならば「見まほしく」である。ただこの箇所も現代語訳をすると、「見たいと思って」という一人称とも三人称とも取れる日本語になるので、同じと言えば同じである。それにしても、最後の「草枕はるけき旅路の労にもあらで、観念修行の便せし庵なりけり」はどう考えても語り手のコメントで、一人称ならば最後の助動詞は「き」だろうし、そもそも自分の庵住みを「観念修行の便せし庵なり」と言うだろうか。この部分を一人称で訳すと、西行自身が、「しばらく讃岐に滞在したのは、旅路の疲れをいやすためではなく、仏道修行にはげむためなのだ」と揚言していることになるわけで、かなり違和感がある。語り手が、「西行にとっては旅の疲れをいやすためのものではなく、仏道修行にはげむためなのだ」と説明していると解すのが自然だろう。現行の現代語訳は、あえて不自然な解釈を採用しているのである。

ちなみに、「白峰」はこの冒頭部を含めて『撰集抄』を典拠としており、『撰集抄』が西行作に仮託され西行の一人称的な文章で書かれていることは事実である。それが「白峰」を一人称で現代語訳する理由のひとつではあろう。

「白峰」冒頭の文章について、近年論を成しているのは稲田篤信「『筑紫道記』と『雨月物語』」(『文学』二〇〇九年一・二月号)である。そこでは『筑紫道記』の冒頭が掲げられて、「白峰」との類似性が指摘されている。又引きになるが、『筑紫道記』の冒頭は次の通り。

二毛のむかしより六十の今にいたるまで、をろかなる心一すぢにひかれ、入江のよしあしにまよひ、身をうきしづむなげきたえずして、うつりゆく夢うつつの中にも、時にしたがふ春秋のあはれおもひすてがたく侍るままに、国々に名ある所見まほしく侍るほどに、つくば山もおもひ入るさはりなく、白川の関の越がたきさかひをも見侍りしかば、……ほどもなく博多の海も浪をさまりて、岩国山いとどうごきなきかくれがとなりぬれば、文明十二の六月のはじめ、周防国山口といふにくだりぬ。

確かに似ていると言えば似ている。稲田が指摘するのは、紀行文の約束事的な要素についてで、その点では異論はない。ただ、「人称」にこだわって見ると、これは似て非なるものではないか。この文章は主語が明示されないといっても、冒頭明らかに述懐であり、特に「をろかなる心」には一人称が露出している。「見まほしく侍るほどに」も、「白峰」の「見まほしとて」とは明らかに異なり、一人称文体である。なお、中略部分には助動詞「き」も用いられている。

『雨月』が中世紀行文の影響を受けているという指摘には従うが、文体の問題としては『雨月』はそれとは違う何かを創造しているということが、両者の比較からむしろ明白になっていると考える。したがって、『筑紫道記』との比較からも「白峰」冒頭を一人称で訳すのは適切でない、と自説を補強させていただく（それは『撰集抄』の文章を典拠としながらも、「白峰」がそれとは別の文体となっていることの傍証ともなろう）。

二　視点の問題

さて、稲田論文には「「白峰」の冒頭部分が紀行文の冒頭に似ていることは、すでに板坂耀子に指摘がある」とあり、確かに板坂耀子の名著（だと私は思っている）『江戸を歩く――近世紀行文の世界』（一九九三　葦書房）を繙くと、その巻頭に、「白峰」の冒頭が掲げられてその旨の指摘がある。板坂は、「白峰」冒頭が紀行文の冒頭と類似していること、その文章が周到な計算のもとに書かれたであろうことを述べ、そして、今度は西鶴の文章を引用する。「白峰」同様、人称のはっきりしない、しかし一人称的な書き出しが、やがて三人称の「話」となる『懐硯』の一節が取り上げられている。そして西鶴の方は、周到な計算というよりは「乱暴さであり、雑さ」であると述べている（批判・否定しているのではなく、むしろ感嘆しているのだが）。そのうえで、次のように議論が展開する。

……ちょうど映画でカメラに映ったものが、そのまま語り手や登場人物の目に映ったものとなり、観客が、登場人物の見ていると同じものを見ているというような画面の処理のしかたが生むのと同様の効果が、たしかにある。……

この指摘にはまったく同感である。そして、「白峰」の文章が西行とともに進んでゆき、西行の見たもの感じたものがストレートに（第三者の語りといった媒介なしに）伝わってくるという理解においては、訳文に一人称を採用してきた先学と、私との間に差異はないのだろうと思う。問題は「人称」というより「視点」なのかもしれない。

『雨月』や西鶴を読んでいると、確かに「映像」が目に浮かぶことが少なくない。特に私にとって『雨月』は実に「映像」的な文章が多くて、そのつど「映像的な表現だなあ」と思いながら、なぜカメラも映画もなかった時代に「映像」的な文章が書けるのかと、不思議でならない。特に「白峰」冒頭からのつながりで、そうした例として思い浮かぶのは「青頭巾」である。

「青頭巾」は、冒頭「むかし快庵禅師といふ大徳の聖おはしましけり」と、三人称による人物紹介から始まる。しかし、その後一文をはさんで、

美濃の国竜泰寺に一夏《いちげ》を満《みた》しめ、此の秋は奥羽のかたに住むとて、旅立ち給ふ。ゆきゆきて下野の国に入り給ふ。

という文は、「給ふ」によって明らかに「語り手」の存在は明示されているが、文章の与えるイメージは「白峰」とよく似ている。「此の秋は奥羽のかたに」とか「ゆきゆきて」とか、登場人物と語り手が一体化している印象なのである。つづいて、

富田といふ里にて日入りはてぬれば、大きなる家の賑はしげなるに立ちよりて一宿《ひとよ》をもとめ給ふに、田畑よりかへる男等、黄昏《たそがれ》にこの僧の立てるを見て、大きに怕《おそ》れたるさまして、……

ということで、物語が始まる。ここも三人称ではあるが、視点は完全に快庵のものである。先の引用を含め、「給ふ」を取ってしまえば、「白峰」と何も変わらない。

もう少し先を見る。宿の主人から、山寺の僧が鬼となった話を聞き、快庵は自分が済度すると語ってその夜は床に就く。そしてすぐ次の文である。

山院人とどまらねば、楼門は荊棘《うばら》おひかかり、経閣もむなしく苔蒸《こけむし》ぬ。蜘、網をむすびて諸仏を繋ぎ、燕子《つばくら》の糞、護摩の床をうづみ、方丈廊房すべて物すざましく荒れはてぬ。

この部分は、いまも説明したように快庵が床についたという文（「臥戸に入りぬ」）に連続している。

つまり、快庵が眠りについて場面が暗転した後、いきなり山寺の荒れ果てた描写となるのである。思わず「暗転」と言ってしまったが、この流れはまったく「映像」を見ているかのように感じる。つまり、つなぎを説明する文章がない。そして「カメラ」は荒れ果てた寺の様子を細かく映し出す。蜘蛛の巣や燕の糞まで。それは、もちろん快庵が山寺を訪れたことを語っており、同時に「カメラ」の映し出すものは快庵が目にしたものに他ならない。繰り返す。三人称ではあるが、快庵視点の文章である。そして「映像」的。

「白峰」と「青頭巾」の本質的な類似は、この、「視点」が徹底的に西行、快庵に寄り添っていることにあると思う。西行は崇徳院と議論し、快庵は山寺の鬼僧と対峙するが、どちらの話も徹頭徹尾、西行側、快庵側の視点で描かれ、語られている。そもそもどちらの話も西行、快庵以外に目撃者も立会人もいない、いわば「密室」の物語なのである。

先に引用した板坂の文章は、次のように続く。

……はじめからおわりまで、カメラが、その人物の目から見た映像しか追わなかったら、見ている方はどこかでかなり落ち着かなくなってしまうのではなかろうか。

つまり、「白峰」で西行の名前が出てきて三人称の表現が明示されてからは、この「カメラ」の「映像」からは解放されると読んでいるらしいが、私はいま述べたようにそうは思わない。確かに一見西行と崇徳院のやり取りが第三者の視点で描かれているように見えるが、本質的には最後まで視点は西行とともにある。西行の見たもの以外を読者が見ることはない。

三　映像的表現と連句

さて、思いがけず、作品論的なところまで行ってしまった。いま一度表現の問題に立ち返りたい。なぜ、近世に「映像」的な文章が生み出されるのか、ということである。

板坂は先に紹介した通り、西鶴も「白峰」類似の表現をしていると『懐硯』を引用していたが、西鶴の映像性については、笠井清が、これまた記念碑的な名著である（と私は思っている）『椀久一世の物語――評釈と論考』（一九六三　明治書院）所収の「『椀久一世の物語』論」において詳細に論じている。いわく、

西鶴も、著名な俳諧師であった関係もあろうが、その小説の描写には映画の手法と酷似したものが少なくなく、殊にこの『椀久一世の物語』に於ては、今日の映画の技巧に相似た手法が枚挙にいとまのないほどである。私はこの章では、それを具体的に列記し、点検し、解説して、如何に西鶴の表現が斬新であるかについて述べることにしたい。

笠井はこう述べて、実際に『椀久一世の物語』の映画的な要素を徹底的に列挙し解説しているが、その中身はいまは置く。注目したいのは右の引用文の冒頭に、西鶴が俳諧師であったことを指摘し

て、それが映画との共通性の前提になっていることである。

なぜ俳諧師の小説・描写が映画の技法と似ているのか。いま引用した笠井の文の前段には次のように記されている。

かつて故寺田寅彦博士は、芭蕉及び蕉門の俳諧が、映画の手法に相似たものをもっていたことを力説されて（『寺田寅彦全集』第三巻及び第七巻参照）、

　発句が唯一枚の写真であれば、連俳は一巻の映画である。実際最も新しくして最も綜合的な芸術としての映画芸術が段々に、日本固有の、しかも現代日本で殆ど問題にもされない連俳芸術に接近する傾向を示すのは、興味の深い現象であると言はなければならない。

などと述べられ、俳諧の付合と映画のモンタージュを比較されて、蕉門の俳諧の付味には如何なる名映画のモンタージュも及ばないと述べられ、蕉門の俳諧中に既に映画の大写しや重ね写しの如き手法が存在していた事を指摘しており、……

というわけで、俳諧と映画の共通性が寺田寅彦によって指摘されていることを踏まえて笠井の論は成り立っているのである。そこで笠井に導かれて寺田寅彦の著述を繙くと、確かにそこでは映画と俳諧（連句）の共通性が指摘されている。特に「映画雑感」「映画時代」「映画芸術」など、映画を論じた随筆において、いわゆるモンタージュの手法が連句と共通することを繰り返し述べている。端的な部分を引用する（岩波文庫『寺田寅彦随筆集』による）。

あらゆる芸術のうちでその動的な構成法において最も映画に接近するものは俳諧連句であろうと思われる。（「映画芸術」）

ただし寺田寅彦は、映画は近世の連句に比べてまだまだ幼稚で、洗練されていないと考えている。つまり、映画と共通する要素があるから連句が素晴らしいというのではなく、その逆。もちろん、寺田寅彦が見ていたのは、まだ黎明期、実験的な段階の映画である。念のため。ちなみに笠井は、西鶴の表現が映画的であることが、その斬新さだと考えており、評価の機軸は反転している。寺田の論の筋道に沿えば、西鶴の表現が映画的であるのは、俳諧の特性から導かれる当然の成り行きで、「斬新」さではないはずである。

実のところ、私に寺田の論の正否を判定したり、展開したりする知見は、残念ながらない（映像論においても、連歌・連句においても）。それでも、多少連句の勉強をしてみた経験からも、この着眼には納得できるものがある。連句で句を付けてゆく時に要求されるのは、前句からいかに具体的な場面、つまり映像をイメージできるか、ということで、逆に言えば連句は常に具体的な映像によって展開していくことになる。寺田は「映画時代」において、

……連句における天然と人事との複雑に入り乱れたシーンからシーンへの推移の間に、われわれはそれらのシーンの底に流れるある力強い運動を感じる。

と述べて、具体例として「猿蓑」の連句を例として挙げてみせ、その少し後で、

……映画では筋は少しも重要なものでない。人々が見ているものは実は筋ではなくしてシーンであり、あるいはむしろシーンからシーンへの推移の呼吸である。

と述べる。連句の映像性を規範として映画を論じていることがわかるだろう。

寺田の論に沿って考えていくと、連歌・連句は言葉による表現を「意味」としてではなく「映像」として提示し受容するテクニックを、何百年かをかけて磨いたのかもしれない。その成果が、直接には芭蕉の俳諧となり、散文に反映したのが西鶴や秋成であった、ととらえることはできないだろうか。そう思ってみれば、そもそも連歌の規範とされる「水無瀬三吟」など、

雪ながら山もと霞む夕かな／行く水遠く梅にほふ里／川風に一むら柳春見えて／舟さす音もしるき明けがた／月や猶霧わたる夜に残るらん……

と、カメラワークのように「映像」が展開する。そう言ってもピンとこない人も多いと思うので、私の解釈というか、脳裏に浮かぶ「映像」を簡単に記してみると、

雪が残る山の麓に霞が立ち込めている夕暮れ／遥々と川が流れ下り、里では梅がほころぶ（ここまではまるで風景画）／川のほとりには柳の新緑が風に揺れて鮮やか（一転して風に翻る柳が眼前にあるかのよう）／舟をこぐ音があたりに夜明けを告げる／見上げれば有明月が夜霧にかすんでいる（既に読者は情景のなかにいる）

といったところ。四句目は視覚というより聴覚映像だが、それもまた舟をこぎだす船頭の（実際に

は見えていない）姿を呼び起こしている。これはまぎれもない「映像表現」であり「映像芸術」である。

四　人称と日本語

とりとめのないエッセイとなったが、最後にもう一度「人称」の話に戻る。連句の「人称」である。それは連句が自在に変化し展開していくための重要な要素である。『去来抄』にある有名な例だが、去来の「岩鼻やここにも一人月の客」の句について、去来は「自分が月を眺めていると、岩頭にいま一人の風流人がいた」という意味だと語り、それに対して芭蕉が「自分自身が岩頭にいる」方がよいと言う。句を作り変えろと言うのではない。このままの句で「自称の句」とせよと言っている。どちらでも解釈可能なのである。だから連句は自在に転じることができる。

ということで、人称が自在に転じていく秋成や西鶴の文章は、連歌・連句を視野に入れればごく自然なものなのかもしれない。そして「映像」的であることも。考えてみれば『筑紫道記』のような中世紀行文も、主な書き手は連歌師だから、共通する要素があって当然ということになる。そして、連歌・連句という文芸の成立には、そもそも日本語が人称を自在に変化させる性質を持つ、つまり一定の「人称」など存在しない言語であることが関わっているのだろう。――と、こうなるともう身も蓋もない話になってしまう。

第三章　近世小説のブンガクキョーイク　文学の倫理性について

一　はじめに

　今日のテーマは「文学教育の転回と希望」ですが、「文学教育」というのは、何とも口にするのが気恥ずかしい言葉で、だからとりあえず標題はカタカナにしたのですが、かえって威圧的で傲慢な印象になった気もします。別に会場の皆さんをキョーイクしてやるぞ、ということではもちろんなくて、日々の授業において、こんなふうにブンガクなるものをキョーイクしているのですが……という謙虚な標題のつもりだったわけです。しかし、考えてみれば授業において学生をキョーイクするということは、まぎれもなく傲慢で権威的な行為なわけで、はしなくもそうした側面がよく出たタイトルかもしれませんし、そうした傲慢さを否定するつもりはありません。

　さて、私は江戸時代の文学を専門にしていて、授業でもそれを扱っています。ただ、別にその道の専門家を養成することを目的としているわけではなく、したがって特殊な知識として江戸時代の文学を教えているわけではありません。では、なぜ、何のためにそんなものを授業で扱うのか、と問われるとなかなか答えづらいところで、結局は「言葉との出会い」を学生に提供する、くらいのことしか言えません。その意味では中学・高校の国語の授業と本質においては違わないと思います。もちろん、教材を自分で選択でき、進度も自分勝手に決められる点ではまったく違いますが、教材とどう向き合い、それを学生・生徒にどう提示するか、という方法論においては共通しているのではないでしょうか。これから、私の授業の話（何の変哲もないあたりまえの授業の話です）をするわけですが、そういうものとして聞いていただけるとありがたいと思います。

二　『清水物語』を読む——ガクモンとの出会い

江戸時代の文学を全体的に見るという、いわゆる文学史的な授業があるのですが、そこでは江戸時代の小説の出発点として仮名草子を扱います。言うまでもなく、江戸時代初期に出版業が成立したことは、文化史上の決定的な節目であり、文学も教育も、それ以前とは別の次元に入ったし、私たちの時代はその延長上にあるわけです。単純化して言えば、多くの人が本を通して娯楽を得、そして知識や教養を得るという生活スタイル、ということになるでしょうか。仮名草子というのは

（何だか文学史の講義をしているようで恐縮ですが、話の都合上ご辛抱ください）、江戸時代初期の庶民向け出版物の総称で、様々な（後にはいわゆるジャンルに細分化される）タイプの読み物が含まれます。ですから、まずその様々なものを学生に提示して、出版（本）の始まりに触れてもらう。そして、そこからいくつかのテキストを読むことになります。なお、「触れる」と「読む」の違いは、一度読んで通過するのが「触れる」で、二度三度としつこく読むのが「読む」ということです。文学教育というのは、どんなテキストでも二度三度と読む場面で成立するものだと思います。

それで、私が必ず学生に「読ま」せる仮名草子が『清水物語《きよみず》』です。寛永十五年（一六三八）刊、分類としては教訓書ということになります。二、三千部売れた「文学史上最初のベストセラー」（新日本古典文学大系『仮名草子集』解説　渡辺憲司）だとされています。

清水寺の門前で、七十歳ほどの老翁と四十歳くらいの順礼（巡礼）が問答をする、という設定ですが、問答の始まるところから本文を読んでいきます。授業では原文を読みますが、ここでは現代語訳（私訳）でお示しします。少し長くなりますが、おつきあいください。まず順礼の質問がなかなかラディカルなのです。

順礼が老人に尋ねる。

「観音経に説かれるところでは、一度「南無観世音」と唱えた人はあらゆる災難を免れ、願い事も叶わないことはないと聞いております。ところが、こうして順礼をしている人のなかでも、色々な災難に遭う人は多いのです。その時に何度も「南無観世音」と唱えるのですが、その効果はないようです。また願い事が叶うということもないのですが、これは仏様も嘘をつかれるということでしょうか」

老人が答える。

「観音様に嘘はありませぬ。人々の心に嘘があるのじゃ。すなわち、目の前にある鏡こそが観音菩薩の御心での、鏡に映る影は、鏡に向かう者の姿なのじゃ。これをよく考えるがよい。誠の心で向かえば、誠のことが与えられ、偽りの心で向かえば、偽りが示される。願い事が叶わないというのは、その人が偽りの心で観世音に向き合っている証拠でもあろうかの」

「誠とは何のことでしょうか。私どもが自分の心に思うこと、願うことを、ありのままにお祈りすれば、それはみな誠ではないでしょうか」

「それは誠ではないのう。誠とは、道理に叶うことを言うのじゃ。たとえば、人の持っているお宝などを、欲しくなって奪ったとしたら、それは誠と言えるじゃろうか。ここのところをよく考えてみるがよい。心に思うことをそのまま願ったり祈ったりしても、それは誠とは言えないのじゃ」

「道理に叶ってさえいれば、歌にいう「祈らずとても神や守らん（祈らなくとも神様は守ってくださる）」だと、心得ればよいのでしょうか」

「やっとわかったようじゃの」

「それにしても道理と無理の区別は、どうやって知るのでしょうか」

「学文をして、その区別を知るのがよいじゃろ」

「私のような文字もろくに読めず、ものも書けない者が、どうして急に本を読んだりして学ぶことができましょうか」

「学文というと、古い本を読むことばかりが学文だと思っておるようじゃな。確かにそれも学文ではあるが、それだけが学文だと思い込んでおると学文の本当のところを見失い、たとえ本を読んでも、意味のないことになってしまうぞ。学文というのは、道理と無理との区別を知り、自分の行いを良くするためのものじゃ。いにしえからの学文の姿を大まかに話してやろうかの。

まず上代の学文といえば、その頃は文字もなかったので、書物とてない。天の道を師匠としたのじゃ。天の道とは、陰陽五行のことじゃ。……五行というのは、水と火と木と金と土じゃ。火は物を焼き、水は物を潤す。こうしたことを道と言うのじゃ。水で物を焼き、火で物を潤すことはできないのじゃから、これを無理と言う。このようにものごとに道理と無理があることを知るのが学問じゃ。これが最初の学びじゃな。

その後は、こうした道理と無理をよく知った人の行いを語り伝え、聞き伝え、それにならうのが学文となったのじゃ。その後時代が進んでくると、善いことも悪いことも数多くなり、紛れやすくなったので、その善し悪しを書き記し、善いことは手本とし、悪いことは戒めとするようになったのじゃ。……

じゃから、本を読めないから、学文ができないということはないのじゃ。ただ道理を知り、わが身をよくすることを学文と心得なされ」

「さてさて、学文というものがそのようなものであるとは、ゆめゆめ存じませんでした。本をたくさん読み、文字などを多く覚えている人をもの知りだと思っておりました。そうではないというのならば、私も学文をいたしましょう。いまこのお話を聞いたことも、既に学文ということになるのでしょう。ありがたいことでございます。……

と、こう議論がつづいてゆきます（授業で読むのもこのあたりまでです）。

神仏を一心に信仰しても救われないなら、どうすればいいのか、という順礼の問いはまさに根底的です。それに対する翁の答えはいささか詭弁じみていますが、「学文」によって道理を知り、その結果、身の行いを正すことができるという論理は、仮名草子（つまり書物）が普及してゆく根幹とかかわるでしょう。後半の議論を見れば、要するに儒学普及の意図のあらわな、徳川幕府の政策に沿ったいわば国策教育書といった趣きなのですが（引用部分の後はそれがもっと露骨になる）、しかしともあれ、こうした読み物が当時の人々の需要を満たすものであったことは確かです。そして、神仏を祈ることに替わる「よく生きる方法」として「学文」が提示されていることに、私は正直言って感動します。表記は異なりますが、これは「学問」とほぼ同義であり、これは江戸時代版「学問のすすめ」と言ってもいいのではないでしょうか。周知の通り、福沢諭吉『学問のすすめ』は明治近代の「最初のベストセラー」でした。参考までにその一節を引いておきます（引用は岩波文庫『学問のすゝめ』による）。

学問とは……知識見聞《けんもん》の領分を広くして、物事の道理を弁《わきま》え、人たる者の職分を知ることなり。……ただ文字を読むのみをもって学問とするは大なる心得違いなり。……文字を読むことのみを知って物事の道理を弁えざる者は、これを学者と言うべからず。（明治六年刊、二篇より）

ご覧の通り驚くほど内容も共通しています。もちろん、福沢の「学問」は西洋の知を模範としたものですが、そこに「道理」を知る方法と、人としての生き方を求めていることは同じです。こうした、いわば生きるために学問を求める志向があったことは、日本近世の初期と日本近代の初期とに通底していると言えるでしょう。そして、むしろ西洋の知に限定されない『清水物語』の、「学文」という表記とそこに含まれる雑多な内容は、「ブンガク」「ガクモン」あるいは「キョーイク」について、より根本的なところから考える契機を与えてくれるように思います。

さて、学生には、ここで述べられている「学文」について、自分たちがやってきた勉強・学問と対比しながら考え、意見・感想を述べるように求めます。答えは様々ですが、同感・違和感で言えば、違和感の方が多い。経験的にも、善悪や道理と学校で教わる勉強は別のものだったし、理念としても、学問というのは道徳的な価値観から自由な真理の探求であるべきだ、というごくまっとうな意見ですね。でも、自分が生きることの意味と無関係な真理というのは、はたしてありうるのか……と、いきなりとてつもなく深遠な哲学の課題と直面してしまうわけです。ですから、あまり深追いはせず、学生の意見をいくつか紹介したところできりあげます。でも、私の隠れたメッセージは「ブンガクは倫理だ」というもので、私が感じて欲しいのは、この問答における順礼の問いの切実さであり、出版文化の背景にはそうした一人一人の「幸福に生きる」ことへの希求があったのではないか、ということなのです。ともあれ私にとっては、これが江戸時代のブンガクへの入口であり、ブンガクキョーイクへの入口ということになります。

三 『一休ばなし』を読む――逸脱者との出会い

もうひとつ仮名草子で、私が必ず取りあげるのが『一休ばなし』です。これはもちろん、学生が一休さんについてのイメージを持っていて、親しみやすいというのが最大の理由です。『一休ばなし』そのものも、読み物として面白いですし。いくつかの話をとりあげますが、だんだん変な話にしていきます。最初は有名な「この橋渡るべからず」のトンチ話や、一休が和歌で年貢を減免させたといういい話。それから正月に一休が骸骨を持ってまわったいわゆる骸骨一休の話。葬礼を頼まれた一休が遺骸を川に投げ込む話。その他にもありますが、最後に次の話を読みます。これはあらすじで紹介します。

大晦日に、年を越す貯えがなくなり、一休は下男を引き連れ街道へ出て土器《かわらけ》売りを襲ってその売り物の土器（食器）を強奪し、それを自分が売って年を越す。年が明けて、さる大名が亡くなり、一休に引導を依頼すると、一休は一貫八文で引き受け、受け取った金を、先日強盗した街道に置いて立札を立てる。「先日の土器の代金だ」と記し、さらに、「貧の盗みは偸盗戒《ちゆうとうかい》にあらず。いかんとならば、恋の歌も邪淫戒《じやいん》にあらざる証拠あり。慈鎮和尚とて貴き聖の詠めるに……」と、高僧の恋の歌を記して、自分の行為を正当化する。その後大名の葬儀では「高い金を払ったのだから、行きたい方へ勝手に行け、成仏疑いない。何といっても地獄の沙汰も金次第だ」という引導を渡す。人々は「さてもおどけ人よ」と感嘆した。

この話に対して学生は結構違和感を持ちます。要するに、強盗はいけない、ということですね。私としては「貧の盗みは偸盗戒にあらず」というところを（大名への対応とも関連づけて）、じっくり考えてもらいたいのですが、なかなかそこまでいきません。「悪いことは悪い」というところで思考停止してしまう。先に紹介したいくつかの話を含めて、どの話が好きかと学生に尋ねると、まともな一休の話が人気があり、この話はあまり人気がありません（ただ、学年が上になるほど、まともな一休から変な一休へ人気が移る傾向があり、だとすれば、教育の成果?)。

というわけで、罪とか悪とかの本質まで踏み込むことはできていないのですが、この話は一休さんって何だろうと考えるきっかけにはなるようで、なぜこうした一休が人気者なのか(今も昔も)、というところへは思考が進んでいきます。

実際の授業ではこのへんで切り上げて、場合によっては、私の方から、こういう社会からの逸脱者的な存在が意味を持つこともあるのでは、といったコメントをします。端的に言ってしまえば一休はトリックスターであり、社会のある種の秩序維持に必要とされているわけです(話の末尾にしばしば「おどけ人」への称賛が記される)。もちろんトリックスターという概念をきわめて広くとったうえの話で、しかも、きわめて日本的なトリックスターではあるわけですが。

ただ、そうした私の説明よりも、いわゆるアニメなどの「一休さん」のイメージとの落差が、学生にはある程度の(あるいは、かなりの)ショックを与えていることは確かで、これは大変意味のあることだと思います。あの「かわいい」一休さんは何だったの?ということですね。もちろん、学生の示す態度は多様で、こんな一休は嫌いだとか、知りたくなかったという感想もあります。でも、もう知ってしまったわけで、そういう意地悪こそがブンガクキョーイクではないかと思います。

そして、『一休ばなし』の一休にある種のうさん臭さや違和感を感じるのは、間違っていないとも思います。さきほど述べたように、一休はきわめて日本的なトリックスターなわけですが、その背後には彼が天皇の落とし胤だという伝承があるわけで、彼の行為はある意味で偽の逸脱でしかないかもしれない。そうなると現代の一休の「かわいさ」と通底する隠蔽の構造があるのかもしれません。ともあれ、とりあえず一休のような逸脱者の活躍する空間をブンガクの楽しさとして感じてもらえればいいいな、と思っています。

四　西鶴を読む――絶望との出会い／エクリチュールとの出会い

さて、次に西鶴です。私は西鶴のいわゆる専門家ではないのですが（仮名草子の専門家でもない）、授業では西鶴を読むことが非常に多いのです。それは、話が短いということもあるし、それから、先ほど少し述べた繰り返し読む、ということの非常によいトレーニングになるのです。西鶴の少なからぬ作品は、一度目の読みと二度目三度目の読みの落差が非常に明確に出ます。なぜなのか、というのは西鶴論の側の問題なので、いまは横に置きます。色々材料はあって授業の種には困らないのですが、今日は『世間胸算用』巻頭の第一話「問屋の寛闊女《かんかつおんな》」を取りあげます。

冒頭は無駄遣いを戒める教訓から始まり、子どもにかかる無駄な出費の話、女房のぜいたくのひどさ、といった世間話が長くつづき、そこからいつの間にか具体的な話へ入っていく。具体的な話に入るあたりから本文を掲げます。ここは作品の細かな読みをする必要上、原文でおつきあいください。

惣じて女は鼻のさきにして、身代たたまるる宵まで、乗ものにふたつ灯挑、月夜に無用の外聞、闇に錦の上着、湯わかして水へ入りたるごとく、何の役にも立たざる身の程、死なれたる親仁持仏堂の隅から見て、「うき世の雲を隔てければ、悔みても異見はなりがたし。今の商売の仕かけ、世の偽りの問屋なり。十貫目が物を買うて、八貫目に売りて銀《かね》まはしする才覚、つまる所は内証の弱り、来年の暮には、この門《かど》の戸に、『売家十八間口、内に蔵三ケ所、戸立具そのまま、畳上中二百四十畳、外に江戸船一艘、五人乗りの御座船、通ひ舟付けて売申候。来ル正月十九日に、この町の会所にて札をひらく』と沙汰せられ、皆人の物になれば、仏の目には見えすきて悲しく、定めて仏具も人手に渡るべし。中にも、唐金《からかね》の三ツ具足、代《よ》々持ち伝へて惜しければ、行先の七月、魂祭の送り火の時、蓮の葉に包みて、極楽へ取つて帰るべし。とてもこの家来年ばかり、汝が心根もそれゆゑ、丹波に大分田地買置き、引込所拵《こしら》へけるは、中々無分別なり。我賢ければ、我に銀貸借すほどの人も又利発にて、ひとつひとつ吟味仕出し、皆人の物になる事なり。よしなき悪事をたくまんよりは、何とぞ今一たび商売仕返せ。死でも子はかはゆさのままに、枕神《まくらがみ》に立つてこの事をしらすぞ」と、見し姿ありありとの夢は覚めて、明けければ十二月二十九日の朝、寝所よりも大笑ひして、「さてもさても、けふと明日とのいそがしき中に、死んだ親仁の欲の夢見。あの三ツ具足お寺へあげよ。後の世までも欲が止まぬ事ぞ」と、親をそしるうちに、諸方の借銭乞山のごとし。何とか埒を明くる事ぞと思ひしに、近年銀なしの商人《あきんど》ども、手前に金銀有ときは利なしに両替屋へ預け、又入る時は借る為にして、こざかしきもの振《ふり》手《て》形《がた》といふ事を仕出して、手回しのたがひによき事なり。この亭主もその心得にして、霜月の末より、銀二十五貫目念比なる両替屋へ預け置き、大払《ばらひ》の時、米屋も呉服屋も、味噌屋・紙屋も肴屋も、観音講の出し前も、揚屋の銀も、乞ひにくるほどの者に、「その両替屋で請けとれ」と、振手形一枚づつ渡して、万《よろづ》仕《し》回《ま》うたとて年籠りの住吉参、胸には波のたたぬ間もなし。こんな人の初尾は、うけ給うてから気づかひ仕給ふべし。

　さればその振手形は、二十五貫目に八十貫目あまりの手形持ちかくる程に、両替には、「算用指引《さしひき》して後に渡さう。振手形大分あり」と、さまざま詮議するうちに、又掛乞もその手形を先へ渡し、又先から先へ渡し、後にはどさくさと入りみだれ、埒の明かぬ振手形を銀の替りに握りて、年を取りける。一夜明くれば、豊かなる春とぞなりける。

（引用は新編日本古典文学全集による）

この話は、一度さらっと読むと、おめでたい話に見えます。問屋の主人が、夢枕に立った死んだ父親の忠告を笑い飛ばして、新しい手法で大晦日を切り抜けた、知恵・才覚を示した話として。最後の「豊かなる春とぞなりける」もそうした印象を強めます。しかし何度か読み返すと、そうではないことが見えてきます。ここにいる皆さんは、一度でそこまで読めてしまうかもしれませんが、私の経験から言うと、学生はまずそこまではいきません。それで、読み返してゆくことになります。

まず父親の忠告ですが、一度目の読みでは唐突で何だかわからないまま読むわけですが、二度目には、息子の夢枕に立って店の行く末を予言していることがわかっています。そのうえで読んでゆくと、まず「来年の暮」とあることが注意されます。つまり父親が予言しているのは今年の大晦日ではなく、来年じゅうにこの店がつぶれて競売にかかる、ということです。したがって今年の大晦日については何も言っていない、というかとりあえず来年まで店がもつことは折り込み済みなのです。そのうえで、商売を立て直せと忠告しながらも、一方で仏具が人手に渡るのだけは避けたいから盆に持ってゆきたい、と言っています。

その夢から覚めた息子は「大笑い」をします。授業ではこの「大笑い」の意味、なぜ大笑いしているのか、というのを課題とします。国語のテスト風に答えを求めると、すぐ後の文から、夢に出てきた父親が欲張りだから、という答えが出るわけで、大半の学生がそう答えます。はたしてそうか、と考えてゆきます。たしかに息子は「親仁の欲の夢見」と悪口を言っています。しかし、実際には何をしたのか。仏具を寺へ寄進したわけです。ここは学生には説明しないとピンとこないのですが、寺へ寄進するということは、この家・財産が競売にかかっても人手に渡らないということであり、またあの世の父親に渡すということになります。つまり息子は悪口を言いながら、父親の願いをきちんと叶えている。そして、ここも学生には説明が必要になりますが、先祖を祀る仏具を寄進してしまうということは、もはやこの家が断絶することを意味しています。つまり、息子は夢で父親が語ったことを認めているのです。だとすれば、なぜ「大笑い」なのか。

振手形で借銭乞いに支払いをすませた男は、年籠りに行きますが、そこに「胸には波のたたぬ間もなし」と書かれています。振手形の犯罪性を男はよく知っており、そしてそれに怯えています。実に肝の小さな男なのです。

とりあえず大晦日の夜は明け、新年を迎えたわけですが、この男にとっては何も事態は変わっていません。間違いなく彼の店はこの年のうちに潰れ、競売にかかるのです。そのためにこっそり田舎に土地を買っていますが、父親の言っていた通り、すぐにばれてしまうでしょう。

ここまでくれば、学生も気がつきます。父親の夢のお告げは、すべて息子がわかっていること、わかっていてもどうしようもないことだと。だから、そんな夢を見てしまって、笑うしかなかったのだと。そしてこの笑いが絶望的な、ヒステリックな、あるいは自嘲の笑いだということにも。

話の前半部には、始末・倹約を勧め、贅沢を戒める教訓が面白く書かれています。それはそれで、別に否定されるわけではない。また、大晦日の支払いを切り抜けるための振手形の手法や、実際にそれで支払いを済ませてゆく様子も、実にリズミカルに軽妙に描かれています。これはこれで面白い。しかし、「物語」としては絶望的な状況に置かれた人物が描かれていて、そこに教訓が生かされているわけでもなく、反語的に強調されているわけでもなく（特にこの息子が贅沢に描かれているわけではない）、また結局振手形が解決になっているわけでもなく、つまりこの話の楽しさから見捨てられたように、主人公（と呼べるとすれば）はいます。

西鶴の小説というのは、すべてではないですが、基本的にこうした構造を持つものが多く、教訓を語り、様々な情報を提供して、話の落ちがあって、それはそれで読ませるのですが、最後はそれを突き抜ける、というか無化するようなところへ行ってしまう。読者と共通の常識や笑いの次元にいるような、親しみやすい文章で書かれていながら、読み進めてゆくと、読者の「期待の地平」とは違う場所にたどりついてしまう。こういう読みの体験はなかなかできないし、まさにブンガクの領域だと思います。ただし、もちろん学生すべてがついてきているわけではなく、単に最初の答え（親父がけちだから大笑いした）が間違っていた、正解はこれ（絶望の笑い）だ、とだけ受けとめている学生も多いと思います。それについては、私にはどうしようもない。

さて、しかし以上のような内容だとわかったうえで、また読んでみた時、この話は暗い、絶望的な話になっているかというと、どうもそうではない気がします。内容を確認したうえで、この主人公（息子）はこの先どうなるだろうと問いかけると、かなりの学生が何とかやってゆくのではないか、と答えます。これは、論理的には間違っている、というか少なくとも作品内部にそれを示唆する要素はないと思うのです。にもかかわらず、私はそれを間違いだ、とは言えない。私も根拠なくそんな気がしてしまうから。

たとえば、死んだ父親の登場に際して「何の役にも立たざる身の程」という枕詞がついていることは、内容がわかってみれば意味深長だし、末尾の「豊かなる春とぞなりける」も皮肉な結びです。でも、トータルで読み返した時に、どうもそうは感じられないのです。死んだ父親への枕詞からはやはり滑稽で軽妙な印象、結びにはやはりある種の安堵感が感じられてしまう。

こうした西鶴の特色は、研究史のうえでは「傍観者的態度」というかたちで処理されてきたように思います。つまり、登場人物を突き放して描いている、ということです。これはうまい言い方だとは思います。しかし、この言い方では、人生に達観した西鶴老人、みたいなイメージになってしまう。それは私のブンガクの倫理から言うと、最悪なのです。メタレベルに「作者」を置くことで、読者の側の当惑を解決しようとするのは、ひとつの解釈ではありますが、それはブンガクからの後退だと思います。もちろん私はそんなイメージ（解釈）で西鶴を読んでいないし、学生に伝えたいのもそんなことではない。では何か。実のところよくわかりません。よくわからないままに授業をやっています。というか、わからないものに出会うことが大切だと思っているわけです。

ただ、こうして自分の授業を振り返って整理してみると、私が西鶴を通して伝えようとしているのは、ロラン・バルトの言うエクリチュールということかな、と思えてきました。語り口とでも言ったほうが西鶴にはふさわしい気もしますが、やはり西鶴の「語り口」は「書く」ことによって成り立っており、「読む」ことによってしか立ち上がらないものなわけで、エクリチュールと呼ばれるべきではないか。というわけで、「傍観者的態度」を私は「エクリチュールの零度」と言い換えたい。明るい軽妙な話でありながら、同時に絶望以外何もない話。そう読んだ瞬間に、物語でも教訓でもない何ものかとしてのエクリチュールが浮上しているのではないか、そんなふうに思います。つまり「言葉との出会い」です。この先はありません。ここにたどりつけば、私のキョーイクの仕事は終わっています。

五　おわりに

さて、まとめると以下のようになります。

ブンガクおよびキョーイクは（それは原初的には一体のもので）、いかによく生きるかという道徳・倫理への志向に支えられています（そのことに目をそむけて「言語技術の教育」などというのはナンセンス）。というか、近世初期のベストセラーが示唆するように、いかによく（幸せに）生きるかという欲求・渇望のないところにブンガクもキョーイクもないと思います。そしてそうした欲求に対して、普遍的な正しさを持つ答えはありえないでしょう。今日『清水物語』の語る儒教道徳が意味を持たないように。

確かに江戸時代において儒教道徳は規範的な存在だったし、ブンガクはそれに加担しましたが、重要なのは規範そのものではなく、規範（生きるよりどころ）を求める志向なのです。そしてブンガクは規範を押しつけることで意味を持つのではなく、志向のトライ・アンド・エラーの集積として意味を持つと思うのです。

そして、江戸時代の読み物が提示する道徳・倫理は、社会のそれをしばしば相対化してしまいます。一休が強盗をしてみせ、また人の死を茶化してみせたように。「おどけ人」が笑いとともに示す何ごとかに、ふだんは見えないものが浮かび上がるわけです（もちろん『一休ばなし』には禅の思想・倫理が背景にあるが、そうした異質な倫理性が共存することが重要）。

そしてさらに言えば、ブンガクにおける究極の倫理は「エクリチュールの零度」ではないか。一義的には何も伝達しない、という意味において。西鶴は教訓と笑いを通して、教訓も笑いもない世界へ読者を導きます。読者は教訓に共感し、物語に爆笑し苦笑しながら、凍りつくしかない。

今日のテーマは「文学教育の転回と希望」ですが、ここに特別な「転回」はないようです。多くの教員がそれぞれに試行錯誤している一例という意味で、あたりまえの授業について述べてきただけのように思いますし、あたりまえの授業をやること以外にキョーイクはないとも思います。とりあえず、私はこうした授業を楽しくやっていますし、その意味で「希望」はあります。

余談ながら付け加えれば、教育について「刷新」とか「改革」とか「再生」（いつ死んだのだろう？）とか言う人や状況に対して、私は懐疑的というか反対です。教育はまず「継続」であり「継承」であると思うし、真の「継承」には「批判」が必要ですが、「刷新」「改革」「再生」といった掛け声は、むしろ徹底した「批判」を封印するもののように思われます。

第四章　ゴーストは囁くか？　近世小説とＡＩをめぐる極私的エッセイ

一　『日本文学』十月号から

『日本文学』二〇一六年十月号の近世特集を読んで、色々な妄想が湧き上がってきた。その妄想を書き留めておきたいと思う。ほとんどプライベートな領域での思考を記すことになるので、「極私的エッセイ」と銘打っておく。

日本文学協会発行のいわゆる学会誌である『日本文学』は、毎年十月号で近世文学の特集を組むのが慣例であり、二〇一六年は「近世文学における〈続編〉」というユニークな特集となっている。大トリに高田衛先生の『八犬伝』についての超マニアックな、すべてのオタクがひれ伏すような論文が置かれ、そのすぐ前に高木元さんの仮名垣魯文についての論文が載る。エッセイなのであえて書くが、高田先生は私の恩師であり、高木さんは同門の先輩である。『八犬伝』の版本を読むゼミが、私たちの出会いの場だった。その時、高田先生の言われた言葉でいまも忘れられないのは、「玩物喪志」である。私の記憶ではその時先生が言われたのは、文学研究は「玩物喪志」に陥りやすいので要注意だが、「玩物喪志」でないような文学研究は本物ではない、といった矛盾を含んだ、つまり一種の逆説だった。「文学」自体がそもそも逆説であり（富士谷御杖の「倒語」はその理論化）、その研究もまた、たぶん逆説としてしか存在しないのである。そして、先ほど「超マニアック」で「オタクがひれ伏す」と紹介した高田先生の『八犬伝』研究は「玩物喪志」をつきつめた「文学研究」なのである。

二　文学的価値とパラダイム

さてしかし、今回の私の妄想のきっかけとなったのは、高木元さんの論文（タイトルは「魯文の滑稽本」）である。とりわけ次の発言。

今や文学研究の目的は文学的価値の発見や一作家個人の顕彰等では断じてない。出版文化史的な視座からの、文学享受の社会史的な現象の記録とその位置付けとを目指し、再現可能で普遍的な学問を志向しているのである。

高木さんの「文学研究」は、ここで揚言された路線で進められてきたものであり、それが成果を上げていることは否定しない。しかし、これは言い過ぎ。この定義によれば出版文化成立以前のテキストについての研究は「文学研究」から除外されてしまうのでは、という揚げ足取りはともかくとして、「文学享受の社会史的な現象の記録」は「文学研究」の一側面と言うべきものだし、さらに率直に言えば、それは「補助学」である。文学研究、と言うより「人文」の学の王道はコトバの徹底的な読解にしかない。

高木（以下敬称略）の右の言説は、仮名垣魯文に関する従来の研究がその「文学的価値」を低く評価していることへの批判という文脈で述べられており、そうした低い評価は「半世紀以前の近代文学至上主義的な研究状況」が生んだもので、時代後れだという指摘から、「今や……」という流れになっている。確かに「近代文学」を指標にした価値評価に対してパラダイム転換を求めるのは正当なことだが、それが、「出版文化史的な視座からの、文学享受の社会史的な現象の記録とその位置付け」に帰着するとは、到底思えない。大体「出版文化」自体が近代的な事象に他ならず、これはまったく「近代至上主義」以外のなにものでもないわけで。

高木は論文冒頭で、近世と近代の時代区分の不合理性を指摘し、「前近代」として軽視される近世文学の様式や文化が、近代に継承・享受されている側面の検証が必要だと述べる。これにはまったく賛成だが、そこから「文学的価値の発見」と「一作家個人の顕彰」を否定することとの間には飛躍がありすぎる。そもそも「文学的価値の発見」と「一作家個人の顕彰」は決して「近代」が生みだしたものでも、またその特色でもない。たとえば「古今集仮名序」は、和歌に「文学的価値」を付与し、「作家（六歌仙）」を「顕彰」することで「日本文学」を確立したのであり、近世の国学もまた『万葉集』や『古事記』の「文学的価値」を発見して、文学史を更新した。「文学的価値」の発見とその更新（パラダイム転換）こそが「文学」と「文学研究」の歴史であり営為だろう。

さて、高木は右の引用文につづけてさらに次のように述べる。

たとえば深い思考に基づく独創的な読みであったとしても、それは客観的に追認可能な手続きが要求されているのである。

先に触れたように、『日本文学』十月号はこの高木論文の後に高田論文があるわけだが、それは「『八犬伝』大団円の謎と論理」というタイトルで、『八犬伝』という作品、馬琴という作家がいかに完璧に自己完結しているかを論じており、つまり「続編」という特集テーマを否定している（それはまた、後で触れる高木の、〈世界〉と〈書式〉があれば、続編はもちろん、文学作品の制作は容易だという論と真っ向から切り結んでいる）。その内容は先に触れた通り、相当にマニアックなもので、つまり『八犬伝』を細部まで徹底的に読みこんでいないと、ついていけないレベルにある。ということは、この論文を「客観的に追認」するには、同レベル（「玩物喪志」レベル）まで『八犬伝』に惑溺することが前提になるのだが、それはほとんど不可能である。また、論文のなかで高田は、たとえば挿絵の解釈について自説を提示しながら、牡丹のように見えもするがはっきりしない（読者の判定を望む）。

と、論文読者に判断をゆだねている。これは、各読者（研究者）の「主観」にゆだねているわけで、高木の言う「客観的に追認可能な手続き」の対極にある。しかし、「客観的に追認」できなくても高田論文は面白いし刺激的で、まさに「深い思考に基づく読み」だと感じてしまう。念のために言っておくと、高田の一連の『八犬伝』研究は、それまで「勧善懲悪」の単純な「文学」だとされていた『八犬伝』に新たな「文学的価値」を見出し（一言で言えば「伝奇ロマン」という価値）、新たな知的好奇心の対象としての地位を与えた、典型的なパラダイム転換だった。「文学的価値の発見」を通して「近代至上主義」を乗り越えたのである。そして、高田のこうした論考を通して私が感じるのは、結局のところ「深い思考に基づく独創的な読み」とは、いわば研究者（というかテキストの読者）の全人生（読書体験を含む）の反映であり、同じ人生を経験しない限り「追認」はできないだろう、ということで、しかし「追認」できなくても「共感」はできるし、「共感」が集まればそれは新たなパラダイムになる。[1] つまり学問的価値を持つということである。

とまあ、こんな大風呂敷を広げて「反論」されても困るだろうなとも思うが、なかなかこういう「本質的」なことは「身内の喧嘩」を偽装したりしないと議論できないので。と楽屋落ちのようなことを言うが、もちろんこれは出来レースではない。

三　ＡＩと文学

さて、ちょっと話題を変える（「妄想」なので）。つい先日、将棋の竜王戦で、棋士が対局中にコンピューターを参照した疑いを持たれ、挑戦権を剝奪された。将棋はコンピューターの方が人間より強いのは確定事項であり、もう少し時間がかかると思われていた囲碁も、どうやら同様らしい。しかし、それはそんなに驚くようなことなのだろうか。将棋も囲碁も可能な手順の有効性を計算する競技なのだから、電子計算機が人間に勝つのは論理的にはあたりまえだろう（技術的には大変なのだろうが）(2)。そして、たとえばウサイン・ボルトが自動車（あるいはロボット）と競走して勝てなくても、彼の価値というか存在意義は些かもゆるがないように、コンピューターに負けたからといって棋士たちの価値には何の影響もないだろう。何か実利に関わるのであれば別だが、そもそも将棋や囲碁は「ゲーム」なのだから。もっとも、コンピューターが将棋や囲碁を「やりたがって」いるならば、これは大ニュースだ。

私が考えているのは囲碁や将棋のことではない。「小説」もコンピューター（あるいはＡＩ）に書くことができるということである（これも時々「ニュース」になる）。ここでも、そもそもＡＩが小説を「書きたい」のかという問題はある。あるいは書いていていて「楽しい」（あるいは「苦しい」）のか。ただ「小説」は囲碁や将棋の対局とは違って、できあがったものが「作品」として提示される。「人間」の書いた小説とAIのそれを区別できるか。これは「俳句第二芸術論」の論証と似ていて雑駁にも思われるが、一般的にはわかりやすいし、一定の正当性はある。念のため言うと、有名俳人の句と無名の人の句を並べても区別がつかないから、俳句は二流の「芸術」であるというのが「俳句第二芸術論」の論証である。AIの句を並べても同じことになるだろうし、AIにできるのだから、俳句は「人間の創造性の産物（芸術）」とは言えないという結論が導きだせる。言語表現を既存のコトバの順列組み合わせと考えるかぎり、「人間」とAIの「表現」に本質的な違いはない。そこで、AIの俳句でも短歌でも小説でもいいのだが、それを読んだ「人間」が「感動」したら、それはもはや立派な「文学」ではないのか。つまりここでは「第二芸術論」は反転して、AIの俳句も短歌も小説も立派な「第一」芸術だ、ということになる。

ここで問題になるのはコトバの「意味」ということだろう。先に触れた富士谷御杖の「倒語」論のように、文学表現においては表面的な意味を逆転させたところに本当の「意味」がある、ということは確かにある。日常言語でも「キライは好き」といった逆説「表現」はある。これをAIは「認識」できるのだろうか。あるいは、既存の語の「意味」をずらしたり、さらには「造語」したりという行為はAIに可能なのだろうか。たとえば『奥の細道』冒頭の「そぞろ神」とか、「極私的」（これは鈴木志郎康）といった造語、あるいは「ドグラマグラ」といった意味不明の語も「文学」では使用される。既存の語や音声の組み合わせであることに変わりはないので、こうした語をＡＩが造り出すことは可能だろうが、それを自分の「文脈」に位置づけることはできるのだろうか。

この観点からさらに妄想をふくらませるなら、ＡＩは連歌ができるようになるか、ということを考えてもいいかもしれない。形式的にはＡＩにも連歌はできそうだが、しかしかなり難しい気がする。かつて茂木健一郎の本を読んだ時に、人間の最も人間的な営みは「雑談」だと述べられていて印象深かった。そして、コンピューターに「雑談」ができるようにするのは無理だと、確か茂木は言っていたように思う（いま書名も思い出せないので未確認）。「対話ロボット」は既に実用化されているようだが、「対話」と「雑談」は違うのだろう。そう考えると、連歌は「雑談」と「対話」の中間領域なのではないか。素材やルールはある程度限定的で、一方即興性や「意味」のずらしは「雑談」的にとりとめがない。というわけで、「ＡＩに連歌を作らせる研究」で誰か科研費取らない？　日文研でやったら？　と勝手な妄想を並べるが、しかし連歌ができたらＡＩに「文学」ができると認めてもいいのではなかろうか。俳句や短歌や小説とは違い、鑑賞力と創作力を兼ね備えるわけだから。

四　『鉄腕アトム』から『攻殻機動隊』へ

こうした妄想が単なる暇つぶしでないのは、私たちの世代の「物語」（あるいは「文学」）体験が、『鉄腕アトム』から始まるからである。そこでは人間そっくりのＡＩ（当時は「電子頭脳」と言っていた）が、人間以上の喜怒哀楽、とりわけ「哀」を示していた。そしてその後も『サイボーグ００９』など、常に「物語」はテクノロジーと「人間」の協調と葛藤としてあった。

『攻殻機動隊』は、少なくとも私にとってはその行き着いた果てである。そこでは身体は「義体」と称され入れ替え可能。そして脳も「電脳（ＡＩとネット）」と連動しており、あらゆる「情報」が自分の知識であり、記憶などいくらでも書き換えられる。したがって、そこでの「戦い」（すなわち活劇）は、要するにハッキング合戦となる（もちろん視覚的な見せ場として「義体」によるアクションは欠かせないが）。「主人公」という概念もあやしいわけだが、ともあれ主人公は草薙素《もと》子《こ》である。彼女は最強の電脳、というか電脳を駆使する技術・能力において最強レベルなのだが、顔も身体も「義体」なので本来的にはキャラとして自立しない（もちろん便宜的には美人でセクシーに描かれるが）。なぜ草薙素子は「主人公」たりえるのか。というわけで本稿のタイトル「ゴーストは囁く」である。これはいわゆる「決めゼリフ」で、なぜそういう行動をとるのかと尋ねられた素子が「ゴーストが囁くのよ」と言う。

私にはコミック（原作）よりもテレビアニメ版でのこのセリフが印象深かった。[3] コミックでは「霊魂」という漢字が宛てられていて、設定上も「霊脳局」なる国家部署があったりするのだが、テレビアニメは近未来刑事ドラマといったテイストなので、その分「ゴースト」という語が浮き上がって見えた（聞こえた）のだろう。アニメのセリフだから当然漢字は宛ててないし、声優たちの間で「ゴースト」って何だ？と議論があったことが番宣映像で紹介されていた。要するにそれは、「ロボット」と「義体・電脳化された人間」の唯一の違いで、「直観」とか「勘」とかの領域だが、物質的な根拠がないので「ゴースト」なのである。これは文学的な「造語」であり、実にロマンティックな、詩的なコトバだ。このロマンティシズム、この「詩」によって『攻殻機動隊』という「物語世界」は成り立っている。だから草薙素子は「意志」を持って行動する。彼女は誰に命令されたわけでもなく、たぶん誰にプログラミングされたわけでもなく（証明不能だが）、様々な戦いに出向く。そして、彼女がこの「物語世界」で主人公たりえているのは、誰よりも「義体」と「電脳（ネット）」の快楽に溺れているからである。彼女はアトムや００９のように悩んだり悲しんだりしない。あるとすれば「怒り」そして快楽である。ともあれ身体も頭脳も「生身」ではなくとも、「ゴースト」があれば「物語」は成り立つし「主人公」はいる。逆に言えば、それがなければまだ「物語」は成り立たない。

五　近世小説とＡＩ――〈書式〉〈世界〉そして「ゴースト」

高木論文に戻り、その末尾近くから再び引用する。

作品の内容を決定する所謂〈世界〉と書物のジャンルに規定される〈書式〉とが定まっていれば、テキストを紡ぎ出すのは容易であるということである。

これもまた、高木の研究を知っている者にとってはお馴染みの言説であり、高木のこの方面での業績は高い評価を得ている。しかし前述の通り、私はここまでは「補助」にすぎないと思うのである。〈書式〉の重要性は認める。それがあればＡＩにも小説は書けるわけだし、それを否定する理由はないと思うのだが、問題はその〈書式〉で書かれたものを、「世間」や「当時の人々」ではなく、「自分」が面白いと思うかどうか。そこからしか「文学研究」は始まらないし、そこへ行き着かなければ「文学」をやっている意味はないと思うのだ。高木論文を読んで結局わからないのは、魯文は面白いのか、どう面白いのか、ということである。たびたび引き合いに出して恐縮だが、高田論文はまさに『八犬伝』について、そのことのみを徹底的に論じている。だから「共感」するのである。先ほどのＡＩをめぐる議論で結論を出せていないのは、ＡＩの書いた小説に感動する読者がいたらそれは「文学」ではないか、という問題である。〈書式〉が大事だとしても、しかし〈書式〉に感動するわけではないだろう。むしろ〈書式〉が意識から消える時に感動が生じるはずである。

〈世界〉と〈書式〉のみで成り立つのが仮名垣魯文であり、それが面白いのであれば、ＡＩの小説も面白いだろう。そこに「文学」はあるのだろうが、「そこ」とはどこか。それは「面白い」と言う「読者」である。とすれば言い古された「作者の死」をあらためて宣告すればいいのだが、一方でそのためには「読者」としての責任を果たす必要があると思う。

また揚げ足取りをすると、高木は十九世紀のいわゆる江戸戯作が〈書式〉を整えることで「作者」の存在が稀薄化したと述べているが、近世には江戸戯作以前に「八文字屋本」という、〈世界〉と〈書式〉で成り立ち、「作者」を抹消した文学が存在している。そしてその分野の研究者は一所懸命にその「面白さ」を見出そう、あるいは説明しようと躍起になっており、そのために抹消された「作者」を呼び戻そうとしているのである（『日本文学』十月号にも宮本祐規子氏のそうした内容の論文が載っている）。

言語がコミュニケーションである以上、「読む」行為は「文字」の向こう側に他者を見ている。この「他者」が「作者」と呼ばれる。ＡＩは他者たりえるのか、というのは『鉄腕アトム』以来のＳＦの一大テーマで、ロボットが反乱を起こす話はアトムでしばしば繰り返されたが、要するにその時ロボットは他者となり、文学的存在になるのである。しかしそれは、当時は一種のロマンティシズムだったし、たぶんいまもそうである。

というわけで、結論としては常識的なものだが、私はＡＩの文学的可能性については否定的で、それはつまり〈世界〉と〈書式〉があれば文学は成り立つという考え方に対しても同様ということである。「客観的に追認」されようがされまいが、私は「ゴーストの囁き」に耳を傾け、その声に従いたい。

注

（1）パラダイムという概念については、私は基本的に中山茂『パラダイムと科学革命の歴史』（二〇一三　講談社学術文庫）に依拠している。中山はクーンのパラダイム論を、東洋の人文思想である儒学まで視野に入れて展開している。

（2）このことは西垣通『ビッグデータと人工知能』（二〇一六　中公新書）でも、山口栄一『イノベーションはなぜ途絶えたか』（二〇一六　ちくま新書）でも指摘されている。

（3）原作のコミックは一九九一年に単行本として講談社から出ており、テレビアニメというのは二〇〇二年に放映された『攻殻機動隊 STAND ALONE COMPLEX』である。

後記　今日までそして明日から

書きためた雑多な論考を集めて本を出そうと考え、最初に設定したタイトルは「江戸文学八つ当たり」だった。いつの頃からか、まずは研究状況に対して文句と言うか不平不満を述べるのが自分の論文のスタイルになっていたので、そのことと多様なジャンルにわたることを掛けて「八つ当たり」である（八部構成にしようと思っていた）。しかし、実際に論文を並べてみると、あまりにまとまりがないので、小説関係に限定することにした。それで「八つ当たり」はやめにして、しかし不平不満は満載なので、「椿説江戸文学抗議」というタイトルとし、入稿した。このタイトルは気に入っていたのだが、本家「椿説泰西浪曼派文学談義」に対して畏れ多い気持ちを拭いきれず、校正段階で「近世小説を批評する」というウィットのないものに落ち着いた。

＊

雑多な論考の初出（原題と発表誌）は以下の通り。

Ⅰ

第一章　西鶴を読むということ――「世間」論の視座からの「死なば同じ波枕とや」
（『相模国文』第三一号、二〇〇四年三月）

第二章　「世間」という文脈――西鶴の世界観をめぐる覚書として
（『国文学解釈と鑑賞　別冊』二〇〇五年三月）

第三章　「西鶴／はなしの方法」再考
（『文学』二〇〇七年一・二月号）

第四章　『椀久一世の物語』についての覚書――「モデル小説」論を超えて
（『相模国文』第四二号、二〇一五年三月）

Ⅱ

第一章　『椿説弓張月』の「琉球」
（『相模国文』第三三号、二〇〇六年三月）

第二章　為朝と日秀――『椿説弓張月』余談
（『近世部会誌』第一号、二〇〇七年一月）

第三章　馬琴の「悪」――『雲妙間雨夜月』をめぐって
（『近世部会誌』第二号、二〇〇七年一二月）

第四章　蓑田素藤頌
（『近世部会誌』第八号、二〇一四年三月）

Ⅲ

第一章・第二章　『和荘兵衛』覚書――「世界の外」へ
（『相模国文』第二九号、二〇〇二年三月／

加筆して、二章に分けた。第二章は作者推定などかなりの部分が新稿）
第三章　稗史としての『板東忠義伝』――『水滸伝』を超えて（『日本文学』二〇一〇年十月号）
第四章　『板東忠義伝』の諸本をめぐって――『関東勇士伝』の位置
（『近世部会誌』第五号、二〇一一年三月／大幅に加筆した）

Ⅳ

第一章　近世小説を批評する――馬琴と『本朝水滸伝』を読む（『日本文学』二〇一二年十月号）
第二章　江戸の文章――人称・視点・映像・連句をめぐる四方山話
（『近世部会誌』第九号、二〇一五年三月）
第三章　江戸から〈ブンガク〉を〈キョーイク〉する――娯楽・教訓・思想
（『日本文学』二〇〇七年三月号）
第四章　とりあえず反論、そして「文学」のパラダイムについて考える――『日本文学』10月号を読んで
（『日本文学』二〇一六年十二月号）
同　ゴーストは囁くか？――『日本文学』10月号への極私的コメント
（『近世部会誌』第一一号、二〇一七年三月／右の二篇を併せた形にした）

＊

こうして見ると、一番古いのは『和荘兵衛』の論文（二〇〇二年）である。これは右の初出のさ

らに前に、短いコラム的なものを発表していて（『日本文学』一九九八年二月号）、私としてはこんなに面白い作品があるのだと勇んで書いたのだが、最初のコラムも、論文にした際も、まったく、全然、何一つ、反応はなかった（まるで和荘兵衛が大人国で演説しているようなもの）。今回、さらに後半部を増補して三度目の正直となるわけだが、やはり私の小智で終わるのかどうか、淡い期待を持って世に送る。

思えば、その頃から不平不満が高まっていたのかもしれない。西鶴「死なば同じ波枕」の論文（二〇〇四年）では、すでにその不満が露出している。とはいえ、この論文を書いた時は、近世文学に携わっている以上、一生に一度くらい西鶴について論文を書いてみたい、という謙虚な（？）思いで、西鶴研究の状況に対して違和感は表明したけれど、別に反応を期待していたわけではない。ところが、これは私の論文としては例外的に評判がよく、何度か時評的なところで取り上げられ、それ以後西鶴研究者の方々から著書などが送られてくるようになった。びっくりである。西鶴研究の悪口を書いたことを反省した、というのはもちろん嘘で、むしろこのスタイルというか、立ち位置に自信を深め、最新の『椀久一世の物語』の論文（二〇一五年）でも、研究状況に異議申し立てをし、悪態をついている。でも、西鶴研究はがんばっていると思うし、西鶴研究者はよい人が多いと思っているのも事実。

それから馬琴。『椿説弓張月』の論文（二〇〇六年）を発表した前後に、『弓張月』について若い研究者の論文がいくつも出ていたのだが、この作品の政治性に言及するものは皆無なばかりか、むしろそれを無自覚に肯定するものばかりで、本当に腹立たしい。そして学会ではそうした論文が高い評価を受け、私の論文は、まったく、全然、何一つ反応なく、取り上げられることもなかった。

＊

時間的な序列では、次はⅣの「ブンガククキョーイク」になる。二〇〇六年秋の日本文学協会（通称日文協、今やレトロな感じ）の大会シンポジウムでの発表を基にしていて、内容は多少加筆し手直ししたが、雰囲気を残そうと思って、「です・ます」の文体のままとした。これは授業の実践報告で、授業は楽しいので別に不平不満はない。文中で何度か「言葉との出会い」というキャッチフレーズ（のようなもの）を用いているが、私が日文協、そしてそのパラダイムと出会った一九八〇年ころ、協会の継続的なテーマが「言葉との出会い」だったことを、いま思い出す。

本書の最後に置いた「ゴースト」のエッセイは、その日文協の機関誌『日本文学』二〇一六年十月号を読んで、思わず書いてしまった偶発的な文章で、本書の構想段階にはなかったが、発表後すぐに色々と反応があり、私の「批評」性の基本的なスタンスを示しているような気もして、収録することにした。同じくⅣに収録した「近世小説を批評する」も『日本文学』の特集企画に投稿したもの。

ちなみに、私が文学研究を志したのは日文協的な研究パラダイムに魅力を感じたからだが、間もなく、それが近世文学研究の主流をなすパラダイムとは相容れないものであることを知った。それが私の不平不満の根っこにあるのだと、あらためて気づかされる。

＊

とはいえ、『板東忠義伝』の論文などはまっとうな近世文学研究のパラダイムでの仕事である。そもそもⅢ—第四章（『板東忠義伝』の諸本）は、本書に収録するつもりはなかった。これは、パラダイム論的に言えば、いわゆる「通常研究」であり、ルーティンワークで、「八つ当たり」や「抗議」の要素が皆無だからである。しかし、もしも、もしも万一、本書を読んで『板東忠義伝』に興味を持ってくれる人がいたとしたら、「諸本」の情報がないのは不親切だと思い、書名も「批評」になったのだから（テキストクリティックも批評のうち）、ということで校正段階で追加した。私はこうした典型的な近世文学研究を否定するわけではないし、それが嫌いなわけでもない。ただ、それだけをやっていても「文学」に近づくことはできない、と言っているだけである。なお、本書収録を決めて見直していくなかで、『板東忠義伝』の作者として水戸彰考館関係の人物が想定できるという、我ながら大胆で刺激的な仮説に行き当たったのは予期せぬ収穫だった。

＊

最後に、Ⅳ—第二章の「文章」論はとりとめのないエッセイだが、これが私の現在の到達点であり、これからの課題を示している。私が「文学」に携わる最大の動機は、「なぜ言葉は他者に伝わるのか?」ということである。「情報」ではなく、「文学」的な陰影（風景だったり感情だったり）がなぜ言葉によって人から人へ伝わってゆくのか? これが全然わからなかった。それが、連歌や映像を視野に入れることで少しだけ見えたような気がして、私にとっては文学研究のキャリアのなかで最も「ユリイカ!」を感じた論考である。その後、いまは「表現＝リプリゼンテーション」ということを考えている。言語学的転回以後、言語以前は「ない」というのが常識で、私もそうだと思うのだが、しかし言語は何かを「リ・プリゼンテーション（再現）」しているから「伝わる」のではないだろうか。言語以前とは何か。それはクオリア（と呼ぶべきもの）なのか、イデア（としか呼びようのないもの）なのか、あるいは言語以前にはやはり言語があるのか……。いずれにせよ「近世文学研究」のパラダイムとは関係のない、より大きなパラダイムの問題だが、それは具体的なテキストを「読む」ことによってしか論じられないので、そのテキストが近世のものであれば私にとっては「近世文学研究」なのである。

＊

還暦が近くなり、それを期して小学校・中学校時代の悪友たちと会う機会が増え、その頃のBGMのひとつだった「今日までそして明日から」をふと思い出し、何となく懐かしくなって後記の副題にしてみた。歌ってみるとしょうもない歌（詞）なのだが、しょうもないことを歌うのがカッコいいと思えた時代だった（本家はノーベル「文学」賞だし）。知っている人は口ずさんでみてほしい。

もっとも、私も正確に歌詞を憶えているわけではないので、適当にしか歌えない。

＊

『近世和文の世界』『春雨物語という思想』に続いて三たび森話社の大石さんのお世話になった。仏の顔も三度かもしれない。また、前著（『春雨』）に続いて勤務先の相模女子大学から出版助成を受けた。これは二度あることは三度を目指したいが、残された時間はそう長くない。ともあれ、ありがとうございます。

二〇一七年七月

風間　誠史

風間 誠史（かざま せいし）

1958年東京都生まれ。
東京都立大学大学院人文科学研究科博士課程修了。博士（文学）。
相模女子大学教授。
編著
『建部綾足全集』（共編、国書刊行会）、『伴蒿蹊集』（国書刊行会）、
『多田南嶺集』（国書刊行会）、『近世和文の世界――蒿蹊・綾足・
秋成』（森話社）、『春雨物語という思想』（森話社）。

近世小説を批評する

発行日……………………………2018年1月12日・初版第1刷発行

著者………………………………風間誠史
発行者……………………………大石良則
発行所……………………………株式会社森話社
〒101-0064 東京都千代田区神田猿楽町1-2-3
Tel 03-3292-2636
Fax 03-3292-2638
振替 00130-2-149068
印刷………………………………株式会社シナノ
製本………………………………榎本製本株式会社

ISBN 978-4-86405-124-8 C1095